光文社文庫

ショコラティエ

藤野恵美

光 文 社

ショコラティエ

1

子供のころの出会いが、その後の人生を決めることもある。

羽野聖太郎《はのせいたろう》にとって、それはチョコレートの泉だった。

楕円形の大きな器に、たっぷりと注がれたカカオ色の液体。

中央は噴水のようになっており、つややかでなめらかなチョコレートがどんどん湧《わ》き出して、とろとろと流れている。絶え間なくあふれだすチョコレートの美しさ。光沢を帯びた焦茶色はどこまでも深く、ずっと眺めていても見飽きないほどだった。

クラスメイトの誕生日会。

信じられないほど広い庭でのパーティー。

生クリームと苺で飾られた巨大なバースデーケーキよりも、きらきら輝く飴細工の花たちよりも、そのチョコレートの泉に魅せられた。

一九八五年。聖太郎は、そのとき九歳だった。

神戸《こうべ》といえば異国情緒のあるお洒落《しゃれ》な街並みというイメージを持つひとが多く、北野《きたの》の異人館や旧居留地といった観光地はまさにそのような雰囲気ではあるが、いわゆる下町と呼ばれる庶民的な住宅地も存在している。

聖太郎が住んでいるのも、かなり老朽化した木造二階建てのアパートだ。父親がこの世を去ってから、聖太郎は母親とふたり、このアパートの一階部分で慎《つつ》ましく暮らしていた。

聖太郎の父親は画家で、近くにアトリエを借りて、毎日、自転車で通っていた。もっとも、絵が売れたという話を聞くことは少なく、絵画教室が羽野家のメインの収入源であったのだが。

ある日、いつもどおり、自転車で交差点を曲がろうとしたところ、猛スピードで突っこんできたトラックによって、父親の体は勢いよく宙へと投げ出された。父親は救急車で運ばれ、治療を受けたが、帰らぬひととなった。

それから、半年。父親がいなくなったという事実をなかなか受け入れることができず、四年生になった聖太郎は気分も塞《ふさ》ぎがちで、新しいクラスで積極的に友達を作ろうともせず、ただぼんやりと過ごしていた。

以前は休み時間になるとドッジボールができるのが嬉しくて我先にと運動場へ飛び出していったものだが、いまは教室から出ることすら億劫《おっくう》だ。

頬杖《ほおづえ》を突いて、窓の外の青空を眺めていたところ、目の前に白いものが差し出された。

「はい、これ」

立っていたのは、大宮光博《おおみやみつひろ》だった。

学年一の肥満児であり、高級ブランドのロゴが目立つポロシャツに蝶ネクタイにサスペンダーというお坊ちゃん然とした格好は、教室内でも異彩を放っている。

とんでもない金持ちの子がいる、という噂は入学して間もないころにすでに広まっていた。社長の息子。『ピースチョコ』で有名な大宮製菓の御曹司《おんぞうし》。光博の自宅はお城みたいな大豪邸で、欲しいものはなんでも買ってもらえるらしい。友人たちがそんな話をしているのを聞きながらも、四年生になるまでおなじクラスになったことはなく、遠目に見たことがあるだけだった。

そんな光博が、自分の目の前に立ち、なにか差し出している。

「羽野くんの分やから」

光博は手に持ったものを押しつけるように聖太郎に渡した。

それは白い封筒であった。

「なんなん、これ？」

思わず受け取ったものの、聖太郎は戸惑いを隠せない。

「招待状」

さも当然といった口調で、光博は言った。

「誕生日会するから、羽野くんも来て」

「はあ」

光博の誕生日会についても、人伝手《ひとづて》に話を聞いたことはあった。食べきれないほどのご馳走が出て、帰りにはたくさんのお菓子をお土産として持たせてくれるそうだ。

「プレゼントとかはべつに気にせえへんでええし。ただ、来てくれたらええだけやから」

それだけ言うと、光博はすたすたと歩いていった。そして、またべつのクラスメイトを呼びとめて、無表情のまま、招待状を差し出している。

どうやら、招待状はクラスメイト全員分あるようだ。光博はまるで義務を果たすみたいに、ひとつずつそれを配っている。

封筒を開けてみると、光博の写真が大きく掲載されたカードが入っていた。

写真の光博は、大宮製菓の商品であるチョコレートやキャンディに囲まれて、ちっとも楽しくなさそうな笑顔を浮かべている。

光博とはほとんど話したことはなく、誕生日を祝うような関係だとも思えない。

それなのに、出席しようと聖太郎が決めたのは、母親を安心させるためだった。

家に帰って、誕生日会の招待状を渡すと、聖太郎は母親に相談した。

「誕生日会に誘われたから、行こうと思うんやけど、プレゼント、どうしたらいいと思う？」

その言葉を聞いて、母親は嬉しそうな表情を見せた。

「お友達の誕生日会？　まあ、素敵な招待状やね」

父親のことがあってからというもの、聖太郎は放課後に友人たちと遊ぶこともなく、休みの日に出かけることもなく、ぼんやりと過ごしていた。そんな元気のない聖太郎を見て、母親は胸を痛めているようだった。

自分がいつまでもつらい気持ちでいれば、母親もつらい。それがわかっているからこそ、聖太郎は自分が以前のような前向きな気持ちを取り戻しつつあると、母親に思わせたかった。

「本人は、プレゼントとかは気にせえへんでええって言ってたけど、持って行ったほうがいいよな？」

友人への誕生日プレゼントといえば、文房具やちょっとした玩具などだろうか。しかし、親が社長で、大金持ちで、なんでも買ってもらえるような生活をしている光博には、どんなものを贈っても、喜んでもらえる気がしなかった。

「大宮くんって、あの大宮製菓のお坊ちゃんでしょう。そうやねえ、なにがいいかしら」

小首を傾げたあと、母親はぽんと手を打つ。

「刺繍《ししゅう》入りのハンカチなんかどう？　ちょうど、新しい色の糸をいくつか買ったところやったんよ。大宮くんのイニシャルとなにか好きなものを刺繍してあげたら、心のこもった贈り物になると思わへん？」

光博の好きなもの……。

そんなことを言われても、聖太郎にはなにひとつ思い浮かばなかった。

「ワンポイント、なにがいいかしら」

「さあ、なんでもええんちゃう」

「男の子用なら、電車とか飛行機とかの乗り物の図案があったはずやわ。喜んでくれるといいわねえ」

声を弾《はず》ませて、母親はさっそく刺繍の道具を取り出す。

刺繍の糸を選びながら、母親は楽しそうに軽やかなハミングまで響かせていた。

父さんはもう、いないのに……。

母親の笑顔を見て、聖太郎の心はちくりと痛んだ。

まだ父親が死んで半年しか経っていないのに、何事もなかったかのように、はしゃいだり笑ったりして楽しそうに暮らすなんて、なんだか裏切りみたいな気がするのだった。

もちろん、母親も悲しくないわけではないのだろう。告別式では涙を見せていた。

だが、母親には信仰があった。

敬虔《けいけん》なクリスチャンで、神様の存在を信じているのだ。

お父さんはね、天に召されたの。安らかな眠りについたのよ。もう、なにも心配はいらないの。そこには永遠の安息だけがあるのよ。

そんなふうに語る母親に、聖太郎は言い返したいことがいっぱいあったが、すべて自分のうちにとどめておいた。

両親ともにキリスト教徒だったので、聖太郎も教会に通うことが当たり前の環境で育ってきた。食事の前には感謝の祈りを捧げ、聖書の教えも自然と覚えた。

いつでも神様が見守ってくださっている、と母親は言う。

だが、いまの聖太郎はそれを信じることはできないでいた。

父親は事故に遭ったあと、ずっと意識不明の状態だった。父親が入院しているあいだ、聖太郎は必死になって祈った。

神様、お願いです。どうか、お父さんを元気にしてください。神様、お願いです。どうか、お父さんを元気にしてください……。

だが、その祈りが聞き届けられることはなかった。

葡萄《ぶどう》の葉のレリーフがついた真っ白な門を前にして、聖太郎はぽかんと立ち尽くしていた。

ほんまに、お城みたいな家や……。

光博の家は、古い戸建ての密集する住宅地にあって、そこだけ明らかに浮いていた。

白い円柱に支えられたバルコニーに、ミント色をした三角形の屋根、レンガ造りの煙突など、メルヘンの世界から飛び出してきたような建物だ。

「ようこそ。お待ちしておりました」

お手伝いさんが門扉《もんぴ》を開けて、聖太郎を招き入れる。

建物のなかに入るのかと思いきや、連れて行かれたのは広々とした庭園だった。

色とりどりの風船が飾られ、明るい音楽が流れ、料理の置かれたテーブルからおいしそうな匂いが漂ってくる。芝生の上には、細長いテーブルと椅子《いす》が置かれ、すでに数人のクラスメイトたちが席についていた。

光博はいつも以上におめかしをして、銀色のモールのついた紙製の帽子をかぶっている。見るからに上質とわかる服装に、チープな帽子がちぐはぐな印象を与えた。たっぷりと肉のついた二重顎《にじゅうあご》に、帽子のゴムが食いこんでいる。

聖太郎は近づいて、プレゼントを渡した。

「お誕生日おめでとう」

母親が気球の刺繍をしてくれたハンカチは、リボンと包装紙でラッピングされていた。

「うん。ありがとう」

光博は受け取ったプレゼントを開けることなく、お手伝いさんに渡した。

お手伝いさんが向かった先には花を飾ったテーブルがあり、綺麗に包装された箱が山積みになっていた。聖太郎のプレゼントも、その一部となる。

聖太郎が席につくと、おなじテーブルでクラスメイトたちが話している声が聞こえた。

「光博のところ、ファミコンがあるから、家でドンキーコングができるらしいで」

「マジで。あとで、遊ばせてくれるかな」

「でも、ずっと、光博ばっかりやってて、順番かわってくれへんねんて」

「あいつ、わがままやもんな」

「お金持ちやねんから私立の学校に行けばいいのに、なんで、わざわざ公立に通わせてはるんやろって、お母さんが言ってた」

「浮いてるもんな」

「まあ、悪いやつじゃないけど」

「うん、お菓子くれるし」

ひそひそと話す声は、光博に届いてはいないだろう。

細長いテーブルの短い辺の部分に、ほかとはちがう幅広の椅子がひとつだけ置かれ、光博はそこに腰かけていた。

かたわらにお手伝いさんが立ち、しわがれた声を大きく張りあげる。

「みなさま、今日は光博坊ちゃまのお誕生日会に、ようこそおいでくださいました」

光博はかしこまった面持ちで、じっと座っている。

「お料理はバイキング方式で、食べ放題となっています。お好きなだけ、たくさん、食べてくださいね。それでは、クラッカーを鳴らして、お祝いをいたしましょう」

お手伝いさんの声に従って、一同はクラッカーを持つ。

「光博坊ちゃま、十歳のお誕生日、おめでとうございます」

パン！　パン！

派手な音が響き、色とりどりの紙テープが弧を描いたあと、張りのない「おめでとう」「おめでとう」という声がまばらに聞こえた。

大人は、お手伝いさんだけ。光博の両親のすがたは、どこにもなかった。

光博の父親はピースチョコを作っている会社の社長らしいから、きっと、ものすごく忙しいのだろう。そんなふうに考えつつも、聖太郎には社長という仕事がどんなことをするものなのか、想像もつかなかった。

クラッカーを鳴らしてお祝いをすると、とりあえず役目は果たしたといった感じで、クラスメイトたちはどこかほっとしたような顔になった。先ほどまでよりは幾分、リラックスした様子で席を立ち、思い思いに料理を皿に盛りつけている。

だれも、光博に話しかけに行こうとはしない。

一体、光博はなんのために、わざわざ誕生日会なんてするのだろう。

鶏の唐揚げ、フライドポテト、サンドイッチ、ソーセージ、グラタン、ミートボールなど、子供が喜びそうな料理がずらりと並んだテーブルを見ながら、聖太郎は疑問に思う。

この誕生日会が、光博を幸せな気持ちにしているとは思えない。

聖太郎にとって、誕生日は家族が祝ってくれるものだった。クラスメイトを招待するような誕生日会なんて行ったことはなかった。

もし、これが本当に仲の良い友達ばかりで、心からお祝いを言ってもらえるのなら、誕生日会を行う意味もあるというものだ。しかし、この空々しさたるや。軽快な音楽と、会話のざわめき。陽光が庭木の緑をまぶしいほどに照らしているのに、光博の顔は半分、暗く陰になっているようだった。

聖太郎も席を立ち、皿を持って、料理を取りに行く。

光博と話がしたいような気がした。だが、他人の内面に踏みこむだけの余裕が、いまの聖太郎にはなかった。自分の心だけで、手いっぱいだった。

どんなときでも、父親のことを考えてしまう。

もうこの世にはいない存在。だからこそ、いつでも自分が心に思い浮かべていないといけないような気がした。

父親の死。魂について。死んだらどうなるのか……。

最後の審判というところに考えが向かうと、聖太郎は怖くなる。

家族三人、おなじように神様の存在を感じていたころなら、なにも心配することはなかった。父親とも天国で再会できると思えただろう。だが、聖太郎は疑問を抱いてしまった。正しく神様を信じることができないでいる。

自分だけは、地獄行きかもしれない。

でも、そもそも……。

本当は、神様なんていないんじゃないのか。

天国も地獄もなくて、永遠の生命なんて嘘っぱちで、みんな、死んだらそれで終わり。

そんなふうに思って、足元がぐらぐらと崩れていくような感覚になる。

テーブルに並んでいた料理は、あっという間になくなり、大きな皿の底が見えるようになっていた。

聖太郎がわずかに残っていた料理を皿に盛りつけ、自分の席に戻ろうとしたところ、ひとりの男性がすがたを現した。

「グランパ！」

光博が弾んだ声をあげる。

祖父を見た途端、これまでの仏頂面から一転して、光博の顔にこぼれんばかりの笑みが浮かんだ。

「さあ、お待ちかねのデザートタイムや」

光博の祖父、源二《げんじ》は銀色のワゴンを押していた。ぴかぴかと輝くワゴンには、大きな車輪がついており、芝生をものともせず進んでいく。

ワゴンの上にあるものを目にして、一同から感嘆の声が漏れた。

巨大なバースデーケーキだ。たっぷりの生クリームに瑞々《みずみず》しい苺たち。赤と白のコントラスト。バースデーケーキのまわりには、外国のめずらしいお菓子が山盛りになり、色鮮やかな飴細工の花が飾られている。そして、その隣にはチョコレートの泉があった。不思議なかたちをした容器のなかでカカオ色の液体が噴水のようにあふれている。

なんや、あれ……。

つやめくチョコレートの泉から、聖太郎は目を離すことができない。

源二は洒落たスーツの胸ポケットからジッポーを取り出して、バースデーケーキのロウソクに火をつけた。

十本すべてに点火すると、指揮棒を振る真似をしながら、口笛でハッピーバースデーのメロディを奏でる。そのメロディに合わせて、みんなで歌う。

歌が終わると、光博はロウソクに息を吹きかけた。

十個の小さな炎が、ゆらめいて、消える。

「ケーキもお菓子もたっぷりあるから、遠慮なく食べてや」

源二はみずからナイフを持ち、バースデーケーキをカットして、全員に配った。

「それから、こっちはチョコレートフォンデュや」

カカオ色した液体を示して、源二は言った。

「とろとろに溶けたチョコレートに、こうやってマシュマロや果物を浸《ひた》して、食べるんや」

説明しながら、竹串に刺したマシュマロを手に持って、カカオ色の液体に近づける。つぎの瞬間には、マシュマロは半分ほど、チョコレートでコーティングされていた。

源二がそれを口に入れるのを見て、聖太郎はごくりと唾《つば》を飲みこむ。

聖太郎は席を立ち、吸い寄せられるようにチョコレートの泉へと近づいた。

そして、自分でも竹串に刺さったマシュマロを手に取り、カカオ色した液体へと沈ませる。そっと引き上げると、チョコレートが細く長く垂れ落ちた。とろりとしたチョコレートは、空気に触れると固まり、マシュマロのまわりで殻《から》のようになった。

口に入れると、チョコレートはつるつるとして、なめらかだった。歯を立てるたび、チョコレートがぱりぱりと砕け、マシュマロのやわらかな食感へと変わる。チョコレートのほろ苦さと、マシュマロの甘さが重なり合う。

面白い！

ひとつ食べると、またすぐに、もうひとつ食べたくなった。

聖太郎がつぎに手を伸ばしたのは、パイナップルだった。竹串に刺さったパイナップルをカカオ色した液体に浸したあと、口へと運ぶ。

なめらかなチョコレートの舌触りに、パイナップルの繊維が違和感となって、心をざわめかせる。咀嚼《そしゃく》するうちに、チョコレートが溶け、パイナップルの果汁と混ざり合い、甘さのなかに酸味が際立つ。

もっと、もっと！

聖太郎はつづいて、バナナを選んだ。

うっすらと黄みがかったバナナに、茶色いチョコレートを纏《まと》わせて、口へと運ぶ。薄いチョコレートが割れて、ねっちりとしたバナナの食感と、まったりとした甘さが口に広がる。そして、鼻に抜けていくのは、バナナの濃厚な香りだ。南国を思わせる甘ったるい香り。だが、それに負けないほどの香りが、チョコレートにもある。芳醇《ほうじゅん》なカカオの香りが、ふんわりとバナナを包みこみ、聖太郎はうっとりと目を閉じた。

「わあ、こっちのチョコレートもおいしそう」

声が聞こえ、はっと我に返り、聖太郎は目を開ける。

「いいな、いいなあ」

「俺も食べたーい」

「聖太郎だけ、ずるいぞ」

ケーキを食べ終わったクラスメイトたちがやって来たので、聖太郎は慌てて場所を譲った。

そして、気づく。

さっき、一瞬、音が消えていた。

チョコレートの味わいに集中するあまり、まわりの音が聞こえなくなっていたのだ。

自分の席に戻って、聖太郎は切り分けてもらったバースデーケーキを食べる。

バースデーケーキを食べながらも、クラスメイトたちがいろんなものをチョコレートに浸して食べている様子を見つめていた。みんな、わくわくと目を輝かせて、チョコレートの泉を取り囲んでいる。

光博だけはその輪に入らず、少し離れた場所で源二と話をしていた。

いつもは不機嫌そうに一文字に結ばれている光博の口が、いまはわかりやすく笑みを作っている。仲睦《なかむつ》まじい祖父と孫のすがた。敬愛をこめて見あげる光博のまなざし。

聖太郎はまた、父親のことを思い出してしまう。父親が生きていたときには、自分もあんな目をしていたのだろう。

父親が死んでしまったこと。天国のこと。神様のこと……。

考えても仕方がない、答えの出ないことが浮かんで、またしても聖太郎の頭のなかでぐるぐると渦巻く。

やがて、光博とほかのクラスメイトたちは家のなかへと入っていった。

もう誕生日会は終わりで、最後にお土産をもらって帰るようだ。

聖太郎は名残惜しい気持ちを抑えきれず、チョコレートの泉へと再び近づいた。

マシュマロやフルーツはすべてなくなっていたが、なめらかなカカオ色した液体は、まだたっぷりと残っている。チョコレートの泉はつやつやとした輝きを放って、聖太郎を誘う。

もっと、食べたい。

もっと、もっと、いろんな味を作りたい！

聖太郎はちらりとあたりを見まわす。

料理を盛っていた皿に、唐揚げがひとつあるのが、目に入った。

もし、あの唐揚げをチョコレートと合わせたら、どんな味になるのだろうか。

試してみたいという気持ちに勝てず、聖太郎は竹串で唐揚げを刺して、カカオ色した液体に浸した。

「ポジョ・デ・モーレ」

呪文のような言葉が背後で響き、聖太郎はびくりと肩を震わせる。

おそるおそる振り返ると、立っていたのは源二だった。

「メキシコ料理には、ポジョ・デ・モーレという鶏肉のチョコレート煮込みがあるんや」

聖太郎の持った竹串を見て、源二は言う。

てっきり怒られるものだと思ったが、源二の口調は面白がっているようだった。

聖太郎はチョコレートでコーティングされた唐揚げに目を向け、ぱくりとそれを食べた。

うっすらと固まっていたチョコレートが割れ、下味に醤油《しょうゆ》の効いた唐揚げの衣がほぐれ、甘辛い味が口いっぱいに広がる。淡泊な鶏肉に、カカオの風味がふわりと重なる。複雑な味わいだ。未知なる味との出会いに、聖太郎は胸が高鳴る。

「どないや？」

「思った以上に、おいしいです。チョコレートと唐揚げやなんて、絶対に変な組み合わせやのに、意外と合うというか」

「やろ？　チョコレートの可能性は、無限大やで」

満足げに言って、源二は問いかける。

「チョコレートが好きか？」

「はい」

聖太郎がうなずくと、源二は嬉しそうに目を細めた。

「そうか、そうか。見どころのある子やな。どや、大きなったら、うちの会社に入らへんか？　そんで、これまでにないような新商品を開発して欲しいもんや。うんうん、ぜひとも、大宮製菓に入って、光博を助けてやってくれ」

冗談めかした口ぶりながらも、声にはどこか切実な響きがあった。

いきなり将来の話などされても、聖太郎にはぴんと来なかった。大人になるのはまだまだ先だという気がしていたし、どんな仕事をするかなんて、真剣に考えたことはなかった。

だが、このとき、源二と視線を交わして、通じ合うものがあった。

チョコレートに魅せられた者たち。

大宮製菓の創業者である源二が、チョコレートというものに並々ならぬ思い入れを持っていることが、そのまなざしから伝わってきた。

「お菓子は、生活必需品やない。お菓子を楽しめるっていうのは、つまり、ひとびとの生活が豊かで平和やっていうことや。うちの会社は、みんなを幸せにする平和産業なんや」

誇らしげな口調で、源二は言う。

「まあ、会社のことはともかく、光博は根はいい子やから、また遊びに来たってな」

源二は孫を思う祖父の顔になって、そう付け加えた。

聖太郎はもう一度、チョコレートの泉へと目を向ける。

つややかなカカオ色の輝き。

今日、この場所で、チョコレートを味わっているとき、思い悩むことを忘れていた。

ここがどこかということも、自分がだれかということも、意識から消え去っていた。自分のすべてが味を感じるための器官となったようで、余計なことは一切、考えずにすんだ。

ただただ、無心で、チョコレートの味だけを感じていた。

父親の死後、はじめて、聖太郎はそれを頭から追い出して、考えないでいる時間を持つことができたのだった。

2

母親に見張られながら、ヴァイオリンを弾いていると、源二がやって来た。

「光博、今日は南京町《なんきんまち》に行こか」

休みの日にはたいてい、ヴァイオリンの練習や塾の宿題をさせられている光博にとって、近くに住んでいる源二が訪れて、いろんな店に連れていってくれるのは、なによりの楽しみだった。

老舗《しにせ》料亭や寿司割烹、高級フレンチレストラン、ときには赤提灯のおでん屋台や場末のモツ鍋屋など、小学生の子供には似つかわしくないような場所にも、源二は気にすることなく光博を同行させた。

連絡もなしにふらりと来て、光博を連れ出そうとする源二に対して、母親は苛立ちを隠せないようだった。今日も眉をひそめると、これ見よがしに溜息をついた。

「またですか、お義父《とう》様」

うんざりしたような声で、母親は言う。

「このあいだもお話ししましたが、光博をあまり教育上よろしくないような場所には連れていっていただきたくないんです」

前回、源二が連れていったのは喫煙者の多い居酒屋で、光博の服には煙草《たばこ》の臭いが染みついており、母親はかなりヒステリックにそのことを責め立てたのだった。

自分の教育方針について、母親と祖父は対立している。

光博は幼いころより、それを感じ取っていた。

幼稚園や小学校に入るときにも、名門私立を受験させようとする母親に対して、公立で地元の子たちに交ざって成長するほうがいいと源二は主張した。そして、結局、源二の言い分が通されることになった。

「南京町はなんも教育上問題あるような場所やないで。うまい担々麺《タンタンメン》の店を教えてもらったんや。ちょっと辛いけど、まあ、光博やったらいけるやろ」

「それに、このあと、光博にはまだ勉強が……」

「勉強なんか、そないに必死にならんでもええ。そんなもんより、実地で学ぶことのほうがなんぼも役に立つ。光博は大宮製菓の跡継ぎとして、舌を肥やしておかんと」

ヴァイオリンを手に持ち、光博は立ったままでいる。

毎日みっちりと弾かされているヴァイオリンだが、光博自身はまったくやりたいとは思っていなかった。母親に言われるからレッスンをつづけているだけであり、上達への意欲も乏しい。源二の訪問で練習が中断されるのは大歓迎だ。しかし、母親の機嫌が悪くなることを考えると、嬉しそうな顔を見せるわけにもいかない。

光博の誕生日会も、最初のころは母親がパーティーを主催していたのが、いつしか源二が仕切るようになった。源二の企画やプレゼントのほうを光博が喜ぶので、母親はやる気を失ってしまい、ついには「それなら、お義父様が準備してくだされはいいじゃないですか」と言い出したのだった。

自分が祖父に懐けば懐くほど、母親の心が離れていくことはわかっていた。

「ほな、光博、行こか」

源二の声に、光博はヴァイオリンをケースへと仕舞う。

そして、母親のほうは見ないまま、源二といっしょに家を出た。

普段は運転手つきの社用車で移動する源二も、休みの日には電車を使う。

元町《もとまち》駅で降りて、南へしばらく歩くと、南京町と呼ばれる一帯が見えてきた。中華食品や雑貨などが雑然と並び、龍の装飾が施された看板の店などが軒を連ねる。

「中華街は神戸のほかに、あと二カ所あるけど、どこか知ってるか？」

源二の問いかけに、光博は歩きながら答える。

「横浜と長崎」

「そうや。どこも港町で、外国の文化がいち早く入って来た。このあたりは明治のころには中華街が作られて、えらい賑わいやったのに、空襲で一旦、全焼してもうたんや」

「グランパも、そのとき、神戸におったん？」

「疎開しとったから、空襲のときのことは知らんけど、戦後、戻って来たときにはひどいもんやったで」

光博にとっては、空襲なんて遠い昔の話であり、現実感はあまりなかった。戦時中の話を源二から聞くたび、日本とアメリカが戦争をしていたなんて信じられない気持ちになる。

「ヤミ市とか歓楽街のイメージが残っとるから、教育上よろしくないとか言われんやろな。でも、最近は中華街を復活させようということで、再開発に力を入れとるんやで」

言いながら、源二は広場の中心部に視線を向ける。

そこには、赤い丸柱と黄色い屋根が目にも鮮やかな中国様式のあずまやが建っており、カメラを構えたひとたちが記念写真を撮っていた。

「見てみ。みんな、楽しそうな顔してるやろ。おいしいもんがあるところには、ひとが集まって来る。南京町はこれからどんどん観光地化して、お客さんがわんさかやって来るようになるやろな」

そんな話をしながら、源二は人通りの少ない路地へと入っていく。

店はわかりにくい場所にあり、引き戸は建てつけが悪く、店員の愛想も良くはないが、店内は熱気とおいしそうな香りに満ちていた。

注文した担々麺が運ばれてくると、源二はさっそく箸を手にして、麺をたぐった。

「これはうまいな。スパイスの香りがよう効いてる。どうや、光博、辛さ、いけるか？」

光博も、湯気をあげて熱そうな担々麺に息を吹きかけ、少し冷ましてから食べ始める。

「うん。辛いけど、おいしい」

ラー油の刺激的な風味にザーサイの塩辛さが混じり合い、あとを引くおいしさだ。

「この酢をちょっと入れると、辛さがやわらぐで」

卓上の酢を取って、源二は自分の担々麺にかけながら言う。

光博も真似して、酢をかけてみた。

「ほんまや。さっきより、味がまろやかになって、挽肉の味がよくわかる気がする」

光博の言葉に、源二は満足げにうなずく。

ヴァイオリンがうまく弾けたとき、あるいはテストで百点を取ったときに、母親が見せるのとおなじような表情だ。

ふたりとも、光博をより良く育てたいと思っている気持ちに違いはない。源二は光博に味覚の英才教育を施している。母親も光博に一流の教育を与えたいと考えている。ただ、光博はヴァイオリンや学校の勉強よりも、源二が教えてくれることのほうに興味があった。

担々麺を食べ終わるころには、光博は汗だくになっていた。

食後のデザートとして、マンゴープリンが運ばれてくる。

一口食べて、光博は思わず、にんまりと笑った。

熱く辛い担々麵のあとに、ひんやり甘くぷるぷるとした食感が心地いい。

源二もまた、マンゴープリンの味に感嘆の声を漏らした。

「ほう、マンゴーか。トロピカルやな」

スプーンを卓上に置くと、源二は胸ポケットからメモ帳を取り出す。

「マンゴー味のピースチョコはどうやろ。うん、いいな。パッケージもオレンジ色にしたら目立ちそうや」

メモ帳にアイディアを書きとめてから、源二はまたスプーンでマンゴープリンをすくって、まじまじと眺める。改めて匂いを嗅ぎ、口に含むと、さまざまな考えをめぐらせながら、じっくりと味わう。

大宮製菓の主力商品であるピースチョコは、ミルク味とコーヒー味のほか、最近では苺味がよく売れていた。

「どうや、光博。マンゴー味のチョコレートは、どう思う？　いまどきの小学生は好きそうか？」

「うーん、どうやろ」

首を傾げて、光博は答えた。

「マンゴーって食べたことある子は多くないと思うし」

小学生の光博は、源二にとっては可愛い孫であるだけでなく、まさに大宮製菓が作っている商品のターゲット層でもあった。お小遣いを握って、駄菓子屋におやつを買いに来る子供たちこそ、大宮製菓を支える消費者なのだ。

「そうやな、馴染みのある味のほうが売れるのは売れるか。子供って、意外と保守的なところがあるからなあ。めずらしいもんが話題を呼んでヒットするかと思えば、斬新すぎるとそっぽを向かれる。それが商品開発の面白いところや」

仕事の話をするとき、源二は活力に満ちていた。

「ピースチョコを思いついたときは、ほんま、頭のなかで、ぴっかーんって豆電球が光って、ひらめいた感じやったからな。これは売れるって、直感したんや」

光博は、祖父から昔の話を聞くのが好きだ。

大宮製菓の創業秘話。疎開先でひもじさに耐えた日々。そして、戦後に進駐軍が配っていたチョコレートのおいしさに感動して、これに負けないものを自分たちでも作ろうと志すところから、大宮製菓は始まるのである。

自分たち。

そう、そのとき、源二はひとりではなかった。

源二の回想には、なくてはならない人物として、兄の源一《げんいち》が出てくる。

「あのころは、ほんま、大変やった。疎開先から戻ってみれば、両親ともに行方不明や。兄ちゃんとふたり、荒れ果てた神戸の町を歩いていたときに、でっかいジープに乗ったアメリカ人がやって来て、チョコレートを配っとってなあ」

ふたりの兄弟は、一枚の板チョコレートを割って、半分ずつ分け合って食べた。

源一は大きいほうを弟に譲る優しい兄だった。

「そのあと、いろんなところで丁稚《でっち》奉公して、いざ、自分たちでも商売をやろかと思ったときに、心に浮かんだんが、あのチョコレートやった」

光博はひたすら黙って、源二の話に耳を傾けている。

目を閉じれば、戦後の焼け野原でひたむきに生きているふたりの兄弟のすがたが浮かぶようだった。

「カカオ豆を手に入れるのは難しかったけど、ヤミ市に横流れ品のココアが出まわっているのを見つけたんや。ココアに粉乳と砂糖と油脂を加えれば、チョコレートを作ることができる。それで、試行錯誤をして、ついに、売りもんになるようなチョコレートを完成させた」

自分とそんなに年齢の変わらないころの源二が丁稚として働いたり、商売を始めようと考えたりしていたなんて、戦後の混乱期とはいえ、いまでは考えられないような人生だ。

親のいない生活。

学校にも行かず、下働きをして経験を積み、自分たちで会社を興《おこ》す……。

光博にとってはまるでべつの世界の出来事にも思えて、胸躍る物語を読んでいるような気分になるのだった。

「当時はもちろん、全部、手作りや。材料を鍋に入れたら、湯煎《ゆせん》にかけて、こう両手で麺棒を持って、ぐるぐるかき混ぜて、練り上げる。冷却設備もあらへんから、作業は夜中に行って、出来上がったチョコレートは外気で冷やしとった。平べったいステンレス製のバットに流し入れて、固まったチョコレートを適当な大きさに砕いた割りチョコやったけど、これがもう飛ぶように売れた」

戦争がどれだけ悲惨で、怖ろしいものかということを、光博は嫌というほど教えられていた。空襲を受けて、命の危険にさらされるような生活など、絶対にしたくはない。

それでも、源二から希望に満ちあふれていた当時の話を聞いていると、光博の胸には憧れにも似た気持ちが湧きあがってくるのだった。

「兄ちゃんは商売人というより、職人の手を持っとったな。材料の配分なんかも、秤《はかり》要らずで、ぴたりとちょうどいい量がわかった」

懐かしそうに目を細めて、源二は言う。

「そんで、こっちはアイディア担当や。最初のころに作っとった割りチョコは原価が高いから、それなりの値段をつけなあかんかった。でもな、貧しい時代やからこそ、だれもが気軽に楽しめるお菓子を作りたかったんや。そこで、チョコレートの分量を減らして、安く仕入れられる小麦の菓子を混ぜてみた。そうしたら、さくさくした歯ごたえと風味のよさが評判を呼んで、作っても作っても生産が追いつかへんほどの大ヒットになった。その後も改良を重ねて、いまのピースチョコができたというわけや」

「ピースチョコっていう名前は、グランパが考えたん？」

光博の質問に、源二はうなずく。

「ああ、そうや。平和への願いをこめて、ピースチョコという名前をつけた。あのころは兄ちゃんもまだ元気で、大変ながらも楽しかったなあ」

商売が軌道に乗り、工場も増設することになって、これからというときに源一は病に倒れ、この世を去ってしまう。

「そういえば、このあいだ誕生日会に来てくれたあの男の子とは、その後も仲良うしてるんか？」

源二が言っているのは聖太郎のことだとすぐにわかったが、光博は返事に詰まった。

聖太郎だけでなく、どんな子とも光博は仲良くしていない。

「あの子は、ええ目の輝きをしとったな。今度また、うちに連れておいで」

源二の言葉に曖昧《あいまい》にうなずいて、光博はコップの水を飲んだ。

友達をたくさん作るべきだ、ということは頭では理解できていた。

だが、光博はこれまで自分から仲良くなりたいと思う相手と巡りあったことはなかった。

光博の家には、一般家庭の子供には手が届かないような高価な玩具があり、おやつもたっぷりと用意されているので、遊びにきたがる子は多かった。

しかし、その子たちの目的は自分自身ではなく、光博が持っているものにあることはわかっていたので、むなしい気持ちになり、次第に遊ばないようになった。

基本的に、光博はひとりでいることを好んだ。

その傾向に拍車をかけたのが、おなじクラスにいる石橋《いしばし》アキラの存在である。

アキラもまた裕福な家の子供であり、そのことを自慢に思って、光博をライバル視しているようだった。

光博の誕生日会も、アキラがクラスの男子たちに「絶対に行くな」と命令したので、参加者が少なかったのだ。

ひとりを好む光博とはちがって、アキラはいつも取り巻きを引き連れていた。

親の七光りで偉そうにしているアキラのすがたは、光博の目にとても醜悪に映った。

ああはなるまい、と自戒する一方、ならばどうすれば本物の友達を手に入れることができるのかはわからなかった。

自分の席に座ったまま、光博はちらりと聖太郎のほうをうかがう。

聖太郎は授業中も積極的に発言するほうではなく、目立たない存在だ。これまでは特になんの印象も持っておらず、意識することはなかったのだが、誕生日会で祖父が声をかけているのを見て、光博はなぜか気になった。

休み時間になり、聖太郎は席を立ち、トイレに向かった。そのあとにつづくように、光博もトイレに行く。だが、話しかけたりはしない。

光博が手を洗って、ハンカチで拭いていると、聖太郎が声をかけてきた。

「あ、それ、使ってくれてるんや」

聖太郎の視線は、光博の手元に向いている。

「え？　ああ、うん」

一瞬なんのことを言っているのかと思ったが、ハンカチに施された刺繍を見て、光博は思い出した。

このハンカチは聖太郎から誕生日にプレゼントされたのだ。

光博のイニシャルであるMの文字と気球の刺繍が施されたハンカチ。光博の母親は裁縫が得意ではないので、自分の持ち物に刺繍をしてくれることはない。

「羽野くんのお母さんって、こういうの得意なん？」

「うん、洋裁の仕事してるし」

「洋裁って、服とか作ってんの？」

「そう。家にミシンがあって、注文をもらって作ってるねん」

そんな会話をしながら、廊下を歩いて、教室へと戻る。

「そういえば、大宮くんって、なんで、お祖父《じい》ちゃんのこと、グランパって呼んでんの？」

「グランパがそう呼べって言うから」

「外国のひとなん？」

「ううん。でも、グランパは子供のときにイギリスとの貿易に関係する会社で働いたことがあって、外国の文化に慣れてるねん」

「じゃあ、英語も喋れんの？」

「ぺらぺらやで」

「すごいなあ」

すると、アキラが割って入るようにして、聖太郎に話しかけた。

「聖太郎、そんなやつと話してないで、みんなでドッジボールしようぜ」

アキラの背後には、何人もの男子たちがずらりと並んでいる。

聖太郎もそちらに行ってしまうのだろう、と光博は思った。

だが、聖太郎は首を横に振った。

「ごめん。今日はいいや。やめとく」

アキラの誘いを断って、聖太郎はまた光博のほうに顔を向けた。

「大宮くんのお祖父ちゃんって、面白いひとやな」

「グランパも、羽野くんのこと気に入ったみたいで、うちに連れておいでって言ってた」

「ほんま？　聖太郎でええで」

「え？　なにが？」

きょとんとした光博を見て、聖太郎は笑う。

「呼び方。苗字で呼ばれるのって、あんま慣れてへんし」

「じゃあ、僕のことも光博で」

光博と聖太郎のあいだに、親密な空気が流れる。

その一方で、自分の誘いを断っただけでなく、目の前で光博と仲良くしている聖太郎に対して、アキラは怒りを露《あら》わにした。

「おい、聖太郎！　おまえ、ほんまに、俺らとドッジせえへんつもりか？」

「うん、そういう気分ちゃうし」

怒鳴り声をあげるアキラに、聖太郎は平然とそう言った。

「じゃあ、もう仲間ちゃうで！　覚えとけよ！」

腹立たしげに言い捨てて、アキラは教室から出ていった。

それ以降、聖太郎はたびたび、光博の家に遊びに来るようになった。

ふたりの遊びは、主にお菓子作りだった。材料を混ぜ合わせ、鍋で煮込んだり、オーブンで焼いたり、冷蔵庫で冷やし固めたりする。それは料理というよりも、実験に近かった。

光博の家のキッチンは、お菓子の研究所となり、さまざまな開発が行われた。

「図書館でこんな本を借りてきてん」

聖太郎が本を広げると、光博がのぞきこんで感嘆の声をあげる。

「まるごとバナナのチョコクレープ？　おいしそう。これ、作ってみよか」

さっそく冷蔵庫を開けて、材料を確認する。

「うん、バナナも残ってるし、生クリームも買っといてもらったからたっぷりある」

「バナナがおいしかったら、今度はほかの果物でやってみよう。苺とかは絶対においしいと思うけど、林檎はどうやろ？」

ハンドミキサーで生クリームを泡立てながら、聖太郎が言う。

「林檎やったら、生のままより、ジャムのほうがクレープには合うんちゃうかな」

「ああ、たしかにジャムのほうが包みやすそう。林檎ジャムを合わせるんやったら、上にシナモンをかけたら、アップルパイっぽくなって、もっとおいしそうやと思わへん？」

聖太郎のアイディアに、光博は大きくうなずく。

「いいな、それ。うん、シナモンは絶対に合うと思う。林檎のお菓子といえば、前に本でめっちゃおいしそうなの見たなあ。ちょっと待って」

光博は二階へ行くと、書斎から一冊の本を持ってきた。

「ほら、これこれ。タルトタタン。この焦げ目がめっちゃおいしそうやろ」

「わあ、すごい綺麗な写真やな」

源二がフランスを旅行したときに古書店で見つけたというその本には、各地の伝統菓子が写真つきで紹介されていた。

「僕が思いついたのは、プリンクレープ。プリンをまるごと、クレープの皮で包むねん」

光博のアイディアを聞いて、聖太郎はくすくす笑う。

「光博はほんまに甘いもん、好きやな。プリンのクレープはおいしいとは思うけど、やわらかくて食べにくそうやで」

聖太郎は、光博がはじめて出会った同好の士だった。

自分とおなじレベルで、お菓子について話せる相手。源二のおかげで、光博の食に関する経験値は飛びぬけており、ほかの子とは話が合わなかった。だが、聖太郎は自分に負けないほどの情熱を持って、お菓子作りをしている。そんな聖太郎だからこそ、光博はいっしょにいて心地よさを感じた。

これが本当の友達というものなのかもしれない。

そう思うと、光博は嬉しかった。

だが、聖太郎はどうなのだろうか。

疑問に思いながら、光博は聖太郎の横顔を見つめる。

聖太郎は真剣な顔をして、熱したフライパンにバターを溶かして、クレープの生地を流し入れていた。

アキラの誘いを断ってからというもの、聖太郎はクラスのほとんどの男子から無視されるようになっていた。自分のせいで、聖太郎のクラスでの立場が悪くなったようで、光博は申し訳ない気持ちがした。

「今度はアイスボックスクッキーっていうの、作ってみたいな」

焼きあがったクレープを皿に広げながら、聖太郎が言う。

「教会のバザーでクッキーを売ることになってるから、いろいろ研究したくて」

聖太郎は毎週、教会に行かなければならないということで、日曜日には遊ぶことができなかった。聖太郎の口ぶりなどから、本人はそれを望んではいないが、母親につきあわされているのだということは、なんとなく伝わっていた。

光博には聖太郎の心境がわかる気がした。期待に応えたいという気持ちと、放っておいてほしいという気持ち。自分が興味もないのに母親の見栄のためにヴァイオリンや塾に通わされているようなものなのだろう。

クレープの生地が冷めてから、バナナと生クリームとチョコレートソースをトッピングしたら、今日のおやつの完成である。

食べようとしたとき、キッチンのドアが開いて、源二が入ってきた。

「おお、やっとるな、ちびっこシェフたち」

ふたりのすがたを見て、源二は目を細める。

「グランパ、ちょうどいいタイミングやで。いまから食べるところやったから」

「ほな、お相伴《しょうばん》にあずかろかな」

源二も椅子に座ると、クレープを手に持って、大きく口を開けて、かぶりつく。

「うん、うまい。ええ味や。そうか、バナナか。バナナは子供の好きな味やし、新フレーバーにぴったりやな」

興奮した口調で言って、源二はポケットからメモ帳を取り出す。

「よし、ピースチョコのバナナ味、商品化に向けて、開発しよう。きみらのおかげで、ええアイディアがひらめいたわ」

自分たちの作ったものが、源二に喜んでもらえて、光博の胸に満ちたりた気持ちが広がる。

隣を見ると、聖太郎も嬉しそうな顔をしており、ふたりは笑顔でうなずきあった。

3

小学校の卒業を控えたある日、光博は真剣な面持ちで聖太郎に言った。

「中学校はちゃうところになるけど、ずっと友達やからな」

光博は中高一貫の私立校を受験して、そちらに進むことが決まったのだった。

「休みの日には、絶対に遊びに来てや」

聖太郎は力強く「うん」とうなずき、約束したとおり、中学生になってからも、光博の家を頻繁に訪れた。

以前と変わらず、ふたりはお菓子の研究に余念がなかった。もっとも、いつもお菓子作りばかりをしていたわけではなくて、くだらない話をして笑い転げたり、真面目にテスト勉強をしたりと、世間一般的な男子中学生らしく過ごすことも多かった。

時折、源二がふらりとやって来て、外食や野球観戦に連れていってくれることもあった。

源二はまるでもうひとりの孫のように聖太郎を可愛がった。

聖太郎の中学生活は、小学生時代とおなじく地味だった。

成績が優秀なわけでもなく、運動神経がいいわけでもなく、目立たない生徒。それなりに親しく話すような友人はできたが、あくまでも学内でのつきあいに止《とど》まり、お互いの家に遊びに行くという関係にはならなかった。

聖太郎には属する場所がいくつかあり、それぞれの場所でちがう自分が表面に出てくるような感覚でいた。

母とふたりで暮らす家。中学校。教会。そして、光博の家。

光博といっしょにいるときには、実に楽しく、のびのびとした気分でいられた。

だからといって、それが本当の自分というわけではなく、どれも自分の断片であることは確かなのだった。

ただ、教会で過ごしているときだけは、まわりをだましているような罪悪感を、心の奥に抱えていた。聖書の教えをそのまま素直に信じることのできない自分。父親がこの世を去ったときから、聖太郎の心には引っかかっているものがあった。これまで教えられてきたことへの不信感。死んだひとが復活するなんて、科学的に考えると有り得ない。しかし、そんな考えを抱いていることは、口が裂けても母親には言えなかった。

結局、いまも母親に連れられ、教会に通いつづけている。その点で、母親の意向に逆らえず私立校に進学した光博とは通じ合うものがあった。

今日は天気がよく、バザーは教会の中庭で開催されていた。

「シスターたちにご挨拶《あいさつ》に行ってくるから、ここ、少しお願いね」

聖太郎に店番を任せ、母親はその場を離れた。

中庭に並べたテーブルの上には、聖太郎の作ったクッキーが並んでいる。

星のかたちをしたシンプルなバター風味のクッキーに、ココア生地を使った市松模様のクッキー。ラッピングは母親がしてくれた。五枚ずつ透明の袋に入って、リボンのシールが貼られている。聖太郎のクッキーは、母親が刺繍を施したハンカチやポーチなどといっしょに売られていた。慈善バザーであり、売上金はすべて福祉団体に寄付される。幼いころから母親がバザーのために布製の小物を作るのを見ていたから、自分もこうしてクッキーを提供できるようになったことが聖太郎は少し誇らしかった。

「あら、このクッキー、可愛い。ひとつ、いただこうかしら」

近隣の住民らしき女性が、財布を片手に声をかけてきた。

「はい、ありがとうございます」

代金と引き換えに、クッキーの入った袋を渡す。

「お手伝い？　感心やねえ」

そう言われ、聖太郎は返事に困り、はにかみながら頭を下げた。

毎週きちんと日曜礼拝に来ていた同年代の子たちも、ひとり減り、ふたり減り、最近ではほとんど教会に顔を出さないようになっていた。

中学生にもなって母親とバザーに参加している男子は聖太郎だけだ。

本当は、熱心な信者なんかじゃないのに……。

母親を悲しませたくない。その思いから、聖太郎は口を噤《つぐ》んでいた。

いい年をして母親と行動を共にしていることへの気恥ずかしさ。そして、宗教に対する疑念。教会に通っている自分には、つねに居心地の悪さのようなものがつきまとう。

胸のうちに葛藤を抱え、聖太郎はあたりを見渡した。

ここにいるひとたちは、みんな、自分とちがって、揺るぎない信仰を持っているのだろう。

バザーのときにしか会えないひともいるので、母親は挨拶まわりに忙しそうだ。尊敬するシスターと言葉を交わして、母親は少女のように声を弾ませている。

やがて、満ちたりた笑みを浮かべ、母親が戻ってきた。

「お待たせ。店番はもうええから、聖太郎もなにか食べてきたら?」

昼食代を渡され、聖太郎はバザー会場を歩いてまわる。

サンドイッチやカレーや巻き寿司などの軽食のほか、マドレーヌにコーヒーを楽しんでいるひともいた。

「あら、聖太郎くん。大きくなりましたね」

シスターに声をかけられ、聖太郎は足を止めた。

面識のある相手なのだろうが、おなじような格好をしたシスターは見分けがつきにくく、以前に会ったときのことは思い出せなかった。濁《にご》りのない瞳、皺《しわ》の刻まれた肌、ベールで覆われた頭部。シスターは、穏やかに微笑《ほほえ》んでいる。まっすぐな視線がどこまでも自分の心を見透かしてしまいそうで、聖太郎は思わず顔を伏せた。

うつむくと、シスターの持っている箱が目に入った。

四角い箱には、茶色っぽいお菓子の入った袋が並んでいる。

「これ、アーモンドですか？」

「ええ、プラリーヌといって、アーモンドにお砂糖のシロップをからめたものですよ」

「一袋、ください」

それからミックスサンドを買って、歩きながら手早く食べると、母親のところに戻る。

テーブルの上を確認すると、聖太郎の作ったクッキーはすべて売れていた。

「今日はもういい？」

「ええ、いいわよ」

「友達のところに行くから」

「大宮くんのおうち？」

「そう」

アーモンドのお菓子を持って、聖太郎は教会をあとにした。

インターフォンを鳴らすと、お手伝いさんがドアを開けてくれたので、靴を脱いで、廊下を進んでいく。

相変わらず長い廊下だ。曲がり角には豪奢《ごうしゃ》で優美なロココ調の椅子が置かれている。この椅子の前を通るたびに、廊下の途中で座る必要があるのだろうか、と聖太郎は疑問に思う。

廊下の先から、ヴァイオリンの音色が流れてきた。

居間の扉を開けると、光博が眉根を寄せ、譜面台の前に立っていた。

片手に弓を持ち、もう一方の手と顎のあいだにはヴァイオリンを構えている。聖太郎に気づき、光博は目だけで合図をして、練習をつづけた。

聖太郎は椅子に腰かけると、音色に耳を澄ませる。まだ練習を始めたばかりの曲らしく、たどたどしい演奏で、時折、音程が外れた。

「ごめん、あと少しやから」

そう言って、光博はまた演奏を繰り返す。

これまでにも何度か、遊びにきたら光博が練習中で、終わるまで待っていたことがあった。

小学生のころの光博は、もう少しちいさなヴァイオリンを使っていた。光博の背が伸びるのに合わせるように、ヴァイオリンも大きくなっている。

光博が練習を終え、ヴァイオリンをケースに仕舞うと、聖太郎は声をかけた。

「お疲れ」

「耳障りやったやろ。まだ全然、仕上がってへんから」

軽く肩をすくめて、光博は苦笑を浮かべる。

「途中で何回かずっこけそうになった。なんて曲？　どっかで聴いたことある気がする」

「エルガーの『愛の挨拶』っていう曲。今度、発表会でやることになって。テンポがゆっくりやから、簡単そうに思えるかもしれへんけど、意外と難しいねん」

「まあ、弾けるだけですごいと思うし」

「練習さえすれば、だれでも音を出すことくらいはできるようになるけどな。難しいのは、その先っていうか……」

お手伝いさんが紅茶を持ってきてくれたので、聖太郎はバザーで買ったお菓子を出した。

「これ、アーモンドに砂糖のシロップをからめたお菓子やって」

「おう、サンキュ。教会のバザー？　今日もクッキー、売ってきたん？」

「うん」

「売れた？」

「いちおう、完売した」

「さすが」

「そんなにいっぱい作れへんかったし」

アーモンドのお菓子はかりっとした食感が楽しく、焦げた砂糖の風味も香ばしい。

「おいしいな、これ。キャラメルがぱりぱりで、かなり好きな味や」

光博は満足そうに目を細め、アーモンドのお菓子を頬張る。

「いつもシスターが作ってくるのはマドレーヌやのに、今日はアーモンドのお菓子やったから、めずらしいなと思って」

「教会のお菓子って、おいしい気するよな。修道院で作っているっていうクッキーを食べたことあるんやけど、バターの質が高いってグランパが言ってた」

「トラピスト？」

「覚えてへんけど、たぶん、そんな感じの名前やったと思う」

俗世から離れ、修道院で生活をしているひとびと。

もしかしたら、母親もそんな生活に憧れているのかもしれない。

ふと胸に浮かんだ考えに、聖太郎は不安な気持ちになり、口を開いた。

「光博は、神様っておると思う？」

唐突な質問に、光博は首を傾げる。

「神様？　さあ、どうやろ。あんまり真剣に考えたことはないけど」

少し考えたあと、光博は口を開いた。

「グランパが言うには、チョコレートの原料であるカカオの木の学名には『テオブロマ』っていう言葉がつけられていて、それには『神様の食べ物』って意味があるねんて」

「へえ、神様の食べ物、か……」

聖太郎はつぶやく。

その神様とは、キリスト教で信仰の対象となっている存在とは、べつのものなのだろう。

「うち、両親がキリスト教徒で、昔はなんの疑いも持たんと、自分も教会に行ってたけど、いまはいろいろ引っかかるっていうか」

「ああ、知識とか増えてくると親の話の矛盾に気づくことってあるよな」

「もし、ほんまに神様がおるんやったら、戦争なんかもなくなって、もっと、いい世界になってるはずやと思うねん。でも、逆に、宗教のせいで、戦争が起こったりもしてるし」

アーモンドのお菓子を一粒つまむと、口に放りこんで、聖太郎は言った。

「だいたい、聖書って、よく考えたら変な話ばっかりで、それを本気で信じるのってちょっと無理があるっていうか」

母親にも、教会の関係者にも、中学のクラスメイトにも話せないようなことを、ここでは気軽に口にすることができた。

「特に、これはどうなんって疑問を感じたのが、イサクの話やねんけど。神様がアブラハムっていう男を試すために、あなたの愛する息子であるイサクを山に連れていき、生贄《いけにえ》として丸焼きにして捧げなさい、とか言い出すねん。そんで、父親のアブラハムはなんのためらいもなく、自分の息子を祭壇に縛って、薪に火をつけて、焼き殺そうとするねんで」

「なに、その父親、めっちゃ怖いやん」

「そういう神様が試してくる系のエピソードが嫌で……。教会では絶対に言われへんけど」

常々思っていたことを話すと、聖太郎は心が軽くなったような気がした。

「教会で話を聞いていると、正直、ついていかれへんっていうか、もやもやするねんけど、行きたくないとか、親には言い出しにくいところもあって」

「聖太郎の気持ち、わかる気がするわ」

深くうなずいて、光博はちらりとヴァイオリンケースに目を向けた。

「僕も、自分に音楽の才能なんかないってわかってんのに、親に言われるままヴァイオリンをつづけてるから」

「そうなん?」

「本物の才能の持ち主って、たぶん、ちがう世界が見えてるんやと思う。息をするみたいにヴァイオリンを弾くっていうか、ひたすら練習をするし。僕なんか決められた時間だけしか練習せえへんけど、そういう自分は偽物やってわかってるから苦しくなる」

音楽の素養のない聖太郎には想像もつかない世界だ。

「だからって、ヴァイオリンをやめたいって言い出すことはできへんで、惰性《だせい》でつづけてるのも、聖太郎とおんなじやな。わざわざ親に逆らってまで、ヴァイオリンをやめて、その時間にほかにしたいことがあるわけでもないし。せっかくこれまでやってきたのが無駄になるのも、もったいない気するし。でも、このままつづけても……」

そこで言葉を途切れさせると、光博は「あ、そうや」とつぶやいた。

「今度、ピアノのコンクールがあって、友達が出るねんけど、いっしょに行かへん？」

「友達？　中学の？」

「ううん、ちがう。もともと母親同士が仲良くて、赤ちゃんのころからのつきあいっていうか、幼馴染みたいな感じで。女の子やねんけど」

女の子……。

さりげなく追加された言葉に、聖太郎はわずかに動揺する。

「村井《むらい》凛々花《りりか》っていう子なんやけど、はっきり言って、音楽的な才能はすごいから。そのほかのところは、問題ありありやけど」

「問題って？」

「うーん、いろいろとな」

コンクールは来週の日曜日に行われるということだった。

聖太郎は、日曜礼拝に行くよりも、そちらを選ぶことにした。

コンサートホールの前で光博と待ち合わせて、会場へと向かう。

集まったひとびとはどことなく緊張している様子で、会場はぴりぴりとした空気に包まれていた。

　ふたりは最後列の端の席に座った。

　舞台までは遠かったが、出場者との関係を思うと、これくらい離れているほうがふさわしい気がした。

「凜々花は、七番目やから」

「この雰囲気、こっちまで緊張するな」

　声をひそめ、聖太郎はつぶやく。

「あそこにおるのが、審査員や」

　観客席のある部分に視線を向けて、光博は言った。

「今日は予選で、ここで勝ち残った者だけが本選に進めるねん」

「光博もヴァイオリンのコンクールに出たことあるん？」

「いや、そんなレベルちゃうし。出ても無駄やから。まあ、ピアノに比べてヴァイオリンはジュニアのコンクールが少ないっていうのもあるけど」

　光博は淡々とした口調で答えた。

「このあいだ、神様の話をしてたやろ。あのとき、思い出したのが凜々花とモーツァルトのことやった」

「モーツァルトって作曲家の？」

学校の音楽室に飾られた肖像画が、聖太郎の頭に思い浮かぶ。

「そう。ヴォルフガング・アマデウス・モーツァルト」

だれもいない舞台を見つめながら、光博は言う。

「神様がほんまにおるって信じてるわけちゃうけど、音楽をやってると、才能っていうのは神様からの贈り物なんかな、って思ったりする」

やがて照明が落とされ、あたりが薄暗くなった。

舞台だけが光に満ち、グランドピアノが黒々と輝いている。

最初の出場者である少女は、気の毒になるほど全身を強張らせていた。舞台袖から歩いてきたときも、一礼したときも、椅子に座ったときも動きはぎこちなく、いつもの実力は発揮できないであろうと予測された。

曲は、ショパンの練習曲ハ短調作品十の十二番『革命のエチュード』だ。

響く音はどこまでも硬い。うまく重なり合わず、ぶつかって割れ、ぼろぼろと崩れていくような演奏だった。

演奏は終わり、つぎの出場者が登場する。曲はまたおなじ『革命のエチュード』だ。

聖太郎は聴いているうちに、瞼が重くなってきた。いつのまにやら眠っており、目が覚めたときには、曲が変わっていた。舞台に立っているのも、べつの出場者だ。

「演奏する曲って決まってるわけじゃないん?」

曲が終わり、つぎの出場者が現れるのを待つあいだに、聖太郎は小声で訊《たず》ねる。

「課題曲がいくつかあって、そのうちから好きに選べるんやと思う。でも、難しいのを弾きこなすほうが有利やから、『革命』が多いんちゃうかな」

音に耳を澄ませているうち、また眠気に襲われた。

うとうとしていると、光博に肘《ひじ》で突《つつ》かれた。

「つぎ、凜々花やで」

ぱっと目を開けて、聖太郎は舞台に視線を向ける。

村井凜々花が登場した途端、光に満ちた舞台が一層、まぶしく輝いた。

きらめくパールホワイトのドレスと、つややかな長い黒髪。凜々花が歩くたび、背中の黒髪が流れるように揺れた。伸びやかな手足に、うっすらと笑みさえ浮かべた頰。緊張している様子など微塵《みじん》も感じさせず、黒髪をなびかせて、凜々花は颯爽《さっそう》とピアノに向かう。

早く弾きたくてたまらないとわくわくしているのが、観客席にも伝わってくるようだった。

凜々花が一礼すると、黒髪がはらりと顔にかかった。両手で髪を耳にかけてから、凜々花はピアノの前の椅子に腰かける。

軽く目を閉じて、深呼吸をしたあと、両手を持ちあげ、鍵盤へと近づけた。

一音。

最初の音が鳴り響いただけで、聖太郎は心を鷲摑《わしづか》みにされた。

そして、音が迫りくる。押し寄せる。荒れ狂う海のような……。抵抗などできない。波にさらわれる。気づいたときには飲みこまれていた。

指使いの正確さと敏捷《びんしょう》性によって裏打ちされた情熱的な演奏だ。

凜々花は全身で音楽を奏でている。だれともちがう音。彼女にしかできない演奏。これが表現者というものなのだろう。

圧倒的だ。

聖太郎は思わず、光博のほうを見る。

すると、光博も聖太郎のほうを見て、にやりと笑みを浮かべた。

「な？　すごいやろ？」

得意げな声で、光博はささやく。

光博が自慢したくなるのも、理解できる気がした。

自分と年齢の変わらない少女が、舞台でスポットライトを浴びながら、全身全霊をかけて音楽を奏で、聴衆を魅了している。

ピアノの音が高速で響き、曲の盛りあがりに合わせて、背中がぞくぞくした。鳥肌が立つ。

胸の高鳴りが止まらない。

はじめての感覚だ。音楽を聴いて、こんなに感動することがあるなんて、知らなかった。

聖太郎は不思議な気持ちで、自分の心臓が激しく鼓動するのを感じていた。

深い余韻を残して、演奏は終わる。

凜々花は腕を下ろすと、大きく肩で息をしながら、立ちあがった。堂々たる態度で一礼して、舞台から去っていく。

そのあとも何人かの出場者が演奏をしたのだが、聖太郎の心にはほとんど印象を残さなかった。

座席を立ち、ロビーに出ると、光博はきょろきょろとあたりを見まわした。

「もうすぐ凜々花も出てくると思うんやけど」

舞台衣装から着替えた出場者たちが、ロビーに集まっている。

「凜々花、うまかったやろ？」

光博の言葉に、聖太郎は大きくうなずく。

「うん、すごかった」

「ちっちゃいときから、あんなやつといっしょの教室に通ってたんやから、嫌になるで。最初は僕もピアノをやっててんけど、凜々花と比べられるのが嫌すぎて、いまはヴァイオリンをやってるってわけ」

「そうなんや」

「ほんま、才能って残酷やで」

そのとき、光博の背後に人影が現れた。

光博の後頭部にチョップが落とされ、少女の可憐な声が響く。

「才能とか簡単に言うな。あたしがどんだけ練習してると思うねん」

立っていたのは、凛々花だった。

いまは長い髪をひとつにまとめ、シャツにジーンズという服装になっているので、雰囲気がまったくちがっていた。

「痛いなあ。いきなり頭をどつくとか、ほんま、やめろよな、凶暴女」

後頭部をさすりながら、光博が不貞腐《ふてくさ》れた顔で言う。

「みっちゃんは、いっつも、言い訳ばっかり。才能とか、そんなん、必死で努力したあとに言いやがれ」

聖太郎は呆気《あっけ》に取られて、その場に立ち尽くす。

目の前で悪態をついている少女が、先ほどまで素晴らしい音楽を奏でていた少女と同一人物だとは、にわかに信じがたい気がした。

視線に気づいて、聖太郎のほうを向き、凛々花は小首を傾げた。

「どちらさん？」

目が合った瞬間、またしても聖太郎の心臓は暴れ出した。脈拍が速くなり、耳の奥でどくんどくんと血流の音が響く。

「僕の友達。羽野聖太郎くん」

光博に紹介され、聖太郎は慌ててぺこりと頭を下げる。

「えっと、あの、羽野です。よろしく」

凜々花はわざとらしく目を見開いた。

「友達？　わがまま大王のみっちゃんに、友達？」

驚いたように言って、凜々花はまじまじと聖太郎を見つめる。

「みっちゃんと友達づきあいができるなんて、めっちゃ心の広いひとなんやろうね。村井凜々花です。よろしく」

そう言って、凜々花は片手を差し出した。

ほっそりとした指。先ほどまで鍵盤の上を自由自在に動きまわり、心揺さぶる音色を作り出していた奇跡みたいな手だ。

この手に触れてもいいのだろうか。

聖太郎はためらいがちに自分の手を持ち上げ、握手をした。

凜々花の手はあたたかく、しなやかで、力強かった。

心臓は早鐘を打ち、胸の奥が痛いほどだ。

「あ、結果、出たみたい」

すっと手を外すと、凜々花はひとびとの集まっているところに近寄った。

壁に一枚の紙が貼りつけられている。

予選通過者の名前が発表になったのだ。

ひとりの少女が、ほっとしたようにその場にへたりこむ。

「あった。よかった……」

べつの少女は両手で顔を覆って、むせび泣く。

凜々花の名前を見つけ、光博は言った。

「おめでとう」

「ありがとう」

さも当然という口調で、凜々花は返す。

「もっと喜んだらええのに」

「だって、予選だよ？　落ちるわけないやん」

さらりと言った凜々花の言葉に、敗者たちの敵意に満ちた視線が飛んでくる。

「相変わらず自信家やな」

「客観的事実を述べたまで」

そう言って、不敵に笑った凜々花から、聖太郎は目が離せなかった。

4

「アイス食べたい、アイス」

唐突に言うと、凜々花はすたすたと歩き出した。

「おい、凜々花。勝手に帰ってもええんか？」

光博が凜々花を追いかけ、聖太郎もそれにつづく。

「うん、予選なんだから通るのは当たり前でしょうってことで、今日は先生も来てへんし。みっちゃんたちはなにで来たん？」

「電車やけど」

「じゃあ、あたしもいっしょに電車で帰ろっと。電話をすればパパが迎えに来てくれるって言ってたけど、そういうの嫌やし。だって、べつに、ひとりで電車に乗ったらええだけの話やん。やのに、過保護なんだよね、うちの親」

凜々花は肩をすくめて、光博を振り返る。

「演奏したら、おなか空いちゃった。近くに駄菓子屋さんがあったよね。ほら、早く早く」

「わかったから、ちょっと落ちつけよ」

光博は苦笑を浮かべて、聖太郎のほうを見た。

「あいつ、ほんま、自分勝手で、信じられへんやろ」

聖太郎は返事の代わりに、曖昧に笑った。

凜々花は急ぎ足でコンサートホールを出ると、横断歩道を渡り、どんどん進んでいく。

その駄菓子屋のことは、光博もよく覚えていた。おばちゃんがひとりでやっている狭い駄菓子屋で、一個十円の飴玉が入ったプラスチック製ケースが並び、スナック菓子やガムやキャラメルの入った箱がずらりと陳列され、天井からはお面やくじ引きの景品のおもちゃが吊り下がっている。そして、大宮製菓のピースチョコもちゃんと箱入りで売られていた。

以前に訪れたのは幼稚園のころで、今日とおなじようにコンサートホールからの帰り道だった。あのころは光博もピアノをやっていて、凜々花といっしょに発表会に出ては、自分の才能のなさに打ちのめされたものだった。

あるとき、発表会で頑張ったご褒美《ほうび》に、駄菓子屋で好きなものを買ってもらえることになり、凜々花は大喜びで店内を物色していた。光博はといえば、ピースチョコを選び、母親に「そんなもの、家でいくらでも食べられるでしょうに」と呆れられながらも、いつでもどこでも変わらない味に満足していた。

凜々花は大胆で行動的、光博は慎重で消極的。

赤ちゃんのときから、ふたりは好対照だった。母親同士が学生時代からの親友であり、よく連れ立って出かけていたので、光博と凜々花もいっしょに行動することが多く、おそろいの服を着せられたり、おなじ習い事をさせられていた。

母親は時折、羨《うらや》ましそうに凜々花を見つめ、「女の子はお洋服でもなんでも可愛くていいわよねえ。男の子はつまんないわ」などと漏らした。母親が本当は息子ではなく、娘を望んでいたことには気づいていたが、光博にはどうしようもなかった。

つかまり立ちをするのも、言葉を話すのも、凜々花のほうが早かった。文字が書けるようになるのも、逆上がりができるようになるのも、凜々花が先だった。ピアノの才能だけでなく、なにをしても凜々花のほうが優秀だった。

そんな凜々花のことを疎《うと》ましく思う気持ちもないわけではないが、性別がちがうせいもあってか、表立って嫉妬《しっと》することはなかった。

出来のいい姉を持つ弟のような心境、といったところだろうか。

聖太郎に紹介しようと思ったのは、心のどこかに見せびらかしたいという気持ちもあったからかもしれない。女子と仲良くしていることを知られるのを恥ずかしいと思う気持ちが強かった小学生のころとはちがって、光博が通っている男子しかいない中学校では、気軽に話ができる女子の存在はある種のアドバンテージとして作用していた。

「あった、あった！」

駄菓子屋を指さして、凜々花がはしゃいだ声をあげる。

久しぶりに訪れた駄菓子屋の店構えは、以前とほとんど変わっていなかった。

光博はさりげなく、並んでいるお菓子のラインナップを確認する。いくつかの定番商品に交じって、ピースチョコもいちおう棚を確保しているものの、数は少ない。

いま圧倒的に売れているのは、ビックリマンという他社の商品だ。四角いウエハースにチョコクリームとピーナッツが入って、シールのおまけがついて、ひとつ三十円。悪魔や天使のキャラクターが描かれたシールは小学生のあいだで大ブームとなっており、この駄菓子屋でも目立つ位置に陳列されていた。

そして、その近くには……。

売り場の端に見たくないものを見つけて、光博はすっと目をそらす。

「みっちゃんは、アイス、なんにする？」

店の前にある冷凍庫をのぞきこんで、凜々花が声をかけてきた。

光博も冷凍庫に近づいて、冷え冷えとしたケースの中身を吟味する。ホームランバー、たまごアイス、ガリガリ君、メロンボール、パナップ、宝石箱……。

大宮製菓ではアイスクリームの製造は行っていなかった。何度か企画は出たらしいが、乳業メーカーが強く、シェアを奪うことは容易ではないだろうということで見送られたそうだ。

「あたし、パピコがいい」

ガラス戸を開けようとしたところ、凜々花が横から手を出してきた。

「みっちゃん、半分こしよう」

「ええっ、あずきバーの気分やのに」

光博が抗議の声を漏らすと、凜々花は後ろを振り向いて、聖太郎のほうを見た。

「じゃあ、聖太郎くん、半分こしない？」

凜々花の口調はあっけらかんとしているが、聖太郎は戸惑いを隠せない様子だ。

「なにを言うてんねん。さっき会ったばっかりの相手にそんなこと言われても、聖太郎かて困るやろ」

聖太郎が答えるより先に、光博が言う。

「だって、パピコ食べたいんやけど、ひとりで二本は多いんやもん」

「いや、だからってなあ」

「みっちゃんはひとりであずきバーを食べていればいいやん」

そう言って、凜々花は再び、聖太郎のほうを向いた。

「パピコ、嫌い？」

凜々花の問いかけに、聖太郎は首を横に振る。

「ううん、わりと好き」

「よかった。では、お近づきのしるしに」

凜々花は代金を払うと、袋を開け、チューブ型の容器を切り離して、ふたつに分けた。

そして、にっこり笑って、ひとつを聖太郎に差し出す。

「あ、じゃあ、代金を半分……」

五十円玉と引き換えに、聖太郎はそれを受け取った。

「やっぱ、パピコはチョココーヒー味やね。この甘苦さがたまんないわ」

分け合ったアイスを食べながら、凜々花と聖太郎は並んで歩く。

「聖太郎くんも、音楽やっとうの？」

「いや、なんもやってないけど」

「そうなんや。てっきり、ピアニスト仲間なんかと思った」

「音楽のことはわからへんけど、今日の演奏、すごかった」

いつになく真剣な声で、聖太郎は言った。

「ありがと。ミスタッチもあったし、まだまだやけどね」

「中学生やのに、あんなに弾けるなんて、ほんまにすごいと思う」

聖太郎がこんなに熱っぽい口調で話すなんてめずらしいな……。そんなことを思いながら、光博は少し遅れて歩き、ふたりの後ろ姿を見ながら、あずきバーをかじる。

少し歩くと、公園があった。滑り台やジャングルジムのほか、ベンチも置かれている。

「そこで座って食べよっか」

凜々花はすたすたと進んでいき、ベンチにちょこんと座った。

ベンチにはまだスペースに余裕があったが、光博も聖太郎も立ったままでいた。

「村井さんはやっぱり、プロのピアニストを目指してるん？」

聖太郎の質問に、凜々花は小首を傾げる。

「うーん、どうやろ。いちおう、世界に羽ばたくピアニストになるつもりではおるけど」

「凜々花んとこのおばさんは娘をピアニストにする気満々やもんな」

「あのひとは自分の叶《かな》えられへんかった夢を子供に託そうとしてるから」

光博はピアノの才能がないことが明白であったので、母親から早々に見限られた。だが、凜々花は期待に応え、結果を出しつづけている。

「みっちゃんは会社を継ぐつもりなんよね」

「ああ」

「嫌になれへん？　レールを敷かれてるみたいで」

「べつに」

光博はひとりっ子であり、ほかに跡継ぎはいない。

祖父が創業して、父親が社長をしている会社を、自分が継ぐ。

当然のことであり、ちがう人生など想像したこともなかった。

「だいたい、将来のことなんか考えても無駄かもしれへんやん」

空になったチューブ型容器をぎゅっと握って、凜々花は空を見あげる。

「一九九九年には恐怖の大王がやって来て、世界が滅亡しちゃう可能性もあるわけやし」

「ノストラダムスの大予言、信じてんの？」

聖太郎が驚いたように言うと、凜々花は真面目な顔をして答えた。

「本気で信じてるわけちゃうけど、なんか考えると怖くなる。恐怖の大王って核のことで、第三次世界大戦が勃発《ぼっぱつ》したらどうしようとか」

「アホらし」

鼻で笑って、光博は言った。

「そんなん嘘に決まってるやん」

「まあね。たぶん、何事もなく、毎日は続いていくんやろうなとは思う」

視線を下げて、凜々花はふたりのほうを見る。

「でも、このまま、おなじことの繰り返しみたいな日々で大人になっちゃうのも、それはそれで憂鬱《ゆううつ》になるんよね。ピアノが好きやから将来はプロのピアニストになるって、世界が狭い感じがする」

凜々花の言わんとすることを、光博はよく理解できなかった。

「そうか？　好きなことを仕事にするって、理想的やん。すごいと思うけど」

「世のなかには聞いたことないような仕事もいっぱいあるし、いまはないような仕事も未来にはできてると思う。いまの自分が知っていることなんかちっぽけやから、もっと広い世界を見て、未来を切り開いていきたい」

「かっこええなあ、凜々花は」

茶化すように言って、光博は食べ終わったアイスの棒をじっと見つめる。

この幼馴染はいつも何歩か先を行っており、張り合う気にもなれないのだ。

「聖太郎くんは？　将来の夢とかあるん？」

「うーん、具体的なことはあんまり」

「聖太郎は大宮製菓に入るんやろ。そんで、僕といっしょに働くんや」

「もし、そうなったら楽しそうやなあとは思うけど。お菓子作りは好きやし」

「やろ？　絶対、うちに入るべきやって」

そんな話をしていると、子供の話し声が近づいてきた。

小学生らしき男の子が三人、ジャングルジムに腰かけ、お菓子のパッケージを開けている。

光博たちとおなじように駄菓子屋で買い物をしたあと、公園で食べることにしたようだ。

「うわ、また悪魔シールかよ」

「こっちも悪魔や。はずればっかかやな」

「やった。キラ、出た」

「マジで？　なんや、これ、ビックリマンちゃうやん」

「おまえ、これ、パチモンやで」

「げっ、最悪。だまされたわ」

騒がしさに、光博たちはそちらへと目を向ける。

パチモン……。

その言葉に、光博の胃がきゅっと痛くなる。おそらく、あの小学生が購入したのは、大宮製菓の製品だろう。先ほど、駄菓子屋で陳列されているのを目にした。流行している商品と、おなじようなパッケージデザインで、おなじようにシールをつけた類似品。

源二は「流行《はや》ってるもんを真似するやなんて、プライドはないんか。おまけに頼った売り方をするなんか邪道や。お菓子は味で勝負してなんぼやろ」と反対したらしいが、社長である父親が強引に商品化を進めたとのことだった。

小学生たちの足元には、お菓子のパッケージが散乱していた。それらをそのままにして、小学生たちは歩き出そうとする。

「こらこら、きみたち！」

凜々花がベンチから立ちあがって、小学生たちに声をかけた。

「お菓子のゴミ、ポイ捨てしたら駄目なん、わかるよね？　そこにゴミ箱あるねんから、ちゃんと捨てなさい」

凜々花はまっすぐに手を伸ばして、公園の片隅にあるゴミ箱を指さす。

「うっせーよ、ブス！」

「行こうぜ」

悪態をついて、小学生たちは走っていく。

「こらっ、待ちなさい！　もうっ！」

逃げ足は速く、あっという間に小学生たちは見えなくなった。

「まったく……」

凜々花はしゃがみこみ、菓子のパッケージを拾いあげようとする。

「放っとけよ、そんなん」

光博は気づくと、凜々花の手を掴んでいた。

「凜々花がわざわざ拾う必要ないやろ。いいから、もう行くで」

「え、でも……」

凜々花はまだなにか言いたそうに、地面に散らばったお菓子のパッケージを見る。だが、光博はその手を引っ張って、有無を言わさずに公園から出た。

しばらく歩道を進んだところで、はっと我に返り、凜々花の手を離した。

幼いころには特になにも意識せずに手をつないで歩いていたが、もうあのころとはちがうのだということを思い出したのだ。

「なあ、光博」

後ろから、聖太郎の声がした。

「さっきのって、お菓子、入ったままやったよな」

やっぱり、聖太郎も気づいたか……。

光博は足を止めず、前を向いたままでうなずく。

「そうや。シールだけ取って、お菓子は捨ててたんや、あいつら」

ただのゴミではない。パッケージのなかには、まだお菓子が入っていたのだ。そんなものを凜々花に捨てさせるわけにはいかなかった。だから、光博は咄嗟《とっさ》に凜々花の手を摑んだ。

「しかも、ひとつはうちの商品やった」

「お菓子が入ったまま捨てるなんて、信じられへん！」

凜々花は頰を膨《ふく》らませ、わかりやすく憤っている。

「もういいって。それより、聖太郎」

「このあと、聖太郎のうち、行ける？」

光博は振り返って、聖太郎のほうを見た。

「うん、ええよ」

すると、凜々花が会話に入ってきた。

「じゃあ、あたしも行っていい？」

「は？　なんでやねん」

呆気にとられ、光博はベタなツッコミのような言葉を口にする。

「せっかく知り合いになれたんやから、もうちょっと遊びたいやん？」

あっけらかんとした口調で言う凜々花に、光博は思いきり顔をしかめた。

「いや、だから、凜々花、おまえはもうちょっと遠慮ちゅうもんをやな……」

「ほら、あたし、女子校やし、男の子の友達なんか、みっちゃんくらいしかおらんのよね。世界を広げるためにも、いろんな子と話してみたいわけよ。聖太郎くん、お邪魔かな？」

凜々花はうかがうように聖太郎を見あげる。

「邪魔とかそういうんじゃないんやけど……。ごめん、村井さんはちょっと……」

聖太郎が申し訳なさそうな顔で言うのを聞いて、光博は意外に思った。来る者は拒まずというか、聖太郎には押しに弱いところがある。だから、今日も凜々花が家に来るのを断らないのではないかという気がしていた。

「そっか。残念。こっちこそ、図々しいこと言うて、ごめんな」

聖太郎は自分だけを選んだ。

光博は内心で、勝ち誇ったような気持ちになる。

男同士の友情に、女が入る隙はないのだ。

幼馴染である凜々花は、光博の意思とは関係なく、生まれたときからずっとそばにいて、いっしょに遊ばされていた。

だが、聖太郎との関係はちがう。光博が自分から仲良くなりたいと思った相手だ。べつの中学に通うようになったいまでも、その友情は変わらない。それを再確認できた気がして、しょんぼりしている凜々花には悪いが、光博は嬉しさを隠せなかった。

駅に着くと、三人は切符を買った。

改札を抜けたあと、凜々花は反対側のホームへと向かう。

「ほんなら、また。ばいばーい」

手を振る凜々花に、光博もうなずく。

「ああ、またな。本選の応援も、行けたら行くわ」

「うん、今日はありがとう。聖太郎くんも、またね」

「あ、うん、また」

凜々花と別れ、電車に乗ると、聖太郎が口を開いた。

「あのさ、光博って、村井さんのこと……」

「え？　凜々花がどうしたん？」

「ううん、なんでもない」

なにか言いかけて、聖太郎は首を横に振る。

それから、気を取り直すように顔をあげた。

「俺、いいこと思いついてん」

中学に入ってからというもの、聖太郎は自分のことを「俺」と言うようになっていた。声も低くなっており、光博はいまだに甲高い声で「僕」を使っている自分が急に恥ずかしくなる。

「いいことって、なに？」

光博が聞き返すと、聖太郎は興奮した口調で言った。

「コンクールに出ようと思う」

「え？　聖太郎が？」

「村井さんのピアノを聴いてたら、めっちゃ感動したっていうか。自分とおなじ年齢の子が、あんなふうに活躍しているのを見てたら、俺もなんか挑戦してみたくなってん」

「そんでコンクールって、まさかピアノとはちゃうやろ？」

「もちろん、お菓子のコンクールや」

目を輝かせながら、聖太郎は話す。

「名人コンクールっていうテレビ番組あるやん？　あれで、中学生お菓子作り名人コンクールの参加者を募集してたから、応募してみようと思うねん」

そのテレビ番組なら光博も何度か見たことがあった。さまざまなことについて、その道の名人や達人たちが知識や技を競い合う番組で、普段は大人の出場者がほとんどだが、たまに小学生料理名人コンクールなど子供を対象にしたものも行われていた。

「いいな、面白そうや」

「やろ？　ちょうど今日が放送日やし、うちでいっしょに見ようぜ」

「おう」

電車を降りて、しばらく歩くと、聖太郎の暮らすアパートが見えてきた。

聖太郎の家に来るのは久しぶりだ。

玄関に入ると、聖太郎の母親が台所から顔を出した。

「あら、光博くん。いらっしゃい」

「こんにちは、おばさん。お邪魔します」

夕飯の用意をしていたらしく、あたりには出汁《だし》のいい香りが漂っていた。

「母さん。今日の夕飯、光博の分もある？」

「ええ。光博くん、ゆっくりしてってね」

聖太郎の母親はそう言って、やわらかに微笑む。

聖太郎が暮らしている部屋には、小さなマリア像や幼子キリストを抱いた聖母マリアを描いたポストカードなどが飾られていた。光博はそれらを見るたび、聖太郎の母親とよく似ていると思った。

「ありがとうございます」

ぺこりと頭を下げたあと、光博は箪笥《たんす》の上の写真に目を留める。

以前は、そこにあるものはじろじろと見てはいけないような気がして、目をそらすようにしていた。だが、今日はなぜか、その写真のことが気になった。

箪笥の上はちょっとした祭壇のようになっており、聖書や十字架といっしょに、亡くなった聖太郎の父親の写真が置かれている。

「あ、もうすぐ始まるで」

聖太郎の声に、光博も慌てて視線をテレビに向けた。

背後で聖太郎の母親が食事の支度をしている気配を感じながら、ふたりで並んで座ってテレビを見ていると、ここは自分の家で、聖太郎とは兄弟であるかのようだった。

「聖太郎の家って、いいよな」

ぽつりとつぶやくと、聖太郎が首をひねる。

「なにが？」

「落ちつくっていうか」

「光博のところと比べると狭すぎて、逆に落ちつくんかもな」

聖太郎の言うとおり、こぢんまりとした部屋には必要最低限の家具しかないが、温かな雰囲気に包まれており、広すぎて冷え冷えとした自分の家よりも、よほど居心地良く感じた。

「今日は寿司職人のコンクールみたいやな」

「あ、この店、知ってる。グランパに連れていってもらったことあるわ」

テレビでは出場者たちのプロフィールが紹介され、寿司屋が映し出される。

「はい、ご飯できましたよ」

聖太郎の母親が、茶碗やおかずの皿を載せたお盆を運んできた。

光博の家では食事はほとんどお手伝いさんが作っているので、母親はなにもしない。それが当たり前の生活で不平を漏らしたことはなかったが、母親の手料理というものに憧れる気持ちもあった。

聖太郎はすっと立ちあがり、箸や麦茶を用意する。光博も手伝おうかと思うのだが、なにをすればいいのかわからない。

「光博くん、帰り遅くなるんやったら、おうちのひとに連絡しておいたら？」

聖太郎の母親に言われ、光博はうなずき、電話を借りることにした。

両親はまだ帰宅しておらず、お手伝いさんに伝言を頼んだ。

卓袱台《ちゃぶだい》に戻って、聖太郎とふたり、手を合わせて「いただきます」と言う。

夕飯を食べているうちに、寿司職人のコンクールも進み、ついに決勝戦が行われていた。

三人の寿司職人たちが、課題に合わせて、それぞれ工夫を凝らした寿司で勝負する。優勝者が決まり、番組の終わりになると、今後のコンクール予定が告知された。

和菓子職人のコンクール、文房具通コンクール、大食いコンクールなどにつづいて、中学生お菓子作り名人コンクールの出場者も募集している。

「あ、これや。メモ、メモ」

聖太郎は番組の連絡先をメモ用紙に書き写す。

「熱心になにを書いてるの？」

聖太郎の母親は不思議そうな顔をして、メモ用紙をのぞきこむ。

「これに応募してみようと思って」

「中学生お菓子作り名人コンクール？　あら、素敵。聖太郎、お菓子作り得意やし、ぴったりやね。聖太郎がテレビに出るかもしれへんと思うと、お母さん、ドキドキしてきたわ」

「気が早すぎるって。まだ出場できるって決まったわけちゃうねんから」

「ああ、そうやね、ごめんごめん」

屈託なく笑う聖太郎の母親を見て、光博は羨望にも似た気持ちを抱く。

自分が受けているようなプレッシャーを、聖太郎は感じたことがないのだろう。

光博は生まれたときからずっと、母親から過大な期待をかけられていた。

ピアノをやめてヴァイオリンに転向してはどうかと母親に言われたとき、光博はがっかりしたような、ほっとしたような複雑な心境だった。いま思えば、憤慨してもいたのだろう。

自分からやりたいと思って始めたことではなく、表彰されることもないであろうとわかっていたけれど、ピアノの奏でる音色は嫌いではなかった。もうこれからは凜々花と比べられないで済むと安堵する気持ちの裏に、可能性を否定されたことに対する怒りと悲しみの感情もあったことを覚えている。

コンクールか……。

幼いころ、ピアノを習っていたときには何度かコンクールに挑んだことがあった。だが、いつだって活躍するのは凜々花で、光博は応援してくれたひとを落胆させることしかできなかった。

それはお菓子作りのコンクールでもおなじこと。

また、みじめさを味わうことになるだけだろう。それでも、聖太郎が応募するというのなら、おなじ舞台に立ちたい、と光博は思った。

「僕も、そのコンクール、応募する」

光博が言うと、聖太郎は目を瞬《またた》かせた。

「もちろん、そのつもりやったけど。いっしょに応募するやろ？」

聖太郎は手元のメモを見ながら、臆することなくテレビ局に電話をかけた。

「……はい、そうです。中学生お菓子作り名人コンクールに応募したいのですが……」

聖太郎の行動力に、光博は驚くばかりだ。

受話器を置いたあと、聖太郎は振り返った。

「まずは書類審査やから、プロフィールとか自分で作ったお菓子の写真とかを封筒に入れて、テレビ局に送るんやって。そんで、選ばれたら、連絡があるって」

「お菓子の写真か。種類はなんでもいいいん？」

「うん、得意なものを作ればいいみたい。あと、自分の顔が写っているスナップ写真も同封するように言われた」

「じゃあ、さっそく明日、作ろう。うちにポラロイドがあるから、写真も撮れるし」

「そうやな。光博んとこ、時間いつでもいい？」

どんなお菓子を作ろうかと相談していると、玄関のブザーが鳴った。

応対に出た聖太郎の母親が、光博に声をかける。

「光博くん、おうちのひとが迎えに来てくださったわよ」

玄関に立っていたのは、父親に仕えている運転手だった。帰宅した父親が、お手伝いさんから伝言を聞いて、迎えを寄越したのだろう。

「じゃあな、聖太郎。また明日」

「おう。また明日な」

お菓子作りのコンクールに挑戦することを考えると、光博は胸がわくわくするのを感じた。楽しいことが起こりそうな予感。未来が広がっていく感覚。ピアノのコンクールに出ていたときには一度だって、こんな気持ちになったことはなかった。

5

聖太郎はこれまで、自分の暮らしを他人と比べたりしたことはなかった。みんなとおなじがいいとか、ほかの子が持っているから自分も欲しいとか、そんなわがままを言ったことは一度もない。我慢していたわけではなく、そもそも考えもしなかったのだ。

それなのに、生まれてはじめて思った。

光博の家に比べたら、自分の住んでいる古くて狭いアパートの部屋は、なんてみっともないのだろう……。

ピアノコンクールの帰り、凜々花が聖太郎の家に行きたいと言い出したときのことだ。

恥ずかしい……。見られたくない……。

胸に湧きあがった気持ちに、聖太郎は自分でも戸惑った。光博が遊びに来ることには抵抗はないのに、凜々花だとなぜか羞恥心《しゅうち》が抑えきれなかったのだ。

父親がおらず、古いアパートで暮らす自分の生活を恥だと感じて、隠したいと思う気持ち。同時に、母親に対して申し訳ないと思った。

女手ひとつで息子を育てるため、母親は洋裁の仕事を増やすようになり、夜遅くまで働く日もあった。母親との慎ましい暮らしを恥じる必要はないはずだ。理屈ではそうわかっているのに、どうしても凜々花には見られたくなかった。

嫉妬は七つの大罪のうちのひとつだ。

汝、隣人の財産を羨んではならない。

だが、思わずにはいられなかったのだ。自分も光博のように豪邸に住んでいれば、なんら引け目を感じることはなかったのに、と。

凜々花と光博は、おなじ世界の住人だ。子供に楽器を習わせることができる裕福な家庭。聖太郎の暮らす部屋にはピアノを置く場所すらない。

自分と凜々花のちがい。自分と凜々花のあいだにある隔たり……。凜々花と出会ったことで、聖太郎の心には明らかに異変が起こっていた。苦しいから考えたくないと思っても、彼女のすがたが脳裏に浮かんでしまう。

中学から帰ると、聖太郎は急いで着替えて、光博の家へと向かった。

光博は今日もヴァイオリンの練習中だった。

あまり練習には身が入っていなかったようで、聖太郎に気づくと、すぐに演奏をやめて、楽器を仕舞った。

「聖太郎はなに作るつもりなん？」

キッチンに向かいながら、光博が言う。

「ブッシュ・ド・ノエル」

「ああ、去年のクリスマスに作ったやつか」

「慣れてるお菓子のほうが失敗する確率も少ないと思うし。光博は？」

「いろいろ悩んだけど、結局、クッキーに決めた。この本に載ってるハートを四つ合わせてクローバーのかたちにするっていうの、やってみたくて」

光博はお菓子作りのレシピ本を広げ、冷蔵庫から卵のパックを取り出す。聖太郎はボウルや粉ふるいや泡立て器などの調理器具を用意した。

勝手知ったる広々としたキッチン。光博の両親はいつも留守で、お手伝いさんもほとんど気配を感じさせることはなく、子供だけで自由にのびのびと振る舞うことができた。

ふたりの研究室。ここは自分の居場所という気がしていた。だが、いくら居心地がよかろうとも、この家の本当の住人は光博で、自分はちがうのだ。

「バターは出しといたから」

光博は室温に戻したバターをナイフで半分に切り分ける。

「聖太郎が使う分、これくらいあれば足りるやろ？」

巨大な冷蔵庫や天井までの高さがある食品棚には、三人暮らしには不釣り合いなほど大量の食材が入っていた。卵や牛乳や小麦粉はもちろんのこと、ココアパウダーやバニラビーンズなど、お菓子作りに必要なものは大抵なんでもそろっている。

その材料を聖太郎はこれまで好きに使っていたのだが……。

「今更やけど、光博のところの材料を使わせてもらっている分、お金とかいいんかな」

光博はきょとんとしたあと、軽い口調で言った。

「そんなん、気にせえへんでいいって」

話はそれで終わりだった。各々、作業をつづける。光博はバターと砂糖をゴムべらで練るように混ぜ合わせており、聖太郎は小麦粉の重さを量って、ふるいにかける。

お金というものについて、聖太郎はあまり真剣に考えたことがなかった。光博の恵まれた境遇を羨むこともなければ、自分が持たざる者であると意識したこともなかったのだ。

しかし、一度、気にしてしまうと、自分と光博がアンバランスな関係であるように思えて、心がざわついた。

この小麦粉も、卵も、牛乳も、オーブンも、オーブンを使うときの電気も、本当はお金がかかっているのだ。光博の部屋にある大量の漫画も、いつもふたりで遊んでいる玩具やゲームソフトも、聖太郎のお小遣いではとても買えないような金額だろう。いままではなんとも思わずに、光博とおなじようにその恩恵を享受していた。聖太郎の家よりも光博の家のほうがいろんなものがあって快適だから、ここで過ごすほうが多かった。光博が気にする素振りを見せたことがなかったので、聖太郎も考えもしなかったが、自分ばかりが得をしているのかもしれない。こんなことで、ふたりは対等だと言えるのだろうか。

煩悶《はんもん》しながらも、聖太郎は手を動かす。卵を卵黄と卵白に分けて、ボウルに入れる。卵黄に砂糖を加え、よく混ぜ合わせる。卵白を泡立てて、メレンゲを作る。何度やっても、卵白がふわふわになる瞬間は魔法みたいで面白い。聖太郎は次第に夢中になり、頭を空っぽにして、ただひたすら卵白を泡立てていた。

「聖太郎、先にオーブン使うやろ？」

声をかけられ、はっとして、光博のほうを向く。

「クッキーは？」

「こっちはもうちょっと生地、寝かすし」

光博は丸めた生地を入れたボウルにふわりとラップをかけて、冷蔵庫に入れた。

「待ってるあいだ、練習のつづきしてくるから」

「わかった」

光博はキッチンから出ていき、しばらくするとヴァイオリンの音色が聞こえてきた。

ひとりきりになったキッチンで、聖太郎はオーブンを予熱する。

光博の練習するヴァイオリンは、頻繁に音を外すのに、妙に心地よく耳に響いた。

スポンジが焼きあがると、聖太郎は光博のところに行って、声をかけた。

「こっち、終わった。まだオーブン熱いと思うけど」

「何度で焼いたん？」

「一七〇度で三十分」

「すぐに焼いたら、クッキー焦げそうやな。もうちょっと冷めたくらいが、予熱いらずでちょうどよさそうや」

光博は麺棒でクッキー生地を伸ばして、クッキー型で抜いていく。聖太郎はスポンジにクリームを塗り、しっかり巻いて、ロールケーキを作る。

ブッシュ・ド・ノエルは、フランス語でクリスマスの薪《まき》を意味する。薪のかたちを模している理由は、いくつか説があるようだが、聖太郎の読んだ本には「キリストの誕生を祝い、幼子を温めるため、夜通し暖炉で薪を燃やしたことに由来する」と書かれていた。

ロールケーキのかたちが固定されるまで、一時間ほど冷蔵庫で休ませる。

そのあいだに、もう使わないボウルなどを洗っておくことにした。

あとでお手伝いさんが片づけてくれるからそのままにしておいてもいいと光博は言うのだが、そういうわけにはいかない。

「暇やったら、上の部屋で漫画読んでてもいいで」

光博に言われたが、聖太郎は首を横に振った。

「もうすぐテストやから、勉強しとかんと」

調理器具を布巾で拭いたあと、鞄に入れてあった単語帳を取り出す。

「公立って、内申点が重要なんやろ？」

「たぶん。あんま、わかってないけど」

光博のほうはクッキーが出来上がり、撮影に入っていた。ポラロイドカメラなので、撮ったその場ですぐに写真が出てくる。

聖太郎は単語帳をめくる手を止めて、写真をのぞきこんだ。

「おお、めっちゃいい感じじゃん」

クローバーのかたちのクッキーにはこんがりと焼き色がつき、マーブルクッキーも綺麗に渦巻きになっている。

「自分の写真も送るんやろ？　じゃあ、クッキー持ってるとこ、撮って」

カメラを渡され、聖太郎はファインダー越しに光博を見る。

光博はクッキーをつまみ、神妙な面持ちで、じっと動きを止めている。

「緊張しすぎやろ。なんで、そんな顔やねん」

聖太郎は思わず、ぷっと吹き出した。

「もっと笑ったりしたほうがええんちゃう？　スマイルやで、スマイル」

「そうか？　こんな感じ？」

光博は頬を引きつらせたが、お世辞にも素敵な笑顔とは言えなかった。

「さっきの顔のほうがマシやったな」

何枚か撮ったうちから、光博はベストショットを選ぶ。

「こっちもそろそろいいかな」

聖太郎は時計を見て、冷蔵庫を開けた。

薪に見立てたロールケーキに、ココアクリームを塗って、フォークで木の樹皮のような模様をつけていく。

「おお、うまそう。やっぱ、すごいよなあ、聖太郎は」

光博は感心したように言いながら、出来上がったブッシュ・ド・ノエルの写真を撮る。

「ほら、聖太郎もスマイルやろ」

カメラのレンズを向けられ、聖太郎もぎこちない笑みを浮かべる。

「うーん、我ながらひどい顔やな」

自分の写真を確認して、聖太郎はつぶやいた。

写真を撮られることなど滅多にないので、どうしても顔が強張ってしまう。さっきは光博の表情の不自然さを笑ったが、聖太郎もひとのことは言えなかった。

「写真のほかにも、いろいろ書かなあかんのやんな。自己アピールみたいなやつ」

「応募要項のメモ、ちゃんと持って来たで」

「でも、疲れたから、その前に食べよう。試食、試食」

光博の言葉にうなずき、聖太郎はケーキを取り分ける皿を用意する。

「ブッシュ・ド・ノエル、おいしすぎるわ。残りも食べていい？」

「ええけど。夕飯、食えんくなるで」

「いいって。ああ、止まらへん」

食べ終わると、ふたりは聖太郎の書いたメモに従って、書類を作成した。

大通り沿いに郵便ポストがあったので、聖太郎を見送りがてら、光博もそこまで歩く。

「テレビに出るかもしれへんと思うと、なんかドキドキするな」

光博の言葉に、聖太郎もうなずく。

ふたりの写真や応募書類の入った封筒は、音もなく郵便ポストに滑り落ちていった。


音沙汰がないまま、一カ月が過ぎた。

聖太郎は応募したことで満足したのか、中学生お菓子作り名人コンクールのことを忘れそうになっていた。

それよりも、光博から誘われたピアノコンクールの本選のほうが気になった。

授業中や寝る前など、気がつくと凜々花のことを考えている。心を摑む音色。揺れる黒髪。快活な声。弾けるような笑顔。凜々花とアイスを分け合って食べて以来、彼女のことが頭から離れない。

コンクールの応援に行けば、凜々花にまた会えるのだ。

当日は光博と最寄りの駅で待ち合わせて、前回とおなじコンサートホールに向かった。

聖太郎は落ちつかず、つい口数が多くなった。中間テストの結果や先生の愚痴などを話しながらも、脳内では凜々花のことばかり考えている。

駄菓子屋の前を通りすぎながら、光博が言った。

「そういや、聖太郎のところもテレビ局から連絡あったやろ?」

一瞬、なんの話か、わからなかった。

返事に詰まっていると、光博は驚いたような顔をして、聖太郎を見た。

「え、もしかして、聖太郎にはまだ来てへんの? お菓子作り名人コンクールのやつ」

光博は書類選考を通過したのだ。

だが、自分のところには連絡が来なかった……。

「今度、大阪の調理師学校で予選があるねんて。昨日、電話がかかってきて、日程とか場所とか教えてもらったんやけど。てっきり、聖太郎のところにも連絡が行ってるもんやと思ってた。もしかしたら、今日とか電話あるかもな」

フォローするかのように光博は付け加えた。

光博が作ったのはただのクッキーだった。でも、自分が作ったのはブッシュ・ド・ノエルである。客観的に見て、どう考えても、ブッシュ・ド・ノエルのほうが難易度が高いはずだ。

それなのに、光博のほうが評価されるなんて、納得できない……。

「ふーん、そうなんか。じゃあ、帰ったら、連絡来てるかも」

聖太郎は平静を装い、そんなふうに言う。

「そんでさ、その予選のときに親の同意書みたいなのを持ってくるように言われてん。大宮製菓の工場とかも撮影したいねんて。会社の宣伝にもなるって、父親はめっちゃ乗り気になってるねんけど、まあ、まだ予選あるし、ほんまに出場できるかはわからへんからなあ」

本当に、自分にも連絡が来ているのだろうか。

聖太郎は不安だった。光博だけが選ばれて、自分が落とされているという可能性を考えると、耐えがたい気持ちになり、そっと唇を噛む。そして、気づく。自分は心の奥で、お菓子作りにおいては絶対に光博には負けないと思っていたのだ。

その自信が揺らいだせいで、こんなにもプライドを傷つけられている。

コンサートホールの正面玄関を入ったところで、光博は年配の女性に声をかけられた。

「あら、みっちゃんも来てくれたの。すっかりお兄さんになって」

「先生、ご無沙汰しております」

胸に大きなアメジストのブローチをつけた女性は、どうやらピアノの先生のようだ。もうひとり女性がいて、そちらは凜々花の母親らしく、目元がよく似ていた。ふたりとも上品な服装で、高級そうなブランド物のバッグを持ち、香水の匂いを漂わせている。

光博たちが立ち話をしているあいだ、聖太郎は少し離れたところで所在なく壁に貼られたポスターに目を向けていた。

「聖太郎は帰り、どうする？」

話を終えて、光博が戻ってきた。

「コンクールのあと、入賞したら凜々花の家でお祝い会があるって、誘われたんやけど」

「わかった。ひとりで帰るわ。村井さんによろしく伝えといて」

先日のように帰り道でまた凜々花と話すことができるかと勝手に思って、胸を高鳴らせていた自分が馬鹿みたいで、途端にみじめな気持ちになる。

そもそも、ピアノコンクールに来たこと自体、場違いなのだ。自分とは無縁の世界。もう一度、凜々花に会ったところで、どうなるわけでもない。

期待なんかしても、無駄や……。

心のなかでそう自分に言い聞かせるようにして、聖太郎は観客席から舞台を見つめる。

凜々花の出番になった。

そのすがたを見て、胸が痛いほど締めつけられる。凜々花は今日も楽しそうだ。緊張している様子はまったく感じられず、全身を弾ませるようにしてピアノを奏でている。きらきらとした音色。聴衆を魅了するような音楽。心を奪われずにはいられない。

きっと、光博だって、凜々花のことを……。

あの日、駄菓子屋で息の合った会話をしていたふたりを聖太郎は思い出す。

ふたりのあいだに流れていた親密な空気。ああ、そうだ、考えるまでもなく、自分の出る幕などない。どうせ手が届かないのなら、こんな気持ち、なくなればいいのに。

ピアノの音色に心奪われていると、隣で光博が小さく「あ……」とつぶやいた。

同時に、舞台の上で凜々花がぺろっと舌を出して、「やっちゃった！」とでも言いたげな表情を浮かべる。

ミスタッチがあったのだろう。聖太郎には聴き分けることができなかったが。

すべての出場者の演奏が終わると、聖太郎は席を立った。

「そんじゃ、またな」

「うん、また」

光博は席に座ったまま、軽く手を振る。

このあと、審査結果の発表があるようだが、凜々花が何位になろうと聖太郎には関係のないことだった。

ロビーを歩いていると、青いドレスが視界に入った。

凜々花が着ていたドレスだ。

「あ、聖太郎くん」

聖太郎を見つけると、凜々花は小走りで近寄ってきた。

「みっちゃんは？」

その一言を聞いて、聖太郎は密かに傷ついた。

自分に用件があるわけでなく、光博を探していただけなのか。

「光博やったら、まだ観客席におるけど」

「もしかして、聖太郎くんはもう帰ろうとしてる？」

「そうやけど」

「えー、お祝い会、来てくれへんの？」

「いや、部外者やし」

「そんなん、気にせえへんとって。こないだ、友達になったやん。来て来て。みっちゃんも来るんやし」

輝くような笑顔を向けられ、聖太郎は思わず、目をそらす。

「そんで、みっちゃんのとこ、行きたいんやけど」

凜々花は正面に立ったまま、聖太郎が動くのをじっと待っている。

どうやら案内してもらうことを期待しているようだ。

聖太郎は軽く嘆息すると、来た道を戻る。

「あれ？　聖太郎、どうしたん……っていうか、凜々花、なんでここにおんねん」

ふたりのすがたを目にして、光博が驚いたように言った。

「先生とママがうるさいから息抜き。ちょっと舌出しちゃったくらい、いいやん、べつに。

やのに、ふたりともマナーがどうこうとか、ガミガミ言うから嫌んなるわ」

「ああ、あんときのか。まあ、気持ちはわかるが、素知らぬ顔で弾き続けるんもテクニックやろ。マナー違反も減点になるんやから。ほら、結果発表、始まるから、早く戻れって」

光博は手で追い払うような動作をするが、凜々花は動かない。

「みっちゃん、だれが一番やったと思う？」

真剣な顔をして、光博に問いかける。

「凜々花のピアノが断トツで歌えてたとは思うけど、審査員の好みもあるからなあ」

「最後の男の子、かなりうまかったよね。芯のある音やった。ほかのコンクールで見たことないんやけど、どこから出てきたんやろ」

凜々花の瞳が、一瞬、不安そうに揺らぐ。

「力強さでは凜々花も負けてへんかったで。よう響いて、ここの席までしっかり届いてた」

「でも、あたし、ミスったし」

「あれくらいのミス、そんなに大きく影響せえへんやろ。流れも止まれへんかったし。ああいう解釈でショパンを弾くんは悪くないと思った」

光博の言葉を聞いて、凜々花はほっとしたような笑みを浮かべる。

「みっちゃん、耳だけはいいよね。うん。あたしはやるだけのことはやった。あとはもう運というか、審査員との相性やもんな」

凛々花は大きくうなずくと、胸を張って、顔をあげた。

「そういうわけで、お祝い会やるから、来てや、ふたりとも」

光博のほうを見たあと、凛々花は聖太郎にも笑顔を向ける。そして、颯爽とした足取りで、舞台のほうへと歩いていった。

「お祝い会って、まだ結果、出てへんのに。先生も、本人も、入賞を疑ってへんねんから、すごいよな」

凛々花の後ろすがたを見送りながら言うと、光博は聖太郎のほうに顔を向けた。

「聖太郎も、凛々花のとこ、行くことにしたん？」

「うん、まあ……」

舞台の上には出場者が集まっていた。年配の審査員が全体についての講評を述べたあと、入賞者の名前が呼ばれる。

凛々花の名前は最後から二番目に読みあげられた。準優勝という結果に、凛々花は嬉しそうな笑みは浮かべているものの、どことなく満足していないように見えた。

流されるまま、聖太郎もいっしょに凛々花の家へと向かう。

凛々花の暮らす家は、想像していた以上に大きかった。

坂を上ったところにあり、辺りには豪邸ばかりが建ち並んでいる。門扉の前で振り返ると、神戸の街並みや海までが一望できた。

玄関まで敷かれた踏み石を進み、武家屋敷のような建物に辿《たど》り着く。敷地はぐるりと板塀に囲まれ、庭園には錦鯉の泳いでいる池があった。迷子になってしまいそうなほど入り組んだ廊下を歩いて、グランドピアノが置かれた部屋へと入る。そこだけ洋風の内装で、窓には重厚なカーテンがかけられ、暖炉の上にトロフィーや盾がたくさん飾られていた。

今日もらってきたばかりのトロフィーも、凜々花はそこに並べた。

「おめでとう、凜々花ちゃん」

ピアノの先生が音頭を取り、みんなで拍手をする。

「ありがとうございます。でも、まだまだ道の途中だと思っているので、これからも頑張ります」

殊勝《しゅしょう》なことを言って、凜々花はぺこりとお辞儀をしたあと、付け加えた。

「ほんまは一番がよかったけど。ああっ、悔しい！　ミスした自分に腹立つ！」

そのあとはお手伝いさんが紅茶とケーキを運んできて、お祝い会が行われることになった。

「聖太郎くんもなにか楽器をしているの？」

凜々花の母親に話しかけられ、聖太郎は緊張しながら答える。

「いえ、なにもしていません」

「あら、そうなの。てっきり、光博くんとおなじお教室に通っているのかと」

母親の発言に、凜々花がおかしそうに笑う。

「ママ、それ、あたしもおんなじようなこと言うたから」

凜々花の母親は客人がひとり増えたことを迷惑がっている様子はなかった。むしろ、娘の新しい友達だという見知らぬ少年に興味津々のようだ。

「学年はおなじなのでしょう？」

「うん。聖太郎くんは、みっちゃんと小学生のとき、いっしょのクラスやってんて。いまはちがう中学やけど、休みの日にお菓子作りとかしてるらしいで」

「それは素敵ねえ」

はきはきした凜々花とはちがって、母親はおっとりとした性格のようで、穏やかに微笑みながら、こちらを見つめていた。

「あたし、友達の作り方ってようわからへんのよね」

凜々花がぽつりとつぶやいて、ケーキの苺をフォークで突き刺す。

「人生のほとんどをピアノの練習に費やしてるから、友達と遊んでる暇とかないし。普通の子とは話が合わへんし。ピアノやってる子にはライバル視されるし」

「それは凜々花の性格に問題があるんちゃうかという気がせえへんでもないけど、でも、まあ、コンクールとか目指してるとそうなるよな」

うんうんとうなずく光博に、凜々花は恨みがましい視線を向ける。

「あたしとみっちゃんって、友達おらん同盟やったのに」

「なんじゃ、そりゃ」

呆れたような声を出して、光博は肩をすくめた。

「だって、そうやん？　みっちゃん、幼稚園のとき、みんなの輪に入れへんくって、ひとりでひたすら砂遊びしてたやん。小学校に入ってからも、わがままばっかり言うから、みんなの嫌われ者で、おばさんも心配してたやん。それやのに、そんなみっちゃんに親友ができるとか、裏切られた気分やわ」

「なんでやねん」

ぽんぽんとテンポよく会話をするふたりに、長年のつきあいで培われた結びつきのようなものを感じて、聖太郎は苦い気持ちを味わう。光博は内心で、凜々花のことを異性として、意識していたりはしないのか……。そんなことを考えてしまう自分を浅ましく感じる。

「最初は、どうやって仲良くなったん？」

凜々花の質問に、聖太郎と光博は顔を見合わせた。

「どうって……。なんとなくやんなあ？」

うなずいて、聖太郎も言う。

「誕生日会に誘われたんが、最初やったよな。それから、なんとなく気が合って、仲良くなったっていうか」

「いいなあ、羨ましい」

凜々花がそう言うのを聞いて、聖太郎の胸は罪悪感でちくりと痛んだ。

羨ましい、という言葉を素直に口に出せる凜々花がまぶしくて、直視できない。

自分は本当に、いまでも光博の親友だと言えるのだろうか……。


結局、聖太郎のところにテレビ局から連絡は来なかった。

光博からはその後も何度か電話があり、予選を通過したことを知らされた。

以前とおなじように遊びに誘われたが、聖太郎は都合がつかないと断った。

そのうち、聖太郎の態度がどこかよそよそしいことに光博も気づいたようだった。

「どうしたん？　聖太郎、最近、つきあい悪いよな。なんか、怒ってんのか？」

「べつに。そういうわけちゃうけど」

「じゃあ、なんで、遊ばれへんとか言うん？」

「だから、都合が悪くて……。休みの日は教会の用事あるし、勉強もせなあかんし」

「ふうん、まあ、ええけど。ほなら、また遊べる日があったら、連絡してや」

「うん。また今度な」

受話器の向こうにいる光博に、そう言ったものの、聖太郎は気が進まなかった。

光博と会えば、また、もやもやとした気持ちになってしまうだろう。光博の家に行き、自分のなかに嫉妬という醜い感情があることを思い知るのが嫌だった。

光博が悪いわけではない。自分の心の問題だ。こんな気持ちを抱えた状態で、光博と会いたくなかった。

中学生お菓子作り名人コンクールの放送は、自宅のテレビで見た。

冒頭に出演者の紹介があり、ナレーターが「光博くんのお父さんは、あのピースチョコを作っている大宮製菓の社長なのです」と説明していた。

大宮製菓の工場が映り、レールの上をたくさんのピースチョコが流れていく。

「生まれたときから、お菓子に囲まれて育った光博くん。将来はお父さんの跡を継ぎ、ピースチョコのようなヒット商品を作りたいと夢見ています。そのため、日々、お菓子の研究に余念がありません」

ナレーションに合わせて、映像が光博の家のキッチンに変わる。

いつものキッチンで、三角巾とエプロンをつけた光博が卵を泡立てている。自分がよく過ごしていた場所がテレビに映っているというのは、不思議な感覚だった。

あんなに馴染んでいた光博の家のキッチンが、いまでは遠い世界のようだ。

第一回戦は、スポンジケーキふんわり対決だった。おなじ材料を使って、スポンジケーキを作り、どれくらいの高さがあるかを調べる。ふんわりと焼きあがらず、しぼんでしまっていたら失格ということだった。

光博が作ったスポンジケーキはどう見ても膨らみが足らず、あえなく一回戦敗退となった。

もし、自分だったら……。

テレビを見ながら、聖太郎は悔しくてたまらなかった。

光博は粉のふるい方がぎこちなく、卵はうまく泡立っておらず、へらで生地を混ぜすぎており、失敗するのも当たり前だった。

自分が出場していたなら、もっとしっかり膨らむスポンジケーキを焼きあげることができて、一回戦敗退なんてことにはならなかったはずだ。

それなのに、なぜ、自分ではなく、光博が選ばれたのか……。

心の整理がつかず、聖太郎はどうしても光博と顔を合わせる気になれなかった。

6

光博は生まれて此《こ》の方、我慢というものをしたことがなかった。

待望の跡取りである光博に、両親は多大なる期待をかけ、ありとあらゆるものを与えようとした。望めばなんでも買ってもらえたので、欲しいものが手に入らないという感覚がわからない。そもそも、なにかを強く求めるという経験をしたことがなかった。

受け身の人生。与えられるのを待つだけ。去る者を追うことはない。

そんな光博だから、聖太郎が気乗りしない素振りを見せるようになると、手の打ちようがなかった。

教会の用事で忙しい。もうすぐテストだから……。電話をするたびに、なんやかんやと理由をつけて、聖太郎は遊びの誘いを断った。かといって、光博の電話を迷惑がる様子はなく、口調は親しげなままだった。

喧嘩《けんか》をしたわけではない。だが、家に招くとやんわりと拒絶される。こんなことなら絶交を宣言されたほうが、いっそ、すっきりするかもしれないと光博は思った。

学年が上がってからも、懲りずに何度か電話をしたものの、反応は芳しくなく、光博は次第に連絡を取ることを億劫だと感じるようになった。

光博はもともと、ひとりでいることを苦にするタイプではない。聖太郎はめずらしく気の合う相手であり、いっしょにいて楽しかった。だが、友人と呼べる存在がいなくとも、それはそれとして生きていくことに不都合はない。

そう思っていたのに、源二と食事をしていて、聖太郎の話題が出た途端、苦い気持ちが広がった。

「聖太郎くん、もうすぐ高校受験やろ。どこの高校に行くことになったんや？」

「さあ、知らん」

光博は肩をすくめて、中トロの握りを口に放りこむ。とろけるような舌触りで、脂の甘さと赤身の濃厚な味わいが口いっぱいに溶け出す。

「最近はあんまり、聖太郎くんと会ってへんのか？」

「勉強で忙しいみたいやし」

「そうか。受験が終わるまでの辛抱やな」

源二の言葉に、光博は黙りこむ。

電話をしてみれば、以前とおなじような気の置けない態度で聖太郎は接してくれるだろう。会話をするだけなら、邪険にされることもない。

お互いの近況を報告し合って、聖太郎の声は親しげで、ふたりの関係はなにも変わっていないように思える。しかし、遊びに誘うと、なぜか、言葉を濁されるのだった。それが想像できるからこそ、光博は連絡をする気にはなれなかった。

「光博にええ友達ができて、ほんま、よかった」

源二のなかでは、いまだにふたりは親友同士であるようだ。

光博にとっては、もう過去の友達という感覚になりつつあるというのに。

「あの子は見どころがある。目を見たらわかるんや、目の輝きがちがう。最近の若い子は遊ぶことばっかり考えて、ふわふわしとる。このあいだも採用の最終面接に顔を出したが、碌《ろく》な人材がおらんかった」

源二は最初に会ったときから聖太郎のことを気に入っていた。仲の良い友達が、尊敬する祖父に一目置かれているというのは、光博としても誇らしいことだった。

だが、いま、寿司屋の渋い緑茶を飲みながら、光博は不快な気分を味わう。

気づいてしまったのだ。

押し隠していた負の感情。聖太郎と友人としてつきあうためには、目をそらしていなければならなかった気持ち。

源二が聖太郎を褒《ほ》めれば褒めるほど、自分の内側にどす黒い気持ちが渦巻く。

おそらく、これは嫉妬と呼ばれる感情だ。

源二が祖父として、光博を可愛がってくれていることに疑いようはなかった。ゆくゆくは会社を継ぐことになるであろう光博に、大宮製菓の創業者としても、できる限りのことをしてくれている。

それなのに、どんなに贅沢《ぜいたく》な寿司を食べようとも、光博の心は満たされない。

源二と聖太郎には通じ合うものがあった。だからこそ、源二はひとめ見て、聖太郎に可能性を感じたのだろう。将来を予感させる、なにか。そして、それは自分の内側にはないものなのだ。

「見どころがあるって、聖太郎のなにがそんなにすごいん？」

なるべく感情を押し殺すようにして、平坦な声で光博は訊ねる。

「情熱、やな」

源二は即答した。

「熱い気持ち、パッションが、すべての要や。飽くなき探求心、ハングリー精神、ひたむきさ。なにかを成し遂げる人間になくてはならんもんをあの子は持ってる」

「そんな情熱的な性格には見えへんかったけど」

聖太郎はあまり自分の気持ちを表に出すことはない。どちらかと言えばクールな性格ではないかと光博には思えた。

「やる気があるとか声が大きいとか、そういうわかりやすい情熱とはちがうんや。他人からは見えへんかもしれんが、わかる人間にはわかる。どんな困難でも乗り越えていく意志の強さ、上を目指すエネルギーの源、その根っこにあるもんやな」

聖太郎の持つ素質を、源二は見極めることができるのかもしれない。しかし、光博にはぴんと来なかった。そしてまた、そのことに取り残されたような気分になる。

自分には見えない世界。

源二が表現したような人物をもうひとり、光博は幼いころからよく知っていた。

圧倒的な情熱の持ち主。

彼女の演奏はいつだってパッションにあふれている。

「凜々花も?」

その名を口にするだけで、ピアノの音色が頭のなかに響く。

「わかる人間にはわかる素質っていうの、凜々花にもあるん?」

「凜々花ちゃんか」

源二は聞こえない音色に耳を澄ますように、軽く目を閉じた。

「そうやな。あの子も本物や」

源二も、聖太郎も、凜々花も、本物だ。

確固たる自分を持っている。

でも、自分はちがう。

光博にはそのことがよくわかっていた。

自分は両親たちとおなじく俗物で、つまらない人間なのだ。

ウニやアワビや煮穴子など、高価なネタを光博は次々に口に放りこむ。

「ああ、よう食べた。暴飲暴食は控えるよう言われてんのに、つい食べ過ぎてしもたわ」

胃のあたりをさすりながら、源二は支払いを済ませ、ゆったりと戸口へ歩き出す。

店から出ると、通りは活気に満ちていた。

三宮《さんのみや》の街はネオンが輝き、金ぴかの時計をつけた男性や毛皮のロングコートを纏った女性たちが闊歩《かっぽ》している。

「今度はロブスターを食べに行こか」

満腹で苦しがっているというのに、源二は次に食べるもののことを考えていた。

「新しくできたアメリカンフードの店が面白いって聞いたんや。茹でたてのロブスターを、こう、ハンマーで割って、身をほじくって食べるそうやで」

源二がハンマーを振り下ろす動作をしてみせるのを見て、光博も興味を引かれた。

「へえ、面白そう」

経営の現場から退いたあとも、源二はさまざまな会合に顔を出して、貪欲に情報を集め、時代の最先端に身を置いているようだった。ティラミスというデザートについても、早くから注目しており、あれは絶対にヒットすると明言していた。

源二の予感は正しく、ティラミスはその後、大ブームとなった。

「あ、ここにもイタ飯屋ができてる」

緑と白と赤の三色旗を見つけ、光博はイタリア料理店に目を向けた。

「あっちには新しいビルも建つみたいやな」

建築中のビルを見あげて、源二が言う。

「さすがは経済大国ニッポンや。最近はスペイン料理やらメキシコ料理やら、いろんな国の店がどんどん進出してきてるやろ。言うても神戸は国際貿易都市やからな。世界中の文化が集まってくる。ポートアイランドの開発も目覚ましいもんがあるし、戦後のなんもなかった時代を知ってる人間からしてみれば、ほんま、夢のようやで」

海と山に挟まれた神戸市には平坦な土地が少なく、ひとの住める場所は限られている。そこで六甲山《ろっこうさん》を切り開き、土砂で海を埋め立てて、人工島を作ることにしたのだ。

その大胆で先駆的な都市開発の構想を源二は高く評価していた。

「必死で働いたから、豊かになったんや」

タクシーを捕まえるため、源二は車道に近づいて、片手をあげる。

「ええ時代になったもんやで」

しみじみとした口調で、源二はつぶやいた。

いくら待っても、空車のタクシーはやって来ない。

源二の隣に立ち、車道を眺めていると、幼いころにコレクションしていたスーパーカー消しゴムとおなじ車種の本物の車が、目の前を通りすぎていった。ポルシェ、フェラーリ、ランボルギーニ……。自分もそのうち免許を取ってあういう車に乗るのだろうか……と光博はぼんやり考えていた。

結局、聖太郎に連絡を取ることをためらっているうちに、中学を卒業することになった。高校生になってからも、光博の生活は変わらなかった。

気心の知れた友人などはおらず、班活動をしなければならないときはあぶれ者たちが身を寄せ合っているグループに加わる。クラスの中心となるのは活発な運動部の連中であり、帰宅部の光博はいてもいなくてもおなじ存在だった。

家に帰ってからは、ひとりでテレビゲームを延々とやりつづける。

とりわけ夢中になったのはドラクエシリーズだった。待ちに待った新作の『ドラゴンクエストⅣ　導かれし者たち』は売り切れが予想され、近所のゲームショップには入荷すらしないおそれがあったので、発売日に朝早くから大阪まで行って、日本橋《にっぽんばし》のでんでんタウンにある店に並んで手に入れた。

一九九〇年にはファミリーコンピュータの後継機であるスーパーファミコンが何度かの延期を経て、ついに発売された。もちろん、それもすぐに手に入れた。

ほかにもメガドライブやPCエンジンやネオジオといったゲーム機を買い集め、興味のあるソフトはどんどん購入した。

家庭用ゲーム機の販売競争は激しく、つぎからつぎに新機種が開発され、淘汰されていく。ファミコンで遊んでいた小学生時代は、遠い過去の記憶になっていた。

「なあ、大宮、このあと、ひま?」

教室を出ようとしたところ、クラスメイトの牧瑛士《まきえいじ》に呼びとめられた。

瑛士はいわゆるロン毛と呼ばれる髪型で、日焼けサロンに通っているのではないかと噂されるほど色が黒く、生活指導の先生に目をつけられるタイプの生徒であり、光博とはほとんど接点がなく、言葉を交わしたことすらなかった。

「あのさ、俺ら、これからボウリング行くんやけど、メンバー足りひんくって。暇やったら、いっしょにどう?　女の子、来るで」

突然の誘いに、光博は戸惑い、眉根を寄せた。

「なんなん、いきなり」

「女の子と三対三で遊ぼうって話になってたのに、ひとり欠席することになっててん。向こう、ひとり余ったら可哀想やろ」

すると、石橋アキラが慌てた様子で、こちらに近づいてきた。

「おい、瑛士。なんで、こんなやつに声かけてんねん」

「ええやん。ほかにひと、おらんし」

アキラは高校のクラスメイトで唯一、おなじ小学校出身だったが、友好的な関係はまったく築いていなかった。

昔から一方的に光博のことをライバル視しているようで、なにかにつけて喧嘩腰なところがあり、相手をするのも面倒なので、あまり関わらないようにしていたのだ。

小学生のときには坊ちゃん刈りだったアキラも、いまはトレンディドラマに出ている俳優を真似たようなヘアスタイルをしており、芝居がかった動きで、光博を指さした。

「こんな運動音痴、おらんほうがマシやって。こいつ、めっちゃ性格悪くて、根暗やし。女子とボウリングやのに、こんなやつ連れていくなんか、ありえへんやろ」

アキラの言いように、光博はむっとする。

運動神経が優れているとは言えない光博だったが、ボウリングなら少々腕に覚えがあった。父親が若いころに熱中していたらしく、マイボールとマイシューズを持っており、家族そろってのレクリエーションとして、休日にはよく連れていかれたのだ。大宮製菓でも年に一度、社員やその家族たちを集めて、親睦のためにボウリング大会を開催しており、光博も幼少期より参加していた。

「まあ、ボウリングやったらええけど」

光博が言うと、瑛士は親しげな笑みを浮かべた。

「ほんま？　助かるわ。ほな、行こ行こ」

馴れ馴れしい態度で、光博の肩に腕をまわして歩き出そうとする。

「本気かよ、瑛士。俺は嫌やで。こいつが行くんやったら、俺は帰るわ」

不貞腐れた顔で、アキラが言い捨てる。

小学生のときには取り巻きをたくさん連れていたアキラだが、そのほとんどは地元の公立中学校に進むことになった。

自分が聖太郎と疎遠《そえん》になったように、アキラもあのころの友人たちとは関係が途切れてしまったのだろう。そう思うと、憐《あわ》れみを覚えた。

「おいおい、アキラちゃん、子供みたいなわがまま言うなよ。だからさあ、向こう三人やから、こっちも人数合わせなあかんねんって」

言いながら、瑛士はもう一方の手で、アキラを引き寄せた。スクラムを組んでいるような体勢になり、光博とアキラは同時に瑛士の腕を振り払う。

「ったく、しゃあねえなあ」

アキラは軽く舌打ちをしたあと、光博をにらみつけた。

「ええか、調子乗んなよ。ちょっとでもおかしなことしたら、しばくからな」

「アキラってば、女の子が来るからってピリピリしすぎ」

からかうような口調で、瑛士が言う。

「はあ？　ピリピリなんかしてへんわ」

むきになって言い返すアキラの背中を、瑛士はなだめるように叩いた。

それから、光博のほうを見て、余裕に満ちた笑みを浮かべる。

「女の子て言うても、健全なおつきあいやから、緊張せんでええで。リラックスして、気楽にボウリングを楽しんでくれたらええからな」

優しく気遣うような口調ではあるが、その言葉の裏に自分の優位性に疑いを持たない傲慢《ごうまん》さのようなものを光博は感じ取った。

おそらく、女性に免疫がないと思われているのだろう。男子校なので周囲には女性という存在への憧れが強く、神聖視しているような連中もいる。アキラも女子といっしょにボウリングをするということで、舞いあがっているようだ。

だが、光博は女子と遊ぶということに対して、強く意識することはなかった。凜々花とはこれまで何度もボウリングに行ったことがある。凜々花という幼馴染のおかげで、現実の女子がどういうものかはちゃんとわかっていた。女子がいるからといって、べつにどうということはないのに、緊張すると思われているなんて心外だった。

「相手ってどういう子たちなん？」

「バイト先で知り合った子と、その友達」

「牧くんって、バイトしとうの？」

同年代の瑛士がバイトをしていると知り、光博は少し驚いた。

光博の通う学校は裕福な家の子供が多く、金銭的な理由で働かなければならないとは考えにくかった。そもそも、校則でアルバイトは禁止されているはずだ。

「親父が経営してる会社の系列のレンタルショップで、まあ、見習いっつうか、店長にいろいろ教わって、修業させてもらってんねん」

「へえ、かっこええな」

そんな話をしながら、ボウリング場へと向かう。

実のところ、制服のままで本屋とゲームショップ以外の場所に寄り道をするのは、これがはじめてのことだった。だが、なんでもない顔をして、光博はふたりのあとにつづく。

瑛士とアキラは音楽の話で盛りあがっていたが、流行りの邦楽に興味のない光博は歌手の名前を言われてもさっぱりだった。

「あ、いたいた、あの子たち」

近くの私立女子高の制服を着た三人組の女子を見つけて、瑛士が足早に近づいていく。

「ごめーん、待った？」

「ううん、うちらもいま来たところ」

女子たちはしなを作って、上目遣いで瑛士に答える。三人ともスカートは短く、ずり落ちそうな長い靴下を履いていた。

「こっちが、このあいだ話してた石橋アキラ」

瑛士は親指を立てて、アキラを示した。

「アキラでーす。今日はよろしく。みんな、アベレージどれくらいなん？」

「ええー、うちら、めっちゃ下手やで」

「うんうん、ボウリングあんましせえへんし」

「ガーターばっかりでも、笑わんとってなあ」

実にわかりやすくアキラは目尻を下げ、でれでれとした表情で女子たちと話していた。

「こっちは今日のスペシャルゲスト、大宮光博くん。大宮のうちは、ピースチョコを作ってる会社やねん」

「ああ、知ってる。ピース、ピース、ピースチョコ〜やんな」

女子のうちのひとりがテレビCMで流れている曲を口ずさむ。

名の知られた会社の御曹司だとわかった途端、女の子たちの態度が好意的なものに変わった。その反応を見越して、瑛士はわざわざこんな紹介の仕方をしたのだろう。

「大宮です。よろしく」

いかにも今風の女子高生って感じやけど、顔は凜々花のほうが断然、上やな……。

光博は内心でそう思いながら、愛想笑いを浮かべる。

実際、凜々花の顔の造作は整っていた。しかし、だからといって、凜々花を女性として意識するかというと、そういうことはない。幼いころから知っているので、異性といっても家族のような感覚だった。

　ボウリングシューズに履き替えて、おのおのボールを選ぶ。

「は？　おまえ、十五ポンドとか、調子こいとんの？」

光博の手にしたボールを見て、アキラが突っかかってきた。

「なにが？　いつも十五やけど？」

中学の半ばあたりから光博は急激に背が伸びて、体重だけでなく身長も平均以上となり、重いボールを軽々と扱えるようになっていた。

アキラはいまにも嚙みつきそうな顔で、光博を無言のままにらみつける。そして、自分も十五ポンドのボールを持ちあげた。

瑛士は十三ポンドのボールを使っていたが、第一投からストライクを出した。

「いえーい」

ガッツポーズをしたあと、ベンチに戻って、女子たちと次々にハイタッチをする。

「さすが瑛士くん」

「すごい、すごーい」

「いきなりストライクのつぎとか、プレッシャーやわ」

女子のうちのひとりがボールを投げたが、球にスピードがなく、よろよろと転がったあと、ピンに当たる寸前で溝に落ち、一本も倒せなかった。

「やーん、やっぱ、ミスっちゃった」

「気にすんなって。女の子はあんまうまくないくらいのほうが可愛いんやから」

瑛士が慰めるように言うのを聞いて、光博はよくもそんなセリフを恥ずかしげもなく口にできるものだと驚嘆する。

「つぎ、さわやかアキラくん、行きまーす」

おどけた口調で言ってアキラが立ちあがったが、ものの見事に滑ってしまい、女の子たちから冷ややかな視線を向けられていた。

アキラの空回りはその後もつづき、スコアも振るわず、ハイタッチの機会は得られないままだった。一方、光博はストライクの多さでは瑛士に負けるものの、スペアを確実に取り、接戦となっていた。女子三人はもはや自分たちのスコアを気にするより、実力の拮抗している瑛士と光博のふたりの勝負に注目しているようだった。

「瑛士くん、ガンバ！」

「大宮くんも、ガンバ！」

女子たちの声援を受け、光博はボールを投げる。ボールは勢いよく進んでいき、軽やかな音を響かせてピンを弾く。だが、両端に二本、十番と七番が残ってしまった。

「大宮、これ外したら、負け、決定やからな！」

アキラがあからさまにプレッシャーをかけてくる。

難しいかたちになったが、光博は平常心を失わなかった。

二投目。光博はレーンの左寄りから投げて、対角線上にある十番のピンを狙う。ボールは勢いよく進んで十番のピンに当たり、跳ね返って、七番のピンも倒れた。

「きゃあ、すごいすごい！」

「大宮くん、やったね！」

「おめでとう！」

女子たちに笑顔で迎えられ、光博はズボンで手の汗を拭き、ハイタッチに応じる。

「やるやん！　大宮」

瑛士もまた、屈託のない笑みで、光博を称《たた》えた。

「自信あるみたいやったけど、これほどの実力とは思わへんかったわ」

逆転負けをしたというのに、瑛士はまったく悔しそうな素振りは見せず、楽しげな表情を浮かべていた。

「こっちも久々に本気になってもうたな。うん、燃えたぜ」

「最後のは、まぐれやけど」

謙遜しつつも、光博は痛快な気持ちだった。

これまでずっと、帰宅後は家でひとりでゲームをする生活に満足していた。負け惜しみでもなんでもなく、自由を満喫しており、友達がいないことを気に病むことはなく、彼女が欲しいなんて考えたこともなかったのだ。

恋愛なんて面倒だ、というのが光博の持論だった。恋愛について、なにかしらの実体験があるわけではないが、ドラマを見たり漫画を読んだりした結果、光博はそう考えていた。まさか、女子の交ざったグループでボウリングすることが、こんなにも楽しいとは思いもよらなかった。

瑛士の提案により、第二ゲームは男女ペアになってのチーム対抗試合ということになった。負けたチームがジュースを奢《おご》るという罰ゲームつきである。

トップのスコアだった光博は、もっとも下手な女子とペアになる。

「足、引っ張ったら、ごめんなあ」

「べつにええけど」

光博が女子に素っ気なく答えると、瑛士が苦笑を浮かべた。

「いやいや、大宮。そこはさ、きみの分も頑張るぜ、とか言おうぜ」

「言えるか！」

「おっ、いいやん、そのツッコミ」

ふたりのやりとりに、女子たちは楽しそうに笑い声を響かせる。

第二ゲームは光博に疲れが出てしまい、瑛士の独走状態となった。

それでも、光博がストライクを出したときには、ペアになった女子は大喜びしてくれた。似たような容姿の三人組だと思っていたが、自分とペアになったその女子だけ、ほかよりもちょっと可愛いような気がしてきた。

またしても瑛士がストライクを決め、ピンの弾ける軽やかな音が響く。

「人類には大昔の狩猟をしていた時代の習性が、いまも残ってんねん。球を投げて、ピンを倒すっていう動きは、狩りの本能を刺激するんやって」

ベンチに戻ってくると、瑛士はそんな雑学を披露した。

「狩りがうまくて、獲物をたくさん捕まえることのできる男がモテる。本能的にそうプログラムされてるから、現代でも球技のうまいやつがモテるらしい。それを知って、俺、ボウリング、めっちゃ練習してん」

モテるために努力をしているということをあっけらかんと話す瑛士に、光博はひそかに感心していた。

次回はカラオケに行こうという約束をして、女の子たちと別れた。

光博は高揚感に包まれながら、帰路につく。今日一日でずいぶんと経験値を積み、レベルアップできた気がした。自分の人生がゲームだとすると、新たなるステージへの扉が開き、これまで知らなかった遊び方ができるようになったような感覚だ。

祖父が倒れた、という連絡があったのは、その日の夜のことだった。

7

聖太郎は、無事、第一志望の公立高校に合格した。

受験勉強は苦ではなかった。英単語を覚えたり、年号を暗記したり、こつこつと積みあげた結果が試験の場で活かされるのは、やりがいがあった。

聖太郎が入ったのは、生徒のほとんどが国公立の大学を目指すような高校だった。高校に入学したからといって気を緩めることはできず、クラスメイトたちの多くは、来《きた》るべき大学受験に向け、勉強をつづける。

しかし、聖太郎は大学に進むつもりはなかった。女手ひとつで自分を育ててくれている母親に、これ以上の負担をかけたくなかったのだ。大学で特に学びたいことがあるわけではない。それよりも早く働いて家計を助けたいというのが、聖太郎の正直な気持ちだった。

高校を卒業したら働こう。内心でそう決めてはいたものの、あと数年もしないうちに、自分が学生という立場ではなく、社会人として仕事をするようになるだなんて、想像がつかなかった。

働くといっても、一体、自分になにができるというのか……。

具体的に職業というものを考えたとき、ふと、心に浮かんだのは菓子職人だった。

そして、光博のことを思い出す。大宮製菓の御曹司。かつての親友。光博が暮らしていたお城のような豪邸の広々としたキッチンで、ふたりでレシピを眺め、さまざまなお菓子を作った。美しいお菓子の写真に胸ときめかせ、異国のめずらしい食材に想像を膨らませていたあのころ。いま思えば簡単なレシピばかりだったが、うまく焼きあがったケーキをオーブンから取り出すときは誇らしく、充実感を覚えたものだった。

だが、実家が洋菓子店ならまだしも、安定した職について母親を支えたいと考えている聖太郎にとって、菓子職人になるなんて進路はまったく現実的だとは思えなかった。

お菓子作りは楽しかったけれど、結局、あれは子供のころのままごと遊びのようなものだ。将来の仕事は、もっと、真面目に考えなければ……。聖太郎はそう考えて、心に浮かんだことを打ち消した。

光博の家に遊びに行かなくなったあとも、何度かバザーで売るためにクッキーを作ったことはあった。しかし、最近では勉強が忙しいと理由をつけて、奉仕活動に参加しなくなり、しばらくクッキーも焼いていない。

教会に行けば、どうしても考えてしまうのだ。

自分はこの場所にふさわしい人間だろうか、と。

神の愛を感じられない。

そのことは教会で居心地の悪さを感じるだけではなく、母親との関係においても、隔たりの原因となっていた。

聖太郎の母親は穏やかな光を瞳に浮かべ、こんな言葉を口にする。

イエス様と共にある人生。イエス様がそばにいらっしゃる幸福。

父親がこの世を去ったあと、聖太郎にはどうしても埋められない喪失感があった。その喪失感を母親と分かち合うことはできない。

母親は神様の愛で満たされていたから。

自分も、母親とおなじように神様の存在を信じることができれば、どれほど楽に生きられるだろう。そんなふうに考えることもあったが、信じる心は自分の思いのままにならなかった。以前、シスターが自分の進んだ道について「神様に呼ばれた」と語るのを聞いたことがあった。聖太郎にはまったくわからない感覚だ。呼び声など聞こえない。むしろ、教会にいると違和感ばかりが募り、自分が招かれざる客であるという気がして仕方なかった。

母親は以前にも増して、奉仕活動に熱を入れるようになっていた。聖太郎の信仰が揺らいでいるということを、母親も感じ取ってはいるようで、礼拝を欠席すると伝えると、悲しそうな目をした。聖太郎が教会に行かないようになっても、母親は責めることはなかったが、ひたすら悲しげで、心を痛めていることは嫌というほど伝わってきた。

今日も母親は教会に行くが、聖太郎は家にいるつもりだった。

教会でパイプオルガンのクリスマスコンサートが開催されることになっており、その手伝いのため母親は出かけようとしていた。

コートを羽織り、マフラーを手に取ったところで、母親はひどく咳きこんだ。

体調を崩しているらしく、昨日の夜から咳が止まらないのだ。

「そんな咳してんのに行くん？」

聖太郎が声をかけると、母親はいつもの穏やかな笑みを浮かべた。

「今日はたくさんお客さんが来はるから、休むわけにはいかへんのよ」

「風邪気味なんやし、無理せえへんほうがええと思うけど」

「でもねえ、私が行かないと、お手伝いの人数が……」

そう言いながらも、母親は背中を丸め、乾いた咳を響かせる。

「ああ、ほら。そんなんで手伝いに行ったところで、迷惑になるだけやって」

「そうは言うても……」

母親はマフラーを巻き、マスクをつけて、玄関に向かおうとする。

大きく溜息をついたあと、聖太郎は言った。

「俺が代わりに行くから」

母親は驚いたように目を見開くと、わかりやすく顔をほころばせた。

「ほんまに？　最近は教会に行くの嫌がってたのに」

「べつに嫌がってるわけちゃうけど」

「聖太郎が顔を出したら、みなさん、喜んでくれはると思うわ。いつも、聖太郎くんは元気してんの、って気にしてくれてはるんよ」

子供のころから自分を可愛がってくれたシスターたち。母親とおなじく献身的な信徒たち。そこに集まっているのが親切で善良なひとびとだと知っているからこそ、余計に気乗りしなかった。しかし、体調の悪い母親を寒空に送り出すわけにもいかない。

「わかったから、母さんは大人しく寝といて」

「じゃあ、お言葉に甘えて、休ませてもらうわ。聖太郎、帰り、遅くなったら暗いから、気をつけてね。教会の近くで、なんだか妙な事件があったみたいやし」

母親は心配そうな声で言って、聖太郎を見つめる。

先日、刃物を持った男によって、下校中の女子高生の髪が切られるという事件が起こったらしい。犯人はまだ捕まっておらず、教会の近くの道にも「不審者に注意」という立て看板が設置されることになったそうだ。

「いや、どう考えても、夜道を歩いていて危ないのは、俺より、母さんのほうだろ」

苦笑を浮かべ、聖太郎はそう答える。

聖太郎の身長は、とうの昔に母親を越していた。

もう自分は高校生だというのに、母親は時折、いまだに聖太郎がひとりでおつかいに行くこともできない幼子であるかのように過剰に気遣う。

「みなさんに、くれぐれもよろしくね」

「うん、行ってきます」

マフラーを外して、母親は部屋の奥へと入っていく。入れ違いに、聖太郎はジャンパーを羽織って、玄関から外に出た。

ひんやりとした夜気が心地よい。空を見あげると、月が冴え冴えと輝いていた。風が強く、雲が月を隠したかと思えば、また顔を見せる。

教会に着いて、事情を話すと、母親の体調を案じる声が方々から聞こえた。そして、聖太郎は歓迎の声に包まれる。だれも聖太郎を疎外したりはしない。あたたかく包みこむような雰囲気だ。それなのに、やはり、聖太郎は居たたまれなさを感じた。

コンサートの準備が整うと、聖太郎は入り口付近で来場者にパンフレットを渡す係を任されることになった。パンフレットに書かれているのは、教会に設置されているパイプオルガンの由来と演奏者の紹介、それから控えめな日曜礼拝への勧誘だ。教会を開放してのコンサートがどれくらい新規信者の獲得につながっているのかは不明だが、毎年の恒例行事となっており、来場者は多く、盛況であった。

開場の時間となり、案内の声が響く。

「本日はたくさんの方々にお越しいただき、誠にありがとうございます。我々はここを『祈りの場』と呼んでおります。コンサートホールではなく、信仰のための施設でございますことをお心に留めていただけますと幸いに存じます。喫煙や飲食は禁止となっておりますので、何卒よろしくお願い申し上げます」

聖太郎は少し離れた場所で任された役割を淡々とこなしながら、大勢の来場者を眺め、幾分か気が軽くなるのを感じた。

今夜、この場には神を信じているわけではないひとたちが、自分以外にもたくさんいるのだ。そう思うと、息が詰まるような感覚が少しはマシになり、自分も集まったひとたちとおなじように、パイプオルガンの演奏を楽しんでもいいのではないだろうかとすら思った。

聖太郎は音楽を聴く喜びを知っていた。

美しい音色に心が奪われる感覚。

そう、あのときのように……。

聖太郎の心に、ピアノの響きが蘇《よみがえ》る。生まれてはじめて体験した感動。自分と変わらない年齢の少女が、素晴らしい音色を奏でていた……。

回想に耽《ふけ》りながら、聖太郎は来場者にパンフレットを手渡していく。

その動きが、ふと、止まった。

目の前に、凜々花がいたのだ。

一瞬、自分は幻を見ているのだろうかと思った。

だが、本物だ。

背は以前より少し高くなっているが、顔立ちはほとんど変わっていない。歩くたびになびいていた長い黒髪は短くなり、いまは肩にかかるくらいだ。

なぜ、彼女がここに……。

信じられない気持ちで、凜々花を見つめる。

「あっ、聖太郎くん！　めっちゃ久しぶりやん。こんなところで会えるとは！」

凜々花も聖太郎に気づき、驚いたように大きな声をあげた。そして、ここが教会だと思い出したらしく、慌てて自分の口を手で塞いだあと、小声で話しかけてきた。

「あたしのこと、覚えてる？　村井凜々花。みっちゃんといっしょにコンクールの応援、来てくれたやろ？」

もちろん、覚えていた。忘れられるわけなどなかった。夢に現れたこともあった。しかし、光博と疎遠になったことにより、凜々花とのつながりも途切れ、もう二度と会えないだろうと思っていた。

「うん、久しぶり」

聖太郎はそれ以上、なにも言うことはできず、ただパンフレットを差し出した。

凜々花はまだなにか言いたそうにしていたが、後ろのひとに押されるようにして、礼拝堂のほうへと進んでいく。

やがて、コンサートの開始時間となった。

聖太郎も礼拝堂に入り、後方で立ったまま、演奏に耳を傾ける。パイプオルガンの荘厳な音が、祈りの場に響き渡る。天から降り注ぐ光のような音楽だ。聴く者を高みへと引きあげるような音色。だが、聖太郎の意識はずっと地に留まり、一カ所に惹《ひ》きつけられていた。礼拝堂のベンチに腰かけている凜々花。斜め後ろから眺めることしかできないので、どんな表情をしているのかはわからないが、紛れもなく本物の凜々花が、そこには存在していた。

コンサートが終わると、ひとびとは立ちあがり、礼拝堂から出ていく。

凜々花はまっすぐに、聖太郎のほうへと歩いてきた。

「聖太郎くん、ここの教会の関係者なん？」

まわりをきょろきょろと見まわして、凜々花は言う。

「うん。うち、母親がクリスチャンで」

「そうなんや。はじめて来たけど、めっちゃ素敵なパイプオルガンで感激したわ。あたし、最近、バッハに目覚めて、その流れで教会のコンサートにも足を運ぶようにしてんねん。バロック音楽を深く理解しようと思ったら、パイプオルガンに行き着くんよね」

数年ぶりに会ったというのに、凜々花は変わらずに親しげな態度で話しかけてくる。

「村井さんはいまもピアノ続けてんの？」

「もちろん。最近、みっちゃんとは遊んでへんの？　あんま、話を聞かへんけど」

「学校もちゃうから、なかなか会う機会なくて」

「みっちゃん、高校に入ってから、つきあい悪くなったもんなあ。あたしの誘いも断るし。今日もさ、いちおう、みっちゃんにも声かけてんで。みっちゃんもパイプオルガン、好きやし。でも、先約があるって言われて。もし来てたら、聖太郎くんと会えたのに」

光博がこの場にいたかもしれない……。

その可能性を考えると、聖太郎は複雑な心境だった。

かつての親友と、いま、どんな顔をして、なにを話せばいいのか。

凜々花と会えたことには純粋な喜びしかなかったが、光博と再会すればさまざまな思いが胸に渦巻くだろう。

「聖太郎くん、めっちゃ背が伸びたよね」

「そうかな」

「うん、まえはあたしとおなじくらいやったのに。でも、雰囲気は変わってへんから、すぐにわかった」

にこにこと屈託のない笑みを浮かべて、凜々花は言う。

自分もすぐに凜々花に気づいた。そのことを伝えたい気持ちはありつつも、聖太郎はうまく言葉にできなかった。いまの髪型も似合っているとか、雰囲気が少し大人っぽくなったとか、頭には浮かんだが、口に出せるわけがない。

礼拝堂にはもうほとんど人影がなく、残っているのは教会の関係者ばかりだ。好奇心は押し隠しているものの、それとなくこちらをうかがっている様子が伝わってくる。良くも悪くも狭くて親密なコミュニティだ。自分が女の子と親しげに立ち話をしていたことはすぐさま広まり、母親の耳にも入るだろう。

「村井さん、今日はひとりなん？」

「うん」

「駅まで送るわ。最近、近くで不審者が出たりとかで危ないし」

「ほんま？　ありがとう」

凜々花を連れて教会から出ると、夜道を並んで歩く。

聖太郎は自転車を押しながら、横目でちらちらと凜々花のほうを見て、浮き立つ気持ちを抑えきれなかった。

凜々花は雪の妖精を思わせるような純白のコートを羽織り、ふわふわと暖かそうな耳当てとミトンを身につけていた。

「ほんま、ええ演奏やったなあ。バッハの曲って基本的に教会の建物で演奏することを前提に作られてるから、音の反響とか考えると、やっぱり、教会で聴くのが一番なんかも」

しみじみと言いながら、凜々花は歩く。

「あたし、テンポが速すぎるって、いつも先生に怒られるんよね。ゆっくり弾くのって退屈で。けど、パイプオルガンの演奏を聴いたら、やっぱり、音の余韻って大事やなあと思った。うんうん、勉強になったわ」

「村井さんって、ほんまにピアノが好きやねんな」

凜々花のひたむきさに、聖太郎は素直に感嘆する。

「好きとか嫌いとか、もはや、そういう問題とちゃうんよね。ピアノは、あたしの人生やから」

しばらく歩くと、大通りに出た。街路樹は金色のモールや電飾で美しく飾られている。駅前に近づくほど、イルミネーションは輝きを増して、夜の街をきらびやかに彩った。

「わあ、綺麗」

頬を上気させ、目を潤ませて、凜々花がつぶやく。

「冬は寒い分、星とか光が綺麗に見えるんよね。あたし、キリスト教のことはようわかれへんけど、クリスマスって好き。世界中のひとの幸せを祈りたいような気持ちになる」

横に並ぶと、凜々花がずいぶんと小柄に思えた。以前はこんなに身長の差を感じなかった。あのころの聖太郎には、凜々花がとても大きく見えていた。舞台の上でピアノを奏でる凜々花には圧倒的な迫力があり、とても自分には手の届かない存在だという気がしたのだ。

しかし、いま、自分の隣にいる凜々花は、ただの女の子に見えた。守ってあげたいような気持ちになる。凍《い》てつく空気に身を震わせながら、イルミネーションの輝きに目を奪われ、無邪気に声をあげた凜々花は、ピアノを弾いているときとは別人のようで、たまらなく可愛らしかった。

「パイプオルガンのコンサート、ほんま、よかったなあ。バッハの心に近づけた気がする。もっと、いろいろ行きたいな」

独り言のような凜々花のつぶやきを、聖太郎は聞き逃さなかった。

「パイプオルガンのある教会なら、いくつか知ってるから、案内しようか？」

思い切って言ってみると、凜々花はこちらを見て、顔をほころばせた。

「うん、ぜひ、お願い」

「年明けにも神戸の教会でコンサートあるはずやから」

「わあ、嬉しいな。あ、そうや。これ、あたしのポケベルの番号」

凜々花は手帳に数字の羅列を書くと、そのページを切り取って、聖太郎に渡した。

聖太郎は使ったことがなかったが、ポケベルというものがクラスの女子たちのあいだで流行っていることは知っていた。

「聖太郎くんの家の番号、教えてくれる？　ベル鳴らしてくれたら、こっちから連絡するよ。待ち合わせの時間とかはそのときに決めよう。今度は絶対にみっちゃんも連れてくるね」

声を弾ませる凜々花に対して、聖太郎は言葉を濁した。

「いや、それはちょっと……」

「なんで？　電話とかしたら迷惑？」

「いや、そうじゃなくて、光博には声をかけへんとって欲しい」

「えー、なんでなん？」

「どっちかっていうと、会いたくないから」

「ええっ、なんで、なんで？　喧嘩とかしたん？」

「べつに、喧嘩したわけじゃないけど、しばらく会ってへんから気まずくて」

「そっか。いろいろあんねんな。じゃあ、みっちゃんにはなんも言わへんとく」

「そうしてくれると助かる」

「ほなら、またね」

　軽やかに手を振って、凜々花は改札へと去っていった。


　聖太郎は月に一度くらいの頻度で凜々花と会うようになった。

　パイプオルガンのコンサートを聴いたあと、さまざまな話をしながら、並んで歩く。会話の主導権を握っているのは大抵、凜々花だった。聖太郎は聞き役にまわることが多いが、凜々花が楽しそうに話していれば、それだけで満足だった。

　話題のほとんどは音楽のことである。凜々花がいま練習している曲、凜々花の好きな曲、凜々花がいつか挑戦してみたい曲……。時折、ピアノの先生や両親が凜々花の語るエピソードに登場することはあったものの、友達やクラスメイトについて話すことは一切なかった。

「ピアノとパイプオルガンって、見た感じやと似てるように思うやろ？　でも、その構造は全然ちがうねん」

コンサートの帰り道、興奮冷めやらぬ口調で、凜々花は熱心に語った。

「ピアノは指で鍵盤を押すことで、ハンマーが弦を叩いて、音を出してる。だから、弦楽器でも打楽器でもあるんよ。でも、パイプオルガンっていうのは、鍵盤を指で押したり足で踏んだりすることで、パイプに風を送って、音を出してるねん。つまり、笛とかとおなじ仕組みというわけ」

「へえ、そうなんや」

「パイプオルガンはひとつでフルートの音色もクラリネットの音色もオーボエの音色もトランペットの音色も出せるねん。そんで、清らかなフルートの音色が天使で、純朴なオーボエの音色が羊飼いだったりして、音色で情景が見えてくるんがバッハのすごいところなんよ」

凜々花の音楽への思いは限りなく強く、きらきらと輝き、まぶしいほどだった。

自分の人生をピアノに捧げると決めているのだ。少しでもいい演奏をするために努力を惜しまない。昨日より今日、今日より明日、未来に向かって、練習をつづけ、研鑽《けんさん》を積み、高みを目指す。

自分とおなじ年の女の子が、すでに己の行くべき道を選び、迷いなく進んでいるということは、聖太郎の心をざわつかせた。

自分はこれでいいのだろうか？

高校を出たら、安定した職業に就き、母親を支えるつもりでいたけれど……。

「こういうこと、安易に言うたらあかんのかもしれへんけど、あたし、ちょっと、聖太郎くんが羨ましいな」

唐突な凜々花の言葉に、聖太郎は聞き返す。

「羨ましいって、なにが？」

「キリスト教が身近にあるっていうこと。信仰について、もっと理解できたら、曲の解釈も深まるんやろうなあって思って」

もし、自分の信仰が揺らいでいなければ、ここで熱心に布教活動を行ったかもしれない。

聖太郎はふとそんなことを考える。クリスチャン同士でなければ結婚できないわけではないが、母親はおそらく、息子の結婚相手にはおなじものを信じる人間を望んでいるだろう。

凜々花がクリスチャンになれば、ふたりの関係は前進するような気がした。実際には自分たちは恋人同士でもなんでもなく、結婚について考えるなんて笑止千万だということはわかっているが、それでも聖太郎は妄想を繰り広げてしまうのだった。

自分と凜々花に、有り得るかもしれない未来を想像する。

迷いなく信仰を持つふたりが、神様に愛を誓い、周囲のひとびとに祝福され、教会で式を挙げる……。自分の両親のように……。

「バッハの平均律をグノーが編曲した『アヴェ・マリア』が、めっちゃ好きやねんけど、弾いていると、なんかこう、ふわふわって魂が浮かびあがっていく感じがするんよね。教会で祈りを捧げて、神の愛に包まれているのを感じるときって、ああいう感じなんかなあ」

凛々花は両手を祈るように組み、うっとりとした表情で、目を閉じる。それから、ぱっと目を開けて、聖太郎のほうを見た。

「キリスト教って、文化とか芸術とかとしてはすごい素敵やと思って、理解できる気はするねん。でもさ、生まれたときから当たり前みたいにひとつの神様だけを信じているひとの感覚って、なんか、ちがうんよね。だって、日本には八百万《やおよろず》の神がいるわけやん？　あたし、神社とかも好きやし、芸事の上達のために弁天様にお詣《まい》りしたりもするし。いくらキリスト教の世界観を研究して、解釈を深めようとしたところで、どうも偽物の音になっちゃう気がするっていうか。はあ、悩ましいところやわ」

「偽物の音とか、そういうのって、わかるもんなん？」

凛々花につきあって、さまざまなパイプオルガンのコンサートを聴き比べているものの、正直なところ、聖太郎には演奏の良し悪しはあまりよくわからなかった。

「偽物っていうか、自分らしくない音だとすぐに気づく」

「村井さんは、すごく自分らしい演奏をすると思うんやけど」

聖太郎が言うと、凜々花は表情を輝かせた。

「ほんま？　でも、あたしの演奏って、躍動感はあるけど、実際のところ、つるつるしてるっていうか、浅くて弱くて、哲学的な深みがないっていうのは、自分でもわかってるんよ。なんかね、祖国で戦争があって紙の鍵盤で練習していたっていうピアニストとか、一音一音に魂がこもっているみたいで、ああ、本物の音やなあとか思ったりするねん」

「それを聴き取ることができる耳って、すごいよな」

「改めて考えたら、そうかも。普通のひとはそこまで音楽にこだわれへんのやろうな。ちがいがわかるのは、ごく一部の限られたひとで……。でも、その聴き取る力を持っているひとにとってみれば、その微妙なちがいが、すごく重要なわけで。つまり、おんなじ曲を聴いても、あたしと聖太郎くんでは、聴こえ方がちがうってことなんよね。そう考えると、新鮮やな。聖太郎くんと話してると、いろんなこと思いつくから、ほんま、面白いわ」

聖太郎はもっぱら聞き役にまわってばかりで、有益な助言ができるわけでもなかったが、凜々花の言葉に満更でもない気分だった。

「神庭《かんば》柊人《しゅうと》くんはさ、それこそ、正統派っていう演奏をするんよ。彼は生まれながらのクリスチャンなんだって、どっかの雑誌のインタビューで答えてた」

凜々花の話には、たびたび、神庭柊人なるピアニストが登場した。以前、聖太郎も一度だけ、神庭柊人の演奏を聴いたことがあるらしいが、あまり覚えていなかった。光博に連れられて、凜々花のコンクールの応援に行ったとき、優勝をかっさらったのが神庭柊人だった。そのときの聖太郎はひたすら凜々花に意識が向いており、優勝者のことなどまったく気にしていなかったのだ。

「それに対して、あたしは異端やからなあ。まあ、技術はあるほうやから、これまではどうにかなってきたけど、世界の壁は高いっていうか、目下、苦戦中なわけですよ」

おどけた口調で言うと、凜々花は苦笑いのような表情を浮かべ、肩をすくめた。

微笑む凜々花も、真剣なまなざしの凜々花も、物憂げな凜々花も、すべてが魅力的だった。自分がどうしようもなく凜々花に惹かれていることを、聖太郎は自覚していた。その一方で、凜々花と会うたびに、気後れを感じるところもあった。

いつか、光博に対して抱いた引け目とおなじだ。

釣り合わない。対等でない。自分がなにも持っていないことを思い知らされる。劣等感が刺激され、凜々花に会いたいのに、避けたいような気持ちにもなった。

「聖太郎くん、今日はつきあってくれてありがとう」

「こちらこそ。帰り、気をつけて」

「うん。来月のこと、また連絡するね」

つぎの約束……。

凛々花を見送ったあと、聖太郎は自分に問いかける。

また、逃げるつもりか?

光博との交流を絶ったように、凛々花とも会わなくなれば、余計な苦しみを感じることはなくなるだろう。だが、それは自分の本当の望みではなかった。

自分の問いに対して、聖太郎は首を横に振る。

もう、逃げない。

心の声に耳を澄ますと、答えは簡単に出た。

凛々花に恥じることのない生き方がしたい。

本当は、自分にもやりたいことがある。

お菓子作りの道に進みたい。

凛々花が悩み、苦しみながらも、夢に向かって突き進んでいるように、自分も好きなことをやってみよう。

そうすれば、胸を張って、凛々花に自分の思いを告げることができるような気がした。

8

自分に「彼女」と呼ばれる存在ができたことについて、最初のうちは光博も舞いあがった気分でいた。

アキラがケチをつけるように「三人のうちで一番ブスやけどな」などと言うのも、負け惜しみだとわかっている分、優越感をくすぐられた。

ボウリングのときとおなじメンバーでカラオケにも行くようになり、光博は歌のうまさを女子たちから褒められた。カラオケは慣れていなかったが、流行りの曲は何度か聴いただけで、ほぼ完璧に真似ることができた。光博が歌うと、場は大盛りあがりだった。

幼いころから音楽教育を受け、音感やリズム感を鍛えていたことが、こんなふうに役立つとは思わなかった。

「美結《みゆ》ちゃん、絶対に告白されるのを待ってるって。ここはガツンと決めるべきやで」

そう瑛士にけしかけられ、何度目かのカラオケの帰り道、光博は美結に交際を申し込んで、つきあうことになった。

客観的に見ると、美結は顔立ちが整っているわけではなく、スタイルも十人並みで、どこにでもいるような女子高生だ。だが、美結はいっしょに遊んだ男子のうち、瑛士でもなく、アキラでもなく、光博にアプローチをかけてきた。自分を選んでくれた、というだけで、光博には美結が可愛く思えたのだった。

友達と遊んだり、彼女を作ったりと、高校生活を謳歌しながらも、光博は祖父の見舞いを欠かさなかった。

いまどきの高校生らしくカラオケで盛りあがったあとに、しんと静かな病院の廊下を歩いていると、自分という人間が分裂しそうな感覚になった。

祖父は個室のベッドに横たわり、目を閉じていた。

血の気がなく、管をつけられ、変わり果てたすがたに目を背けたくなる。

祖父は倒れたあと、ずっと意識が戻らない。心臓は動いている。生きてはいるのだ。しかし、話すことはできない。

光博が中学生のとき、元号が昭和から平成に変わった。

祖父の見舞いに来るたびに、光博は天皇崩御のニュースを思い出した。

ひとりの老人の死。ひとつの時代の終わり。

遠からぬ未来、祖父は死ぬのだろう。

避けようのない運命だ。

祖父だけではない。

みんな、死ぬ。

死に近い場所にいる祖父を見ていると、普段は考えないようにしている事実を突きつけられた。

人生というものは死へのカウントダウンなのだ。自分だってこうして息を吸い、息を吐き、息を吸い、息を吐いているあいだにも、一歩ずつ死へと近づいている。

光博は焦燥感に駆られ、たまらなく、なにかを成し遂げたい気持ちになった。

だが、なにをすればいいのか、わからない。

祖父の人生は、だれから見ても立派なものだ。会社を興し、大きくした。家族を作り、跡継ぎの心配もない。しかし、だからといって、満足して死んでいく、ということはないだろう。きっと、祖父はもっと生きたいと望んでいるはずだ。

もう一度、祖父と話がしたかった。

もし、祖父にやり残したことがあるなら、それを自分が叶えたいと思った。

祖父の心残りを、自分が引き受けると、伝えたかった。

だが、祖父の瞼は閉じられたままだった。

美結とつきあうことになり、休みの日や放課後は、ふたりで待ち合わせて、デートをするようになった。

光博の通う男子校では、他校の女子とつきあっていることはステータスの証《あかし》でもある。自分とは無縁の話だと思って、そういう価値観を馬鹿にすらしていたのに、いざその立場になってみると、悪い気はしなかった。

一回目のデートは気合を入れて、プランを考えた。

自分はまったく興味がないが、女子が好みそうな恋愛映画を見にいったあと、瑛士に教えてもらった三宮にある英国風のお洒落なケーキ屋でお茶をした。

二回目のデートではカラオケに行ったのだが、あまり良い選択とは言えなかった。ふたりではすぐに歌う順番になるので落ちつかず、美結はどことなく不満げな様子だった。

三回目のデートは、美結のリクエストにより、神戸ハーバーランドへと出かけた。オープンしたばかりのころに比べると少しは落ちついたものの、週末ということもあり、ハーバーランドはカップルや家族連れでいっぱいだった。服屋や雑貨屋などをぶらぶらと見てまわるのは、正直なところ退屈だったが、ウッドデッキから海を一望できるのは気持ちよかった。

夕暮れが近づくのに合わせて、はね橋のある広場へと移動した。オレンジ色の夕日に照らされて、はね橋の向こうの空が、刻一刻と変化していく。赤レンガの倉庫やガス灯のやわらかな明かりも異国情緒を演出して、雰囲気は文句なしである。

雑誌などで仕入れた知識によると、恋人同士になって三度目のデートは、キスをするタイミングだということだったので、夜景を眺めたあと、光博は実行に移そうとした。

だが、美結は顔を背《そむ》け、やんわりと拒絶したのだった。

だからといって、嫌われた様子もなかった。その後も美結とふたりで出かけ、交際は順調につづいていると言ってよかった。だが、次第に光博はデートという行為を億劫に思うようになった。

みんなで遊んでいたときは、瑛士とボウリングのスコアを競ったり、アキラにカラオケで圧倒的な実力の差を見せつけたりして、それなりに楽しかった。しかし、美結とふたりきりだと、どうにも場が持たない。美結にはデートを盛りあげるのは男の側の義務だと考えている節があった。光博が楽しませてくれるのを待っている。キスを許してくれなかったのも、光博の楽しませ方が足りなかったからなのだろう。しかし、恋愛初心者の光博には、どうすればスコアが上がるのか、さっぱり見当がつかないのだった。

デートのあとは気疲れするばかりで、こんなことなら家でひとりでゲームをしているほうがよっぽど面白いのではなかろうか、と考えずにはいられなかった。

そんな本音を隠して、美結とつきあっていたところ、凜々花から電話があり、パイプオルガンのコンサートに誘われた。

「クリスマスコンサートって、二十四日やろ？　あかんわ、その日は無理」

恋人同士である以上、クリスマスイブは当然、デートをしなければならない。

美結がこの一大イベントに特別な思い入れを抱いていることは、無言の圧力として感じていたので、ほかの予定など入れられるわけもなかった。

「そうなんや。それは残念。久しぶりに、みっちゃんといろいろ話したかったのに」

彼女ができたことは、凜々花に告げていなかった。

なんとなく気恥ずかしくて、あえて話題には出さなかったのだ。

「話やったら、べつに電話でもできるやろ」

「でも、やっぱ、実際に会《お》うて話すほうがええやん。年末年始は？　どっか出かけるん？」

「どうやろ。母親はハワイとか行きたがってたけど、日本から離れるんもあれやし」

入院中の祖父のことを思い浮かべながら、言葉を濁す。

「そやね。ほなら、冬休みのあいだにでも、一回、うちに来て」

光博の危惧していることを、凜々花もすぐさま理解したようだった。

凜々花も、幼いころから自分を可愛がってくれた源二が、現在、あのような状態にあることに対して、心を痛めている。

励ましの言葉も、慰めの言葉もいらない。

凜々花がいつもどおりに振る舞ってくれることが、なによりも有り難かった。

「みっちゃん、グールド、好きやったやろ？」

カナダのピアニスト、グレン・グールドは光博のお気に入りの演奏家のひとりだ。独創的で表情豊かな音色はクラシックではなくジャズ的だと揶揄《やゆ》されることもあるが、光博は強く心を揺さぶられ、特に『ゴールドベルク変奏曲』は繰り返し聴いたものだった。グールドの演奏に耳を澄ますたび、自分は早いうちにピアノをやめて正解だったと思った。

憧れて、そして、諦めたもの。

自分がプレイヤーでないからこそ、純粋に味わうことができる。

「あたし、グールドの解釈って我が道を行くって感じで鼻につくと思ってたけど、自分がバッハにどっぷりはまっていくうちに、実はすごく分析的なんやって気づいて。いつやったか、みっちゃんと対位法について議論したことあったやん？」

「ああ、あったな」

「ほんまはあのとき、あたし、全然、理解できてへんかったんやなあって、ようやくわかってん。そういうわけやから、みっちゃんにも、あたしの平均律を聴いて欲しいんよ」

「わかった。年明け、顔出すわ」

凜々花は相変わらず、ピアノ第一の人生を送っているようだ。

クリスマスコンサートにいっしょに行ってくれる相手がおらず、わざわざ自分に電話をかけてくるくらいなのだから、彼氏などいるはずもないだろう。

そう考えて、光博はなぜか安堵するような気持ちになった。

変わらない凜々花。

幼いころとおなじ関係。

たとえ自分が変わっても、凛々花には昔のままでいて欲しかった。


二十四日のデートに向けて、瑛士が親切めかした口調で教えてくれた。

「美結ちゃん、ティファニーのオープンハートが欲しいんやって」

ああ、なるほど、プレゼントか。足りなかったものは、これだったのだ。瑛士のアドバイスのおかげで、ようやく手に入れるべきアイテムが判明した。光博はすっきりした気分になったが、攻略本を見てしまったようなつまらなさも感じた。

「それって、いくらくらいするもんなん？」

光博の質問に、瑛士は肩をすくめる。

「知らね。俺、女の子を口説くときにプレゼントとか使わへんし」

こういう余裕たっぷりの態度が瑛士がモテる理由なのだろうな、と光博は内心で納得する。

瑛士は特定の彼女を作るつもりはないようだが、美結と仲が良い友人のうちの可愛いほうの女子から告白されて、デートをしているらしかった。美結はその友人経由で、光博に自分の望むプレゼントを伝えてきたのだろう。

男子ばかりの教室内で、瑛士と「彼女とのデート」について話すとき、光博は自然と声が大きくなった。彼女のいないアキラは話題に入ってくることができず、わかりやすく歯噛みしており、滑稽だった。恋人がいなくてクリスマスをひとりきりで過ごす者はみじめである、という考え方が世間には蔓延していた。光博もその影響を受けていたので、美結の望むプレゼントを用意するべきだということはわかっているものの、どうも気が乗らないのだった。

放課後、祖父の入院している病院に寄ると、先客があった。

「はっきり申しあげて、迷惑しておりますの」

病室の戸に手をかけようとして、母親の声に気づく。

「しかし、お見舞いだけでも……」

べつの女性の声も聞こえたが、光博には覚えのない人物だった。

「義父《ちち》がなんと言っていたかは知りませんが、あなたは大宮家とは無関係の方ですから。そのあたり、わきまえていただきたいですわ」

漏れ聞こえてくる会話から、光博はなんとなく事情を察する。

祖母がこの世を去ったあと、祖父はひとりの女性に身のまわりの世話をしてもらっていたようなのだ。再婚はしていないが、いわゆる内縁の妻というものになるらしく、権利を主張されると、相続問題などがややこしくなるおそれがあった。

だから、母親は追い払おうとしているのだろう。

「私はただ、源二さんのそばにいさせていただければそれだけで……」

女性は気弱そうな口調ながらも、一向に部屋から出ていく様子はなかった。ピリピリとした空気が伝わってきて、母親の額に青筋が浮かんでいるのが目に見えるようだった。

さすがに病室に入っていく度胸はなく、光博は戸を開けず、そのまま引き返した。

家に帰ったあと、自分の部屋のベッドに寝転がり、目を閉じて、祖父と過ごした時間を思い浮かべる。祖父が自分に与えてくれたもの……。

祖父のためにできることなど、なにひとつなかった。

見舞いに行ったところで、どうにかなるわけでもない。

居ても立っても居られず、光博は起きあがった。

ジャージに着替え、スニーカーを履き、家の近くの道を闇雲に走る。

ジョギングと言えるほどしっかりとした走り方はできず、フォームは不格好で、息も絶え絶えだが、とにかく走った。幼いころからずっと、走ることがなによりも嫌いだった。マラソンの時間など苦痛でしかなかった。それなのに、だれに言われたわけでもなく、なんの目的があるわけでもないのに、走っている。汗だくになり、横っ腹に痛みを感じて、息が苦しくて、胸が張り裂けそうになりながらも、ひたすら走った。

苦痛でもいいから、肉体だけに集中したかった。なにも考えなくていいほど、くたくたに疲れてしまいたかった。

週末になり、光博は美結が欲しがっているというネックレスを買いに行くことにした。

雑誌の恋愛特集で女の子が絶対に喜ぶプレゼントとして紹介されているのを読み、予習しておいたので、値段も、どこで買えばいいのかもわかっていた。雑誌では、女性の心を摑むためには、高級なブランド品をプレゼントしたり、豪華なディナーを奢ったりしなければならないということになっており、光博もそのルールに従うつもりだった。

しかし、目的の場所に向かっている途中、ふと、ある店が目に入った。

輸入食品を扱っている店があり、ショーウィンドウの向こうにチョコレートが並んでいるのが見えたのだ。

光博は引き寄せられるように、ふらりと店内へと入る。

そして、たまらない懐かしさを覚えた。

子供のころ、誕生日会を開いたときには、祖父がめずらしい舶来品のチョコレートなどをたくさん買ってきてくれて、家がこんなふうにお菓子だらけになったものだった。

透明の大きな器に山盛りになった数々のチョコレートたち。セロファンに包まれて中身のチョコレートが見えているもののほか、金や銀、赤や黄色やオレンジといった色とりどりの包み紙にくるまれたもの、ハート形やコインを模したもの、きのこのかたちをしたものなど、外国ならではのカラフルなパッケージが目にも楽しい。ギフト用の缶のデザインは外国の童話や絵本を思わせるような可愛さで、洗練されていながらも、どこかノスタルジックだ。

そのとき、光博はひとつのチョコレートを見つけて、目を見開いた。

ああ、このチョコレートは……。

いつか、祖父が買ってきてくれて、とてもおいしくて、また食べてみたいと思っていた。

けれども、それがどこのチョコレートだったのか、教えてもらうことができないまま、祖父は意識がなくなって……。

光博は迷うことなく、そのチョコレートの入った小箱に手を伸ばした。


買い物を済ませたあと、祖父の病室へと向かう。

相変わらず、祖父の目は固く閉ざされており、回復の兆候は少しも見出《みいだ》せなかった。

重い気持ちを抱えて、光博は病室から出ようとする。

そこで、例の女性と鉢合わせすることになった。

「あなた、光博くん、よね？」

名前を呼ばれ、光博は戸惑った。

地味な服装で、決して美しいとは言えない女性だった。

祖母は光博が物心つく前に亡くなっていたので特に思い入れはないものの、この初老の女性が祖父にとっての妻のような存在だったと言われても、どう反応すればいいのか、わからなかった。

「ああ、ごめんなさいね。源二さんがいつも光博くんの話をしていたから、なんだか、よく知っているような気がしてしまって……」

自分が病室の戸口に立っていると、この女性はなかへ入ることはできない。母親は厳しい態度でこの女性を追い返していたが、それはあまりに気の毒なように思えて、光博は後ろに退いた。

女性は控えめな笑みで感謝の意を見せて、病室へと入る。

それから、二歩ほど進んだところで、振り返った。

「ああ、そうだわ」

言いながら、女性は腕に下げたがま口型のバッグから封筒を取り出す。

「これ、お母様に返しておいてもらえるかしら」

光博は病室のドアの近くに突っ立ったまま、差し出された封筒を眺めていた。光博が封筒を受け取らずにいると、女性はベッドサイドのテーブルにそれを置いた。

厚みのある封筒だ。

中身はおそらく、札束ではないかという気がした。

「こんなものを送りつけられても困ります、とお母様に伝えてくださいね」

そう言ったあと、女性はベッドに横たわる源二のほうに視線を向けた。

「それと……」

言い淀んだあと、女性はつづけた。

「勝手なお願いだとは承知の上ですが、もし……、もし、源二さんに万が一のことがあったら、これをいっしょに棺に入れてくださいませんか？」

女性はバッグから、もうひとつ、小さな包みを取り出した。

その中身はさっぱり想像がつかなかった。

「私はたぶん、お別れの場には顔を出せないでしょうから」

光博はかっと頭に血がのぼり、思わず声を荒らげた。

「縁起でもないこと、言わんといてください！」

これまで、その女性に対しては特に悪感情を抱いてはいなかった。むしろ、邪険にする母親に反発の気持ちを持っていたくらいだ。祖父が大切に思っていたひとなら、財産を少しくらいわけてもいいのではないか、とすら思っていた。

しかし、その言葉を聞いた瞬間、苛立ちを抑えきれなかった。

「ええ、そうね、そうよね、おかしなことを言って、本当に、ごめんなさい……」

悲しげに目を伏せて、女性はその包みをバッグに仕舞うと、病室から出ていった。

廊下から嗚咽《おえつ》を堪《こら》えるような声が聞こえ、光博の胸には後味の悪さだけが残った。


クリスマスイブ当日。

気温は低く、身を切るような寒さだが、電車は多くのひとで混み合い、熱気に満ちていた。

光博は駅前の喧噪を抜け、花時計へと急ぐ。

待ち合わせ場所には、すでに美結のすがたがあった。美結はいつもより派手なメイクをして、真新しいコートを身につけ、シャネルのチェーンバッグを持っていた。

「これ、今日だけ特別にって、お姉ちゃんに貸してもらってん」

美結は嬉しそうに金ぴかのシャネルのロゴマークを見せびらかす。

「このコートは、親からのクリスマスプレゼントやねん。どう？　ちょっと大人っぽすぎたかな。似合ってへん？」

「いや、そんなことないけど」

「じゃあ、可愛い、って言うてよ」

上目遣いで求められ、光博は「あ、うん、可愛いと思う」とあきらかに心のこもっていない口調で答える。

光博が両手をポケットに入れたままにしていると、美結は腕をからめてきた。やわらかな感触が伝わり、美結の髪から漂う匂いが鼻孔をくすぐる。うっとりするような甘い匂いだ。光博は浮かれた気分になり、デートを面倒だと思っていたことなど、すっかり吹き飛んでしまう。

イルミネーションで飾られたケヤキ並木を歩いていると、どこからかクリスマスソングが流れてきた。

光博はふと、凜々花のことを思い浮かべる。

いまごろ、凜々花はひとりでパイプオルガンの音色に耳を傾けているのだろうか。

そんなことを考えながら、ぶらぶらと街を歩き、ウィンドウショッピングにつきあう。

インポートブランドの服を集めた店を見たあと、通りを渡って、べつの店へと向かう。

「あ……」

伸びやかなヴァイオリンの音色が聞こえたような気がして、光博は足を止めた。

スピーカーから流れてくるお決まりのクリスマスソングではなく、だれかが弾いているヴァイオリンの音だ。

「どうしたん？」

美結が小首を傾げて、光博を見あげる。

「ちょっといい？　ヴァイオリンが気になって……」

音色に引き寄せられるようにして、そちらへ歩いていく。

そこはホテルのロビーだった。

集まったひとびとの視線の先に、ヴァイオリンを弾く女性がいた。演奏が終わると、拍手が響いた。

高校に入ってすぐ、光博はヴァイオリンをやめてしまった。

ピアノをやめたことを後悔しなかったように、ヴァイオリンを弾かなくなったあとも物足りなさは感じなかった。

それでも、ふいにこうしてヴァイオリンの音色を耳にすると、心をかき乱されてしまうのだから、自分でもよくわからない。

曲の余韻にしばし浸る。

小学生のときに練習をしていた曲だ。

遊びに来た友達を待たせてまで、弾いていたこともあった。

ヴァイオリンの演奏はすぐに終わってしまったが、ふたりはロビーのソファーに座って、足を休ませることにした。

「いいなあ、こういうとこ、泊まってみたいわあ」

豪奢なホテルの内装を見まわして、美結がうっとりとした表情で言う。

「お姉ちゃんがね、いろんなとこに泊まったけど、やっぱり、オリエンタルホテルが最高やて言うてた」

美結はたびたび、羨ましそうな声で、姉のことを話題に出した。

「オリエンタルホテルって、マリリン・モンローも泊まったことあるねんて」

美結の姉はとにかくモテるらしく、本命の彼氏のほかにも、アッシーと呼ばれる運転手代わりの男性やメッシーと呼ばれる食事を奢るだけの男性などを利用して、女子大生のときから贅沢三昧の日々を過ごしていたそうだ。そんな姉を身近に見ているから、自分もクリスマスにプレゼントをねだることを当然だと思っているのだろう。

「あのさ、これ……」

光博は唐突に、紙袋に入った小箱を取り出した。

本当ならデートの最後に雰囲気の良いところで渡すつもりだったが……。

「なに？」

期待に満ちた目で、美結はその小箱を見つめる。

「クリスマスプレゼント」

「わあ、ありがとう！」

美結は声を弾ませて、それを受け取った。

「開けていい？」

ソファーに座ったまま、美結は包みをほどいていく。

小箱に入っていたのは、タツノオトシゴのかたちをしたチョコレートだ。

ホワイトとビターのマーブル模様になっており、つややかな光を放っている。

「え？　これって……」

美結は戸惑うようにつぶやいたあと、あからさまにがっかりした表情を浮かべた。

「小学生のときに、祖父が外国のお土産で買ってきてくれたチョコレートが、めっちゃおいしくて、忘れられへんかってん。それとおんなじのを見つけたから、嬉しくて」

光博にはネックレスよりもこちらのほうが何倍も価値のあるものに思えた。

自分の思い出の味を教えたかった。もう一度食べたいと願っていたものを見つけた興奮と喜びをわかって欲しかった。

しかし、美結の反応は芳しくなかった。

「ふうん。そうなんや……。ありがとう」

あまり興味のない様子で、チョコレートの小箱に蓋《ふた》をして、視線を上げる。

「えっと、プレゼントって、これだけちゃうよね？　もう一個、あるんよね？」

こっちはちょっとしたジョークだよね、とでも言いたげに、美結は小首を傾げて、光博のほうをうかがった。

「ううん、これだけ」

光博が言うと、美結は信じられないというように目を見開く。

「え？　瑛士くんから、なんも聞いてへん？」

光博は無性に笑い出したくなった。

自分のなかに、こんなにも意地の悪い気持ちがあったのかと驚くほど、どす黒いものが湧き出てくる。

「ネックレスのこと？　うん、聞いた。でも、これがええと思ってん。この先、俺とつきあってても、絶対にネックレスとかプレゼントすることはないと思うわ」

自分である必要がない。

はっきりと気づいてしまった。

美結が欲しいのは「都合のいい彼氏」だ。

ドラマや映画で見たようなデートを演出してくれる男なら、光博でなくとも構わない。内面など、どうでもいいのだろう。贅沢な思いをさせてくれそうだったから、社長の息子である光博に狙いを定めた。

だからと言って、責めるつもりはない。

自分もまた、美結でなければならない、というわけでもなかったのだから。

「ふざけてんの？　なんで、そんなこと言うん？」

美結は低い声で言うと、これまでに見せたことのない目で、光博をにらみつけてきた。

「そのチョコレート、ほんまにおいしいねんで。プラリネってわかる？　ナッツに砂糖とかカカオバターとか入れて、すり潰したものやねんけど、それが中に入ってんねん。ただのチョコレートやと思ったら、なめらかで濃厚なペーストが溶け出してきて、世界にはこんなおいしいチョコレートがあるんか、って感動してん」

光博が力説すればするほど、美結の腹立ちは収まらないようだった。

「なんなん？　からかってんの？」

美結は顔を歪《ゆが》めて、失望や嫌悪の情を露わにした。

怒られる筋合いはないのに……と光博は内心で思う。とてもおいしいチョコレートをプレゼントして、こちらが悪者であるかのように責められるなんて道理に合わない話だ。

「まあ、とにかく食べてみて」

祖父は光博にたくさんのものを食べさせてくれた。おいしさを分かち合うこと。それが祖父の教えてくれた幸福のかたちだった。

「バッカみたい！　いらんわ、こんなもん」

吐き捨てるように言うと、美結は立ちあがり、チョコレートの小箱を光博に投げつけた。そして、怒りに身を震わせながら、くるりと背を向けて歩き出す。

光博は追いかけようとはしなかった。

これが正解でないことは、わかっていた。

もとより、×をつけられるであろうことは覚悟の上で、このプレゼントを用意したのだ。突き返されたプレゼントを手に取り、光博は自嘲するような笑みを浮かべる。

それから、小箱を開けると、チョコレートを口に放りこんだ。

菓子職人を目指す。

9

そう決めて、久々に小麦粉をふるい、卵を混ぜ合わせ、ケーキを焼いてみると、聖太郎は活き活きとした心持ちとなり、やはり自分はこの道に進みたいのだと改めて実感した。

製菓関係の就職を希望する聖太郎に対して、担任の若い女性教師はとても親身になってくれた。進路指導を受け持っていた年配の男性教師は「学校推薦なら条件の良い就職先があるんやから」と手持ちの求人から選ばせようとしたが、担任は「生徒の夢を応援したいと思います」と言って、さまざまな伝手を辿り、未経験者可の条件で製造スタッフを募集している洋菓子店を見つけてきたのだった。

洋菓子店『ソマリ』は夙川《しゅくがわ》にほど近い住宅地にあり、聖太郎は面接に備え、まずは客として訪れてみた。店に入ると、宝飾店のようなきらめきに目を奪われた。ショーケースには旬のフルーツをふんだんに使った彩りの美しいケーキが並び、天井ではシャンデリアの透明なガラスが光を反射して、眩《まばゆ》いほどだ。

店の奥はガラス張りになっていて、真っ白なコックコートを着た菓子職人たちが厨房で作業している様子がうかがえた。巨大なオーブンを背に、きびきびと動いている職人たち。その真剣なまなざしの先では、絞り出されたクリームが繊細な模様を作り、苺が規則正しく並べられていく。どこもかしこも明るくて、きらきらと輝いているようだった。

ここで働きたい、と聖太郎は強く思った。

持ち帰ったケーキを食べて、その思いはますます高まった。

店のスペシャリテであるガトーバスクは、信じられないほどアーモンドの香りが豊かで、ほろほろとした食感も素晴らしく、嚙むほどに風味が広がって、さすが名物だけのことはあると感動した。本日のおすすめと書かれていた林檎のシブーストは、ふんわりとなめらかな口あたりに、ほろ苦いキャラメルと甘く煮た林檎の食感がアクセントとなり、本格的ながらも優しい味わいとなっていた。

もしかしたら面接でなにか質問されるかもしれないと思い、聖太郎は自分の感じたことをノートにまとめておいた。

ほかのクラスメイトたちが大学受験に向けて勉強をしているように、聖太郎はレシピ本や料理事典を何度も読んで、フランス語の製菓用語を暗記した。

面接の日には、高校の制服を着て、履歴書を持ち、緊張しながら『ソマリ』を訪れた。

オーナーである相馬《そうま》隆平《りゆうへい》は、貫禄のある体型で、声が大きく、朗らかな人物だった。

「そんなにガチガチにならんでもええから。まずは食べ食べ。今度、うちで出そうと思うとる新商品なんや」

店は定休日で、ほかにはだれもおらず、聖太郎は二階の事務室で、相馬と向かい合う。

机の上には、相馬がみずから運んできた皿があり、無花果《いちじく》のタルトが載っていた。

「はい。あの、いただきます」

聖太郎はフォークを使って、無花果のタルトを口へと運ぶ。

「どうや？」

「すごくおいしいです」

感嘆の息を漏らす聖太郎に、相馬は苦笑を浮かべた。

「おいおい、仮にも菓子職人になろうかというのに、そんな簡単な感想はないやろ。もっとしっかり味わってみぃ」

聖太郎はもう一口、タルトを食べると、味や匂いに神経を集中させた。

「えっと、無花果のシロップ漬けはぷちぷちとした食感で、タルト生地との相性が抜群だと思います。それから、クリームに使われているアーモンドの香りがとにかく素晴らしいです。アーモンドの香りが、ミルクの風味やコクと合わさることでより引き立ち、濃厚な味わいになっていると思います」

相馬はうんうんとうなずきながら聞いて、嬉しそうに笑った。

「よしよし、ええ舌を持ってるやないか。うちのタルトはアーモンドクリームの風味が群を抜いとるやろ？　これはうちのギフト用のクッキーがめっちゃおいしくて売れまくっとることにも通じるんや。わかるか？」

「はい、アーモンドの質が良いということですよね」

「ああ、そうや。最高級のシチリア産のアーモンドを仕入れて、自分のところでアーモンドパウダーを作ってるからこそ出せる味なんや。地中海のアーモンドは、カリフォルニア産に比べても香りが豊かで、油分も多い。その分、コストはかかるけどな。でも、素材は嘘をつかへん。ええ素材を使ったら、ちゃんと結果につながるんや」

相馬は言いながら、皿に残った食べかけのタルトを愛おしそうに見つめる。

その表情だけで、根っからお菓子作りが好きなのだということが伝わってきた。

「素材に妥協せず、お客様に喜んでいただけるように工夫を惜しまへんのが、ええ菓子職人の条件や。どうや？　そういう菓子職人になりたいか？」

「はい、頑張ります」

ここぞとばかりに聖太郎は深くうなずく。

「はっきり言って、仕事はしんどいし、給料も安い。それでも、勉強やと思って、辛抱できるやつだけが生き残っていける世界やで。学校みたいに先生が丁寧に教えてくれるのを期待しとったらあかん。情熱がなかったらつづかへん」

胸に不安がよぎるが、自分の決めたことを覆すつもりはなかった。

「大変だというのは覚悟の上です。それでも、どうしても、お菓子作りを仕事にしたいと思っています」

「夢はあるんか？」

相馬の問いかけに、一瞬、返答に詰まる。

「将来は自分の店を持ちたい、そう思っとんのやろ？」

「いえ、まだ、そこまでは……」

「あかんあかん。そんな半端な覚悟やったらつづかへん。ええか、どんなにつらいときでも、将来のことを思うたら、耐えられるんや。自分の店を持つときにはああしよう、こうしようて考えるのが、下積み時代にはなにより心の支えになる。だから、夢はしっかり描いとかなあかん」

「わかりました」

聖太郎はうなずき、心に決めた。

そうだ、いつか、自分の店を持つのだ。

そのための長い道のりの一歩を、いま、踏み出そうとしている。

「母子家庭なんやてな。うちも母ひとり子ひとりやったから、その苦労はわかる。親に金銭的な負担をかけたくないから、専門学校やなくて、働きながら修業できるところを探そうやなんて、いまどき、感心な考えやないか。その話を先生から聞いてな、うちで引き受けたろと思ったんや」

面接といっても、聖太郎を採用することを相馬はすでに決めていたようだった。

気合を入れて書いた履歴書にも目を向けることはなく、相馬は話すだけ話すと、聖太郎の肩をぽんぽんと叩いた。

「大事なんは、素直さや。掃除でも雑用でもなんでも、先輩の言うことを素直に聞いて、大きい声で返事して、すぐ、やること。いろんな子を見てきたけど、やっぱり、素直が一番や。つべこべ言わんと、やることをやるやつが、結局は伸びる」

「はい、わかりました。心がけます」

うなずくと、相馬は満足げに笑った。

「ええ返事や」

こうして、聖太郎は春から洋菓子店『ソマリ』の一員となることが決まったのだった。

就職先の洋菓子店のことを話すと、凜々花は自分のことのように喜んでくれた。

「素敵なお店に決まって、よかったね。あたしも頑張らんと」

凜々花自身は大阪の音大に合格したそうなのだが、その話題にはあまり触れたがらなかった。本人は東京の大学に行くことを望んでいたものの、父親がひとり暮らしすることを許してくれず、関西圏の大学しか受験できなかったらしい。

聖太郎としては、凜々花が地元に留まってくれてよかったというのが本音だった。東京に行ってしまえば、こうしてふたりで会うことも難しくなるだろう。

「あのさ、村井さん」

いつものようにパイプオルガンのコンサートに耳を傾けたあと、公園のベンチに並んで腰かけ、とりとめもなく会話をする。

月に一度のこの時間を、聖太郎はなによりも心待ちにしていた。自分といっしょに過ごすことを、凜々花も楽しんでいるように見えた。年頃の男女が休みの日に連れ立って出かけるのだから、これはデートと呼ばれる行為ではないかと思う。しかし、凜々花が自分のことをどう思っているのか、聖太郎にはさっぱり想像がつかなかった。なにしろ、相手は独特の感性を持つ芸術家である。しかも、異性ともなれば、内心の考えなど見当もつかない。

だから、はっきりさせようと思った。

心臓が早鐘を打つが、平静を装って、聖太郎は口を開いた。

「仕事が始まったら、これまでみたいに日曜日に教会のコンサートに行くのは難しいと思う。店の定休日は水曜日で、それ以外の日は休まれへんみたいやし」

もし、断られても、仕事に生きればいい。

玉砕してしまっても、自分には仕事があるのだ。

失恋の痛手も、仕事に打ちこむことで忘れることができるだろう。

「それで、あの、これから、忙しくなると思うけど、でも、また会って欲しい。コンサートとかだけじゃなく、いろんなところにいっしょに出かけたりしたい。村井さんのことが好きやから」

一気に言うと、聖太郎はうつむく。

凜々花はなにも答えない。

あたりを沈黙が支配する。

反応を確かめたかったが、気恥ずかしくて凜々花の顔をまともに見ることができなかった。

気まずい沈黙を破ったのは、凜々花の歌声だった。

「らーたった、らーたった、らーららららん」

素っ頓狂な声で、凜々花はメロディを口ずさむ。

「たーら、たーら、たーらん、たーらん、らーららららん」

聖太郎は顔をあげ、まばたきを繰り返して、凜々花のほうを見た。

「恋とはどんなものかしら。作曲モーツァルト。歌劇『フィガロの結婚』より」

口ずさんでいた歌について説明すると、凜々花は照れくさそうに微笑んだ。

「あたしは女子校育ちやし、男の子の知り合いとか、みっちゃんと聖太郎くんしかおらんし、好きとか、そういうの、ようわかれへんのよね」

聖太郎は突如として、走り出したい衝動に駆られた。この場から逃げ出してしまいたい。だが、凜々花の言葉を聞かないわけにはいかない。

「聖太郎くんのことは、あたしも、好き、やと思う。でも、それが恋と呼ばれるものなんかどうなんかは、正直、自信ない。だって、あたしの知ってる恋愛ってオペラとかで、あなたのためなら命も惜しくないとか、裏切りが許せず刺し殺すとか、なんかこう情熱的過ぎるんよね。そういう激しさって、あたしにはないし。基本、人間関係に淡泊《たんぱく》っていうか、好かれようが嫌われようが、どうでもいいと思っちゃうんよね。だから、友達おらんねんけど」

軽く肩をすくめて、凜々花は困ったように笑う。

それから、聖太郎くんとつきあってみたい。聖太郎の目をじっと見つめた。

「あたし、聖太郎くんとつきあってみたい。聖太郎くんのこと、最初のころより、どんどん好きになってるし、このままつきあったら、もっともっと好きになっていくと思う。ワーグナーを理解するには愛を深く知らなきゃって思ってたんやけど、聖太郎くんとつきあうことで、新しい世界の扉が開くような気がする」

聖太郎は信じられない思いで、凜々花の目を見つめ返す。

「ほんまに？」

「うん、あたし、世間一般の女子とはちょっとちがうっていうか、ずれてるところ多いし、彼女にしたら面倒くさいかもしれへんけど、それでもいいん？」

凜々花はめずらしく弱気な口調で言って、不安げに瞳を揺らした。

「もちろんやって。だいじょうぶ。村井さんがちょっと変わってる子やっていうのは、承知の上やから」

聖太郎が冗談めかして笑いながら言うと、凜々花も安心したように笑った。

「……彼氏、か。聖太郎くんが、あたしの彼氏、なんやね。なんか、ドキドキしてきた」

凜々花が頰を染めるのを見て、聖太郎の鼓動はますます激しくなる。

日は暮れようとしていたが、ふたりはいつまでもベンチに座ったまま、お互いの顔を見つめていた。


聖太郎が見習い菓子職人となり、凜々花が音大生となって、あっというまに三カ月が過ぎた。

その間、たまに電話で話はするものの、実際に凜々花の顔を見ることができたのはたったの一度だけだった。その一度も、聖太郎の仕事中に、凜々花が客として『ソマリ』を訪れ、ガラス越しに視線を交わしただけである。

新人である聖太郎はだれよりも早く出勤して、店の清掃をするのが日課となっていた。

清潔なコックコートに着替え、コック帽にきっちりと髪を入れ、身だしなみを整えると、自分は憧れの職業に就いたのだと実感した。

仕事中はずっと立ちっ放《ぱな》しで、重いものを運んだりすることも多い。やるべきことは山積みで息つく暇もないほどであり、帰宅は毎日、深夜に及んだ。肉体的には疲れ果て、家では泥のように眠るだけの毎日だが、新しいことをどんどん覚えることができるので、精神的には充実していた。

当初、聖太郎の主な仕事は洗い物だった。ボウルを洗い、バットを洗い、木べらを洗い、フィナンシェが焼きあがれば、その焼き型を洗い、シフォンケーキが焼きあがれば、その焼き型を洗う。銅製の鍋は塩と酢を使って、ぴかぴかに磨きあげる。作業台の汚れに気づけば、ダスターでさっと拭き取る。床の汚れも、すぐさまモップで綺麗にする。

洗い物をしながら、厨房を観察して、それぞれの動きや段取りを把握するようにと、相馬からは命じられていた。そして、洗い物を手早く終わらせられるようになると、粉を計量したり、卵を割ったり、苺のヘタを取ったりといった下処理も任されるようになり、できることが少しずつ増えていった。

「羽野。横《よこ》ちゃんの絞り、見とき」

相馬に声をかけられ、聖太郎は「はい！」と返事すると、布巾で焼き型を拭く手は止めず、顔だけをそちらに向ける。

横尾哲也《よこおてつや》は特注のウエディングケーキにデコレーションを行っているところだった。横尾が絞り出す生クリームは、驚異的な速さで、なめらかながらもくっきりと模様を描いていく。

白一色の生クリームが等間隔で美しく波打ち、薔薇《ばら》のような可憐な模様となり、ケーキは高貴な雰囲気を漂わせる。

「自分のやることでいっぱいいっぱいになっとったらあかんで。先輩のことよう見て、技術を目で盗まんと」

相馬の言葉に、聖太郎は大きな声で返事をする。

「はい！　ありがとうございました、横尾先輩」

横尾は『ソマリ』でもう十年近く働いているらしいが、いかにも職人肌といった無愛想な男性で、あまり喋っているところを見たことがなかった。いまも黙ってうなずくだけだ。

洗い物をすべて終え、ほかになにかできることはないかとあたりを見まわしていると、ロールケーキの仕上げをしていた砂田玲子《すなだれいこ》と目が合った。

砂田は髪をひとつにまとめ、化粧っ気がなく、年齢不詳の女性だ。

「これ、切る？」

いつもなら出来上がったケーキは砂田がカットして、そのあとに乾燥防止のためのセロファンを巻くのが聖太郎の仕事だった。

だが、今日はカットするところから任せてもらえるようだ。

「はい！」

勢いよくうなずいたものの、プレッシャーを感じて、聖太郎は手が震えそうになった。

『ソマリ』のロールケーキはふわふわのスポンジとたっぷりの生クリームが自慢だ。扱いには細心の注意を払わねばならず、少しでも潰れたり、クリームがはみ出たりすれば、渦巻き状になった断面の美しさが台無しである。

砂田がケーキをカットするところは、これまでに何度も見ていた。専用の細長いナイフを使い、熱湯でよく温めてから、布巾で丁寧に拭いて、ロールケーキに対して垂直にあて、均等に切っていく。

だが、見るとやるとでは大違いである。ナイフを構え、ロールケーキと対峙《たいじ》したところで、相馬が声をかけてきた。

「もっと肩の力を抜き。絶対に押し切りしたらあかんで。下方向に力を入れたら潰れるからな。のこぎりを動かすみたいに、こう、前後に動かして、優しく切るんや」

アドバイスをするだけでなく、相馬はわざわざ自分で動作をやって見せる。

学校のように教えてもらうことを期待するなと言っていたが、実際には相馬は非常に面倒見がよかった。

教えられたとおりに手を動かすと、どうにか失敗はせずに済んだ。砂田が切ったときに比べたら、断面の鮮やかさは劣るものの、相馬からは合格点がもらえた。

「ほなら、それ、売り場に持っていって」

ロールケーキにセロファンを巻き終え、ショーケースに並べていると、コックコートに身を包んだ榛名秀明《はるなひであき》が女性客と会話をしている声が聞こえてきた。

「どれもおいしそうだから、迷っちゃうわ。ねえ、おすすめはどれかしら？」

「うーん、そうですね」

榛名は主にオーブンを担当している職人であり、午前中は生地を焼く作業に追われていたが、いまは販売の手が足りないということで、売り場に出ていた。

店によっては新人はまず販売の仕事からというところもあるようだが、聖太郎はまだ売り場に立つことを許されていなかった。

相馬はケーキの味はもちろんのこと、店の雰囲気や客への対応というものも重要視している。『ソマリ』で作っているすべての商品を完璧に理解して、きちんと説明できるようになるまでは接客を任せられないというのが、相馬の考えだった。

「お酒は召し上がりますか？」

「ええ、大好き」

女性客がうなずいたのを見て、榛名はショーケースの端にあるケーキを手で示した。

「でしたら、こちらの大吟醸のパウンドケーキはいかがでしょう。灘《なだ》の銘酒をふんだんに使用しておりまして、馥郁《ふくいく》とした香りとしっとりした食感を楽しんでいただける大人の味わいとなっております」

「まあ、素敵ね。それ、いただくわ」

榛名はすらりと背が高く、整った顔立ちをしており、女性客に人気があるようだ。本人もそれを自覚しているらしく、来客の多い時間帯になると、すかさず売り場に出て、笑顔を振りまいている。

「さて、新人くん。そのロールケーキのおすすめポイントは？」

ケーキを並べ終え、厨房に戻ろうとしたところ、榛名に質問された。

「えっと、生クリームが、北海道でのびのびと育てた牛乳から作ってあって、とても風味がいいです」

咄嗟のことで、うまく説明できず、舌がもつれそうになる。

「のびのびと育てた牛乳？」

榛名はぷっと吹き出したあと、にこやかに言った。

「北海道の広々とした大地で自然放牧された牛たちの搾《しぼ》りたて牛乳で作った新鮮な生クリームがたっぷりと使われておりまして、ミルクの風味を存分に味わっていただくことができますので、お子様からご年配の方までどんな方にもおすすめです、ってところかな」

すらすらと述べる榛名に圧倒され、まだまだ売り場に立てる日は遠そうだ……と思いながら、聖太郎は厨房へと戻る。

シンクに溜まっていた洗い物を終え、つぎの作業に移ろうとしたところ、相馬から指示が入った。

「クッキーの確認、堀《ほり》ちゃんから引き継いで」

「はい、わかりました」

「堀ちゃんは、メレンゲ、至急で」

「はい、わかりました」

聖太郎が行くと、堀佑真《ゆうま》は手を止めて、場所を譲った。

「やり方、わかる？」

「はい、だいたいは把握できているつもりです。焦げてたり、かたちが崩れていたりするのがあったら、こっちの箱に入れておくんですよね」

「うん。それじゃ、あとはよろしく」

オーブンの天板《てんぱん》には大量のクッキーがずらりと並んでいた。

聖太郎はそのクッキーを一枚ずつひっくり返して、焼き色は均一か、欠けやひび割れなどはないか、仕上がりを調べていく。

聖太郎を除いたうちでは、堀が厨房でもっとも職歴が浅く、計量やフルーツの下処理などの作業は以前は彼が担当していた。

クッキーの仕上がりを確認する作業も、近いうちに自分に任されるだろうと思って、堀の仕事ぶりを観察していたので、いきなり割り振られても戸惑うことはなかった。検品が終われば、袋詰めして、乾燥剤を入れ、シーラーで封をして、売り場の棚に補充する。

「クッキー、終わりました」

相馬に報告をしながら、聖太郎の視線はその手元に釘づけだった。

先輩たちの補助からも学ぶことは多いが、やはり、相馬の仕事ぶりは際立っている。相馬は先ほどからムースの仕込みを行っていた。さまざまなフルーツのピュレと合わせたムースは『ソマリ』の主力商品のひとつであり、固定客も多い。とろけるような口溶けの秘密は、生クリームの泡立て方にあるのだろう。

「おお、もうできたんか。ほなら、こっち、手伝ってもらおか」

ムースを型に流し入れる作業を任され、聖太郎は胸を躍らせた。

実際に自分の手で触ることによって、目で見ているだけではわからない微妙な質感やとろみ具合などを摑むことができる。

目のまわるような忙しさだが、大変だと思う気持ちより、できることが増えていく喜びのほうが上まわっていた。

閉店時間になっても、厨房の作業は終わりではない。明日の仕込みを済ませ、作業台を綺麗に拭き、天板や道具をすべて洗い、床にモップをかけ、材料の在庫を確認して、ミーティングを行う。そのあと、技術力を高めるために自主練習を行うのが慣例となっていた。

残業代は出ないが、店の調理器具や余った食材を使えるということで、聖太郎もほぼ毎日、店に残って、先輩たちから指導を受けている。飴細工にマジパン細工、生クリームを使ってデコレーションしたり、湯煎したチョコレートで文字を書いたりなど、まだまだ売り物にはできないレベルなので仕事中はさせてもらえない作業も練習できるとあって、時間を忘れるほど夢中になり、つい帰宅が遅くなるのだった。

今日も自主練習をしてから帰るつもりだったが、厨房の清掃をしていると、横尾に声をかけられた。

「羽野、これから飲みに行けるか？」

低い声でぼそりと言われ、聖太郎は驚きつつも、うなずいた。

「はい。あ、でも、未成年なのでアルコール飲めませんが」

「ああ、そうか。すまん。居酒屋だが、夕飯でいいから、つきあえ。奢りだ」

「わかりました」

砂田と榛名もいっしょに居酒屋へと向かう。

炭火焼きと日本酒が売りの店らしく、暖簾《のれん》をくぐると、煙が目に染みて、食欲をそそる香ばしい匂いが鼻をくすぐった。

二階建ての店で、一階はカウンターとテーブル席、二階は座敷となっていた。

聖太郎たちは二階に案内され、階段をあがる。

「堀は？」

横尾が訊ねると、砂田は首を横に振った。

「来ないって」

「まあ、新婚ですからねえ」

榛名はそう言ったあと、聖太郎のほうを見た。

「で、羽野くんは？　彼女とかいるの？」

いきなりの質問に戸惑いつつも、凜々花のことを思い浮かべ、聖太郎は頬を緩ませる。

「えっと、まあ……」

「おっ、否定しないってことはいるのか。生意気な。相手はどんな子？　おない年？」

興味津々で訊ねてくる榛名を、横尾が手で制す。

「まあ待て、榛名。とりあえず、注文だ。生でいいか？」

「いや、俺、梅酒で」

「私は白鷹《はくたか》。それから、だし巻き卵、漬物の盛り合わせ、ゲソの炙《あぶ》り焼き、板わさ、軟骨の唐揚げ……。羽野くんも、食べたいもの、どんどん注文しなさいよ」

砂田に言われ、聖太郎も烏龍茶《ウーロンチャ》を頼む。

飲み物が運ばれてくると、まずは乾杯となった。

「では、いちおう、羽野の歓迎会ということで」

生ビールのジョッキを持ち、横尾がぼそぼそと挨拶をする。

「三カ月、無事につづいて、こうして歓迎会を開けることになり、よかった。これからも頑張ってくれ。乾杯」

「ありがとうございます」

ぺこりと頭を下げて、聖太郎は烏龍茶のグラスを掲げる。

「どうだ？　仕事には慣れたか？」

横尾に問われ、聖太郎はうなずいた。

「はい、おかげさまで、なんとかやっていけそうです」

「そうか。困っていることや悩んでいることはないか？」

真面目な声で訊ねる横尾を見て、榛名がおかしくてたまらないといった様子で笑い出す。

「横尾さん、会話が不自然すぎですって。オーナーから仕事の悩みを聞き出すように言われてるんでしょうけど、もっと話の流れでうまく探らないと、そんな言い方じゃ、なんも喋りませんよ」

横尾は低く唸《うな》ると、苦虫を嚙み潰したような表情を浮かべ、黙りこんだ。

「まあ、そういう不器用なところが、横尾さんの魅力でもあるわけですが。背中で語るタイプですもんね。でも、羽野くん、きみは運がいいよ。最初の修業先が『ソマリ』っていうのは。オーナーは教えたがりだから、丁寧に指導してくれるし、先輩たちもみんな優しい。そう思わない？」

榛名の言葉に対して、聖太郎は素直に「はい」とうなずく。

「それはよかった。オーナーは『自分たちが笑顔でいてこそ、食べたひとが笑顔になるようなお菓子を作ることができる』って考え方なんだよね。俺もそれに共感して、ここで働いてる。店主がいつもイライラして従業員を怒鳴りつけとったら、お客さんかて気分悪くて、味もまずく感じるっちゅーねん。ほんま、そういう店は最悪やで」

榛名の話し方が途中から関西弁へと変わる。

てっきり、榛名は関東出身なのだと思っていたが……。

「榛名先輩も、関西のひとだったんですか？」

「俺？　生まれも育ちも河内《かわち》やから、実家とか、めっちゃガラ悪いで。まあ、せっかく神戸で暮らすことになったんやし、お上品なイメージで売っていこかと思って。外見の印象から、東京の人間に見られることが多いから、意識して、標準語で話してる。実際、こっちのほうが女の子の受けがいいんだよね」

語尾やイントネーションだけでなく声のトーンまで、榛名は器用に変化させる。

「そういうわけで、俺が最初に勤めた店って、上下関係が厳しくて、失敗したら殴られるような店だったんだよ。でも、『ソマリ』では、注意はするけど、叱責はしない。だから、もし、計量とかミスっても、隠したりせず、すぐに報告するように。新人のミスをフォローするのも、俺たちの仕事のうちだし」

「わかりました」

「実はさ、こんなにいい職場なのに、三日で辞めた子がいたわけよ。しかも、本人は無断欠勤で、親から電話がかかってきて、しんどいから辞めます、と。まあ、あきらかにセンスなくて、この仕事に向いていないであろう子だったけど。その点、羽野くんは段取りもいいし、戦力になってくれるだろうって期待してるんだ。だから、気になることがあったら、遠慮なく相談して」

爽やかな笑顔を向けたあと、榛名はさらりとおそろしいことを付け加える。

「とりあえず、第一関門はクリスマスイブってところかな。たぶん、彼女との関係もそのあたりでこじれると思うし」

「えっ、どういうことですか？」

「菓子職人の悲しき運命だよ。女の子って、なんだかんだ言って、聖なる夜をひとりきりで過ごすことには耐えられないものだから。『仕事と私、どっちが大切なの？』って、そりゃあ、そんなこと訊《き》いちゃう女の子より仕事だよね」

凜々花がそんな質問をするとは思えないが、榛名の言葉には実感がこめられていた。

「十二月は半端なく忙しいから、正気じゃいられないと思っておいたほうがいいかもね。ハードな日々を乗りきったときの爽快感がたまらなくて、クセになるんだけど」

榛名はにこやかにそう言って、梅酒の入ったグラスを呷《あお》る。

「しかし、砂田は器がでかいというか、度胸があるな」

しばらく押し黙っていた横尾が、ぼそりとつぶやいた。

「なにが？」

ひとりでひたすら食べていた砂田は、箸を止めて、首を傾げる。

「今日、いきなり、羽野にロールケーキを切らせただろう？」

「ああ、そのこと。早くこの子がいろいろできるようになったほうが、こっちも助かるでしょう」

「それはそうだが、さすがの相馬さんも、あのときばかりは、ぎょっとしていたぞ」

「フルーツをカットする手つきとか見て、ナイフの使い方は問題ないと思ったから」

砂田は平坦な口調で言ったあと、おもむろに聖太郎の二の腕を掴んだ。

「細い。もっと筋肉をつけなさい、筋肉を。大抵の問題は筋肉で解決できるのだから」

「はっ、はい」

うなずいた聖太郎に、砂田はぐっと迫ってきた。

「腕相撲をしましょう」

「はっ、はい？」

戸惑う聖太郎の横で、榛名は苦笑を浮かべている。

「ああ、また、砂田さんの筋肉自慢が始まった。飲むとすぐこれなんだから」

その後、聖太郎は砂田と腕相撲をして、ものの見事に連敗。つづいて、どちらが腕立て伏せを多くできるかという勝負も挑まれ、こちらもあっさりと負け、翌日は有り得ないほどの筋肉痛に苦しめられることになったのだった。

飲み会から帰ると、聖太郎はさっそく凜々花に連絡を取り、来週の定休日に会う約束をした。告白が成功して、無事に恋人同士になれたことで、すっかり安心していたが、榛名の話を聞いた限りでは油断は禁物のようだ。

久々に電話で話すと、凜々花は嬉しそうに声を弾ませていた。午前中だけ授業があるということなので、昼に大学の近くで待ち合わせて、ランチをいっしょに食べようかなどと相談する。

凜々花とのデートを楽しみに、いつも以上に張りきって仕事に打ちこんでいたある日、聖太郎は三行ほどの新聞記事に目を留めた。

それは大宮製菓の創業者であり、相談役を務めていた大宮源二の訃報を伝える記事だった。

10

祖父がもう二度と目覚めないかもしれない、という考えを追い払おうとするかのように、光博は走りつづけた。

最初は苦痛でしかなかったが、次第に体が軽くなり、走る距離は増えていった。毎日のジョギングに加えて、光博が打ちこんだのが受験勉強だった。美結と別れてからは、瑛士やアキラたちとも遊びたいとは思わなくなり、誘いを断ることが多くなった。楽しんでいると、悪いことが起こりそうな気がしたのだ。

自分が楽しみを犠牲にして、なにかを差し出せば、祖父を助けることができるのではないか。合理的な考え方ではないと頭では理解しているのだが、そんな気がしてならなかった。運命を支配する大いなる存在、人知を超えたなにかに供物を捧げるような気持ちで、苦しくなるまで走り、問題集に没頭した。

そこそこ評判の良い大学に合格したことを両親はとても喜んだが、光博は特に浮かれた気分にはならなかった。模試で合格ラインにあることはわかっていたし、本番の試験でもほとんどミスをしなかったのだから、当然の結果だと思っていた。

どちらにせよ、自分の将来は大宮製菓を継ぐことになっているのだから、大学の知名度なんてどうでもよかった。そもそも、祖父は大卒ですらない。大学で勉強しなくとも、立派な経営者になることはできる。そのことは祖父が証明していた。父親も母親も学歴というものにこだわって、世間体を気にしていたが、光博はその価値観を見下しているところがあった。

大学生活が始まっても、祖父が意識を取り戻すことはなかった。

新入生たちの多くが期待に胸を膨らませ、キャンパスライフを満喫するべく積極的に行動しているのを横目に、光博は与えられた自由に馴染めずにいた。

どの講義を取るのかも、どのサークルに入るのかも、自分で選ばなければならない。だが、なんに対しても興味を抱くことはできなかった。

強引な勧誘を受け、新入生歓迎コンパなるものにいちおうは出てみたものの、やはり、居心地の悪さを感じるばかりだ。

「やっほー。飲んでる？」

居酒屋の端の席で突き出しの枝豆を食べていると、いかにも押しの強そうな先輩が声をかけてきた。

「あれー？　グラス、空いてるやん。どんどん飲みやー」

先輩はピッチャーを持ちあげ、光博のグラスにビールを注ぐ。

「はい、飲ーんで、飲んで飲んで、飲ーんで、飲んで飲んで、飲ーんで！」

その声に合わせて、まわりのみんなも手拍子をする。

「イッキ！　イッキ！　イッキ！」

グラスのビールを一気に飲み干せば場が盛りあがるのだということはわかっていた。

しかし、光博はあからさまに顔をしかめた。

「そういうの、やるつもりないんで……」

白けた空気があたりに漂う。

「なんや、ノリ悪いなあ」

それきり、光博に話しかけようとする者はひとりもいなかった。


大学生活も一カ月が過ぎようというころ、凜々花が家にやってきた。

凜々花が言うには「久しぶりに、みっちゃんのところのピアノを弾きたいから」とのことで、断る理由もなかった。

光博がまだピアノのレッスンを受けていたころ、子供には幼いうちから本物を与えたいという教育方針により、母親はスタインウェイのグランドピアノを購入した。ピアノをやめてしまったあとは宝の持ち腐れもいいところであり、その高級車並みの値段がするピアノを見るたびに、母親の重すぎる期待と、それに応えられなかった自分を思って、気分が沈んだものだ。そんなピアノをときどき、凜々花が全身全霊を傾けるようにして奏でてくれるのは、光博にとっても救いであった。

光博が玄関で出迎えると、凜々花は目を大きく見開いたあと、まばたきを繰り返した。

「え？　みっちゃん？　めっちゃ痩せてるやん。別人みたい！」

ジョギングが習慣となったことによって、光博の体はすっかり引き締まっていた。体型だけでなく、顔の輪郭も変わって、肥満児だったころの面影はすっかり失われており、久々に会った凜々花が驚くのも無理はない。

「最近、ちょっと走ってるから」

「ダイエット？」

「そういうつもりはなかってんけど、まあ、結果的には」

「すごーい」

凜々花は玄関に立ち尽くしたまま、光博の顔をしげしげと見つめる。

「みっちゃんが、普通の男の子に見える。なんか、違和感あるわ。あのふてぶてしくて、可愛げのないみっちゃんはどこ行ったん」

「なんや、それ」

「だって、みっちゃんっぽくない」

「そんなこと言われても……」

「自分が食べたくて買ってきたから」

手に持っていた洋菓子店の紙袋を渡すと、凜々花はすたすたとピアノのある部屋へと向かった。

子供のころにはつねに家にいたお手伝いさんも、最近は週に三度の通いとなっており、今日は休みだ。凜々花が演奏をしているあいだ、光博は自ら湯を沸かして、紅茶を用意する。

凜々花の持参した手土産はケーキだった。

洒落たデザインの紙袋には洋菓子店『ソマリ』とあった。

ひととおり弾き終えると、凜々花は深く息を吐いた。

「音が綺麗で歪みもないし、ほんま、素直ないい子やで、きみは」

ピアノを見つめて、愛おしそうに鍵盤をそっと撫でる。

「いちおう、ちゃんと調律してるからな。全然弾かへんからもったいないけど」

光博が声をかけると、凜々花は振り向いた。

「みっちゃんも、また弾いたらいいのに」

「いまさら？　才能もないのに？」

光博はつい皮肉っぽい口調で返してしまう。

「べつに才能とか関係なく、趣味で弾いてもいいやん」

「冗談やろ。練習とか面倒なだけやし」

「ヴァイオリンも結局、やめちゃったんだよね。みっちゃんは自分の人生に音楽がなくても平気？」

「ああ、まったく困らへん」

「あたしはピアノのない人生なんて考えられへんけど……」

凜々花はピアノの椅子に座ったまま、足を投げ出して、大きく伸びをする。

「でも、なんか、最近、昔みたいに弾かれへんのよね」

たしかに光博も先ほどの演奏を聴いて、以前とはちがう、と感じた。

それは意図してのことではなく、凜々花自身も戸惑っているようだ。

「そんなもんやろ。技術的にはうまくなってると思うし」

自分がやめたあとも、凜々花はずっと練習を積み重ねている。気が遠くなりそうなほどの時間を費やした分、凜々花の演奏技術は確実に上達していた。

「勢いだけじゃ、どうしようもないっていうの、わかってんねん。でも、そんな演奏、自分らしくない気がして、弾いてても、子供のときみたいに楽しくなくて……」

ここ数年、凜々花はコンクールで結果を出せておらず、伸び悩んでいるようだ。

おなじピアノ教室に通っていたころ、光博はことあるごとに凜々花と比べられた。

母親はよく「女の子はほんましっかりしてるわよね」「凜々花ちゃんみたいな娘が欲しかったわ」と漏らしたものだ。凜々花がコンクールで表彰され、先生や親たちから「自慢の子供」として扱われているのを見て、傷つかなかったわけではない。

しかし、いまとなってはどちらが幸せだったのか、光博にはわからなかった。なまじ才能があり、幼いころに認められたからこそ、凜々花は諦めることができず、苦悩しているのだろう。

「みっちゃんは、だれかを羨ましいって思ったことある？」

まさに、凜々花に対してそう感じていたときのことを思い出していたら、当人がそんな質問をしてきた。

「まあな。ピアノやってたときは、才能あるやつのこと、みんな、羨ましいって思ったし」

「あたし、ずっと、そういう気持ちってわかれへんかった。みっちゃんが才能って言うたび、むっとしたたし。すっごく練習している成果を才能とかいう言葉で済まさんといて欲しい、って思って。でも、いまになって、ようやく、わかった気がする」

自分の両手を見つめて、凜々花は言う。

「世界は広いよ。すごいひと、いっぱい、いる」

凜々花は両手をだらんと垂らすと、天を仰ぐようにして、力なくつぶやいた。

「もっと、強い音が出したい。芯のある音……。あたし、なんで、こんな薄い音しか出されれへんのやろ……。自分の音、嫌いになりたくないのに……」

中学生のころにも、凜々花がこうして、光博の家のピアノを弾いたあと、上を向いていたことがあった。

そのときの演奏は、妙に攻撃的で、荒々しい演奏だった。実はその数日前に、凜々花の母親から、電話をもらっていた。どうやら、凜々花はクラスメイトとうまくいっていないようだ、とのことだった。凜々花の母親は、電話で「あの子、学校で無視されたり、嫌がらせを受けているみたいなの。でも、なにも話してくれなくて……。光博くんのほうから、どんな様子なのか、それとなく訊いてみてくれないかしら」と光博に相談を持ちかけたのだった。

だが、そもそも対人関係のスキルに欠ける光博に、それとなく訊いてみるといった器用な真似ができるはずもなかった。

結局、凜々花はだれにも悩みを打ち明けることなく、自分で解決したようだった。

いまもまた、光博は凜々花にかけるべき言葉を持たなかった。

「紅茶、冷めるで」

光博に言えたのは、それくらいだった。

「うん、ありがとう。食べよっか」

笑顔を見せて、凜々花は立ち上がり、テーブルへと向かう。

「みっちゃんはチョコのケーキが好きかと思って、オペラも買ってきたんやけど、おすすめはこっちのガトーバスク」

凜々花の説明を受け、光博はおすすめだというほうのケーキを取った。

シンプルなそのケーキを一口食べて、光博は「あ……」と小さくつぶやいた。

アーモンドの香りが広がった瞬間、昔の記憶が蘇る。

「どうしたん？」

「このケーキ、食べたことあるわ」

「ほんま？」

「うん、めっちゃ昔やけど。小学生くらいやったかな。なんか、すごい懐かしい」

いつだったか、祖父が買ってきてくれたことがあったのだ。とても質の良いアーモンドを使っていて、クッキーが評判の店だと話していた。

「よかった。喜んでもらえて」

嬉しそうに言ったあと、凜々花はわずかに頬を染めた。

「羽野聖太郎くんって覚えてる？」

突然の質問に、光博は首を傾げる。

「聖太郎？　うん、もちろん、覚えてるけど、聖太郎がどうしたん？」

凜々花の口から、かつての友人の名前を聞くとは思わなかった。

「いま、ここのケーキ屋さんで、働いてるねん」

「えっ？　ほんまに？」

「うん。そういえば、みっちゃんとふたりで、よく、お菓子、作ってたよね」

聖太郎が洋菓子店で働いている。

そのことを知って、光博は胸の奥がざわついた。

光博にとって、はじめての友人。あのころ、ふたりが夢中になっていたのは、お菓子作りだった。祖父の集めたレシピ本や写真集を眺めて、世界各国のお菓子に想像を膨らませ、自分たちでおいしいものを作り出すことに、なによりも喜びを感じていた。

それは遊びの延長のようなものだった。だれにも邪魔されず、無敵な気分になれる秘密基地。ふたりの研究所。お菓子作りに熱中した日々。失われた過去。取り戻すことなどできない子供時代の思い出だと思っていたのに……。

聖太郎は、いまでもまだ、当時とおなじような心のままで、お菓子を作りつづけているというのか。

「そうか、聖太郎が……」

すごいな、と言おうとするのに、声が掠《かす》れたようになって、言葉がうまく出なかった。

紅茶を一口飲んで、心を落ちつける。

「でも、なんで、凜々花がそんなこと知ってるん？」

「実は、めっちゃ偶然やねんけど、高校生のとき、教会のパイプオルガンのコンサートで、聖太郎くんと再会してん。それで……」

凛々花はうつむき、はにかみながら言葉を続けた。

「あたし、聖太郎くんと、つきあうことになったたっていうか」

「は？」

思いがけない言葉を聞いて、光博は一瞬、理解が追いつかなかった。

「つきあうって……」

「いちおう、みっちゃんにも報告しておこうと思って」

「いや、なんか、話が急すぎて、ちゃんと把握できてへんけど……」

凛々花に恋人ができるとは想像もしていなかった。

しかも、それがかつての友人である聖太郎だなんて……。

「えっと、まあ、とにかく、聖太郎は元気にしてるん？」

「うん、元気にしとうよ。仕事、めっちゃ忙しくて、大変みたいやけど。でも、すごい充実してるっていうか、夢に向かって頑張ってて、かっこいいなあって思うよ」

臆面もなく言う凛々花に、光博は啞然《あぜん》とするばかりだ。

「しかし、まさか、凛々花と聖太郎がつきあうことになるとは……」

聖太郎と仲が良かったころには、何度かいっしょに凛々花のコンクールの応援に行ったことがあった。

よくよく思い返してみれば、その帰り道、ふたりは親しげに話をしていた。もしかしたら、あのころから、聖太郎は凜々花のことが好きだったのかもしれない。

幼馴染に恋人ができたと知り、光博は少し動揺したが、自分だって高校時代には彼女がいたのだから、こういうことが起こってもおかしくはないだろう。

変な男に引っかかったのなら心配だが、聖太郎なら安心して、凜々花を任せることができる。そう考え、光博は納得したようにうなずく。

「久々に会いたいな、聖太郎に」

ガトーバスクをすっかり食べ終えると、光博は言った。

「今度、ふたりで遊びに来てや」

「うん、言うとく」

それからまた凜々花はピアノを弾くだけ弾いて、すっきりとした顔で帰っていった。

光博はひとり、部屋に残される。

音楽はもう消えた。部屋は静けさに満ちている。

なのに、光博の耳にはまだ残響が聞こえるようだった。

ピアノに人生を捧げている凜々花。

そして、お菓子作りを仕事にした聖太郎。

では、自分はどうなのだ？

光博は心のなかで、そう問いかけずにはいられなかった。

自分もやりたいことを見つけたい。

胸の奥に芽生えた思いは消えることなく、少しずつ大きくなった。

毎日きちんと大学に通い、真面目にノートを取りつつも、光博は心ここにあらずだった。

生まれたときから、大宮製菓を継ぐということが決まっており、それ以外の道なんて考えもしなかった。将来の役に立つと思ったから、大学も経済学部を選んだ。だが、レールに沿った人生を歩んで、後悔をしないだろうか。

いまさら、そんなことを考えてしまう。

経済学というものには、まったく面白さを感じることができなかった。抽象的な理論は聞いていても、ここは自分の居場所ではないという気持ちが募るばかりだ。大学で講義を受けていているだけで眠くなり、数式やグラフを読むことは苦痛でしかない。

気がつくと、光博は製菓専門学校の資料を取り寄せていた。

自分が本当にやりたいこと。

子供のときにわくわくしたこと。

楽しさの原点は、おそらく、聖太郎とおなじ場所だ。

お菓子作りを学びたい。

を見出せそうだった。

めずらしく父親が早く帰宅した夜、光博は自分の思いを告げることにした。

「父さん、ちょっといい？」

光博が書斎を訪れると、父親はひとりでウイスキーのグラスを傾けていた。

「ああ、光博か。どうした？」

光博は幼いころから、だれよりも祖父に懐いており、父親との関係は希薄だった。父親はしつけが厳しく、顔を合わせると小言を浴びせられるので、留守にしているほうが有り難かった。光博があえて父親に話しかけるのは、頼み事があるときだけだった。

「あのさ、大学が合えへんっていうか、やっぱり、ほかのことを勉強したいと思って……。それで、製菓の専門学校に行きたいんやけど……」

大学をやめると言えば、体裁を重視する父親は反対するであろうことは予想がついていた。

「なにを言うとるんや。アホか」

思ったとおり、光博の言葉はまともに聞き入れてもらえず、一蹴《いっしゅう》された。

それでも、光博は引き下がらなかった。

「このまま大学に行ってても、自分にとって意味があるとは思われへんねん。それよりも、好きなことをしたい」

「そんで？　専門学校に行って、ケーキ屋になるとでも言うんか？　馬鹿も休み休み言え。飲食店の経営は甘っちょろいもんやないんやぞ。毎年、どんだけの店が潰れてると思うねん。新規開業したうち、半分は三年も持たんと閉店する。光博、おまえは大学の勉強から逃げたいから、そんなことを言うてるんやろ」

畳みかけるように言われ、光博は耳を塞ぎたくなった。

父親と話すと、いつもこうだ。父親は自分の考えが絶対に正しいと信じて疑わず、一方的に決めつけ、相手を従わせようとする。

「でも、一度きりの人生やから、どうせなら、興味のある道に進みたいっていうか。ほら、子供のときにテレビ番組でお菓子作りのコンクールに出場したことがあったやろ。あのとき、父さんも応援してくれたやん」

聖太郎といっしょに応募をして、予選を通過できたのは光博のほうだった。

あの番組に出場したことは、光博にとってささやかな自信となっていた。

「あんなもん、会社の宣伝になるから協力しただけや。そもそも、おまえが出場することになったのかって、大宮製菓の社長の息子やいうんがテレビ的に演出しやすいから選ばれただけやろ。その結果、実力が足りんで、みっともなく負けて、ええ恥さらしやったわ」

父親が苦々しく言うのを聞いて、光博は目の前が真っ暗になるような気がした。

「そんな……」

「ケーキ作りの腕なんか必要ない。そんなもんは現場の人間にやらせとったらええねん。おまえは上に立つ者として、もっと自覚を持たなあかん」

「でもさ、お菓子作りの技術を身につけることは、将来、大宮製菓の商品開発とかでも役に立つと思うし……」

するると、父親は呆れ果てたというように大きく溜息をついた。

「光博、おまえはほんまに考え方が幼稚やな。大学を出たら、うちの会社にすんなり入れてもらえると思ってるんか。そんな舐《な》めた考えでおるから、本気になって勉強をしようという気がなくなるんやろ。受験のときにはちょっとは根性を見せたかと思ったのに、結局は甘ったれのままやないか」

父親はどうあっても、大学を辞めることを許すつもりはないようだった。

光博はこれ以上、なにも話したくなかった。

もういいや、という気分になる。

いくら訴えたところで、自分の気持ちを理解してもらうことはできないだろう。

「光博、よう聞け。大学を出ても、いきなり、うちに入社させるつもりはないからな。みんなとおなじように就職活動をして、よその釜の飯を食うという経験をせえへんと、おまえは駄目になりそうや」

頭ごなしに言って、父親はウイスキーを飲み干した。

光博の胸には、ただただ悔しさと怒りが渦巻いていた。

もし、祖父に意識があったら……。

自分の部屋に戻ると、光博はベッドに突っ伏して、考えずにはいられなかった。

祖父が元気でいたならば、きっと、力になってくれたはずだ。

光博の思いや可能性を否定せず、体験談を交えて、有益なアドバイスをくれただろう。

しかし、どんなに考えたところで詮《せん》ないことだった。

祖父はなにも言ってはくれない……。

光博は失意の底に沈むようにして、眠りについた。

祖父が危篤だという連絡が病院からあったのは、その翌日のことだった。


光博が駆けつけたときには、すでに母親が病室にいて、ベッドに横たわる祖父に付き添っていた。

「お義父さん、わかりますか？　光博が来ましたよ」

光博が物心ついたころから、祖父と母親の関係は良好とは言えないようだった。母親には勝気なところがあり、嫁として大人しく婚家のしきたりに従うタイプではなかったので、祖父と対立することも多かった。

だが、そんな確執などなかったかのように、母親は涙を浮かべ、祖父の手を握っていた。

「ほら、光博も、お祖父ちゃんに声をかけてあげて」

母親に促され、光博も祖父に近づいたが、言葉を発することはできなかった。

祖父はすでに抜け殻のようだった。かろうじて呼吸はしているものの、生命の火はいまにも燃え尽きようとしていた。

光博はベッドの近くに置かれた心電図モニターへと視線を向け、それが波形ではなく、完全な直線になるところをじっと見ていた。

周囲が慌ただしくなり、白衣を纏った医師が現れた。医師は片手にペンライトを持って、祖父の瞼をめくり、胸に聴診器を当て、厳かな声で「ご臨終です」と告げた。

母親がわっと声をあげて泣き出す。

医師の動きも、母親の嗚咽も、なにもかもがパフォーマンスめいていた。

祖父はいま、死亡を宣告されたのだ。

頭ではそう理解できているのに、光博には実感がなかった。

ずっと、その日が来るのをおそれていた。

考えたくない。直視したくない。それでも、避けようがない未来。

それがとうとう、現実のものとなった。

すごく悲しいだろうと覚悟していたのに、涙は流れなかった。

ただ、気が抜けたように、ぼんやりと立ち尽くしている。

これでもう、祖父がこの世を去ってしまう「いつか」に怯《おび》えなくてもいいのだ。

そう思うと、ほっとしたような気分にすらなった。

祖父は目を閉じて、口をぽかんと開けていた。母親が手を伸ばして、その口を閉じようとする。だが、顎はまったく動かすことができないようだった。

たくさんのおいしいものを食べてきた口。

そして、光博にいろんなことを話してくれた口だった。

その後のことは、あまり覚えていない。

祖父の葬儀は、社葬として大々的に行われ、数えきれないほどの弔問客があった。棺に横たわった祖父は、もう口を開けてはいなかった。病室にいたときよりも、穏やかな顔をしているように見えた。しめやかに弔辞が読みあげられ、すすり泣きが聞こえてきたが、光博は涙を流すことができなかった。

初七日が終わっても、光博はまだ気持ちの整理がつかずにいた。

張りつめていた糸が切れたようで、何をする気にもなれなかった。

大学にも行かず、部屋に引きこもり、ベッドに寝転んだまま、無為に過ごしていた。

父親も母親も、光博とは関わろうとしなかった。

ふたりともほとんど家におらず、それぞれ忙しくしていた。なにも言われないのをいいことに、光博はずるずると自堕落な生活をつづけた。

だれとも会話を交わすことのない日々で、光博が心の慰めとしていたのはテレビゲームだった。コントローラーを握り、画面を凝視して、ヴァーチャル世界に没頭する。現実逃避だという自覚はあった。だが、もはや、どうでもよかった。

11

卵を割る。卵を割る。卵を割る。卵を割る……。

ひたすら単純な作業の繰り返しではあるが、聖太郎はひとつたりとも気を抜くことはなかった。卵をボウルの縁にこつんと叩きつけ、人差し指と中指で支えながら、親指をひび割れた部分に入れ、割れ目を開き、くるりと手を返して、中身をボウルへ落とす。卵を叩くときの力が強すぎると、殻が細かくひび割れて、欠片《かけら》が落ちやすくなるので、あくまでも亀裂を入れるだけで、砕かないよう心がける。絶妙な力加減で、テンポよく、リズミカルに。つぎからつぎへと卵を手に取り、おなじように割る作業をしていても、いくつかは特にうまくいったという手応えを感じることがあり、そこに面白さを感じるのだった。

六十個の卵を割り終わったら、シノワと呼ばれる円錐《えんすい》形をした網目の細かい金属製の漉《こ》し器で異物を取り除き、計量をする。相馬のほうを見ると、ちょうど手が空いたところだった。

「卵の計量、終わりました」

「お、タイミングばっちりやな」

相馬はハンドミキサーを使って、砂糖を加えた卵を泡立てると、ゴムべらに持ち替えて、手早く小麦粉を混ぜ合わせる。相馬が作っているのは、ジェノワーズというスポンジ生地だ。聖太郎は洗い物をしながら、相馬の動きを観察する。生地作りで重要なのは、なんといっても粉合わせの作業である。混ぜすぎると粘り気が出て固くなってしまうが、混ぜ方が足りなくても膨らみが悪く、ぼそぼそとした仕上がりになってしまう。気泡の状態に、つねに気を配らなければならない。卵の泡を小麦粉の膜で均等にしっかりと覆うことで、焼きあがったときにきめが細かく、ふんわりとしたスポンジが出来上がるのだ。

相馬はボウルをまわしながら、ゴムべらで底のほうから生地をすくいあげるように大きく動かす。そして、その瞬間が来ると、ぴたりと動きを止めた。生地には美しいつやが出ており、ああ、これがベストな状態なのだ、と聖太郎の目にもわかった。

洗い物が終わると、聖太郎はレモンを搾る作業に移った。瑞々しいレモンを半分に切ると、爽やかな香りが広がる。このあと、相馬はレモンムースを作るはずだ。聖太郎の仕事は補助なので、相馬やほかのひとたちがスムーズに次の作業へと移れるように、全体の流れを頭に入れ、先まわりしておく必要があった。

レモンの果汁を搾り終わったら、皮をすり下ろす。相馬が作業を終えたタイミングで、レモン果汁の入ったボウルを渡す。なにも言われなかったが、その顔には満足げな表情が浮かんでいるように見えた。

相馬のそばにいると、小学生のときに教会で侍者《じしゃ》をしたことを思い出した。侍者の役割は、神父様がミサを行うのを補佐することだ。白い衣装を身に纏い、道具の名前や扱い方をしっかりと覚え、神父様の動きを見て、自分はどうすれば役に立てるのかを考える。

侍者として神父様の手伝いをするというのは、ただミサの流れに沿って、決められた動きをしていればいいわけではなかった。香炉を渡すときも、聖別された葡萄酒の入った杯を運ぶときも、心は神様に向け、祈りを忘れてはいけない。

いまもおなじだ。

相馬の動きも、聖太郎の動きも、すべてはおいしさのためであり、心はそこに向いている。

聖太郎はつぎの仕事を求めて、あたりを見まわした。

すると、砂田が作業の手を止めて、顔をあげた。

「堀くんは……」

砂田はまず、堀のほうへと目を向けた。

堀はミルフィーユの組み立てをしていた。薄く焼いたパイ生地に、カスタードクリームを絞り、スライスした苺を並べ、パイ生地を重ね、またカスタードクリームを絞り……。その動きを見て、砂田はわずかに溜息をつき、眉をひそめた。

「まだ、それ、終わってないの？」

そして、聖太郎のほうへと視線を向ける。

「じゃあ、羽野くん、タルトレットの仕上げ、お願い」

「はい、わかりました」

聖太郎はうなずき、ずらりと並んだタルトレットに生クリームを絞り、デコレーション用の粉砂糖をかけ、ミントの葉を飾っていく。

「横尾さん。私も、そっち、手伝うわ」

砂田は聖太郎にあとを任せると、横尾のところへ向かった。

横尾は先ほどからずっと背中を丸め、ホールケーキに生クリームでデコレーションを行っていた。

「ああ、助かる」

今日はホールケーキの予約が七つ、入っている。

そのうちのひとつは特注品のバースデーケーキであり、榛名は得意のマジパン細工の腕が発揮できるとあって、楽しそうに作業をしていた。

「見てくださいよ、この薔薇。我ながら芸術的で、天才じゃないかと思うんですよね」

自画自賛する榛名に、聖太郎は思わず手を止めて、そちらへと目を向ける。

今回の特注品のバースデーケーキは、榛名がデザインから担当していた。ピンク色の薔薇とハート形のクッキーがアシンメトリーに配置された飾りつけは、女性の心を摑む可愛らしさにあふれ、榛名のセンスの良さが光る。

榛名は最後の仕上げとして、コルネからバタークリームを細く絞り出して、チョコレートの板に文字を書いた。洗練された筆記体でお祝いのメッセージを書いたあと、周囲にハートマークを描くという演出も忘れない。

「えらい熱心に見てるな」

相馬に声をかけられ、聖太郎は慌ててタルトレットの仕上げ作業に戻る。

「あっ、すみません。手が止まっていました」

「べつに怒ってへん。先輩の作業を見るのも仕事のうちやからな。やりたいんやったら、あとで練習するか？」

「はい！」

自分には足りないものばかりだが、これからそれらの技術をどんどん身につけていけるのだと思うと、聖太郎は楽しみで仕方なかった。

最後のひとつにミントの葉を飾りつけて、タルトレットを砂田のところに持っていく。

「タルトレットの確認、お願いします」

砂田はスポンジ生地に生クリームを塗りながら、目だけをこちらに向けたあと、片方の眉だけを吊り上げた。

冷ややかなまなざしに、どうやら自分はミスをしたらしいと気づき、どきりとする。

「ナッツの飾りつけ、ピスタチオでしょう」

砂田の指摘に、聖太郎は血の気が引くような思いで、タルトレットを見つめた。

「味の組み立てを考えれば、ミントなわけないじゃない」

タルトレットは五種類あり、そのうちのチョコムースのものはミントの葉ではなくアーモンドだということは覚えていたのだが、ほかはすべてミントの葉だとばかり思いこんでいた。

「あ、そっか。そうでした。勘違いしていました……」

ナッツのタルトレットには、生クリームとミントの葉ではなく、砕いたピスタチオだけを飾る。言われてみれば当然のことだ。ミントの風味はどう考えても、ナッツの香ばしさには合わない。そんなことにも気づけなかったなんて、情けなさと悔しさがこみあげてくる。

「自分が働いている店の商品くらい、全部、頭に叩きこんでおきなさい。わからないのなら、独断でやらないで、先に確認して」

砂田の厳しい言葉に、聖太郎は身を縮こめる。

「申し訳ありません」

「まあ、ほんまは堀ちゃんがやるはずの仕事やったんやし、しゃあないやろ」

相馬の取り成すような言葉のおかげで、ぴりぴりとした雰囲気がやわらぐ。

「今日はタルト四種類で行こ」

店にとっては損失なのに、相馬は鷹揚《おうよう》に構えており、聖太郎を責めるどころか、面白そうに笑っていた。

「仕上げの速さに感心しとったのに、こんなオチがつくとはなあ」

「はい、申し訳ありませんでした。以後、気をつけます！」

聖太郎が勢いよく頭を下げたところに、売り場から販売員の女性がやって来た。

「木苺のジュレとクレームブリュレ、追加お願いします」

ケーキの売り上げは、天候や気温に大きく左右される。

七月に入ると途端に焼き菓子の動きが鈍くなり、さっぱりとした口あたりのジュレがよく売れるようになった。

「今週は暑くなるみたいやし、もっとジュレを増やしていくか。堀ちゃん、フルーツの在庫を確認して、桃とレモン、発注かけといて」

「はい、わかりました」

堀は冷蔵庫を開けたあと、二階の事務所へと向かう。

聖太郎は商品の補充を行うべく、木苺のジュレを取り出す。そして、仕上げとして、生のフランボワーズとミントの葉を飾り、粉砂糖を振っていく。フランボワーズの鮮やかな赤に、ミントの緑がよく映える。

「木苺のジュレ、売り場に運びます」

相馬に仕上がりを確認してもらって、売り場に持っていくと、ちょうど予約していた客が特注品のバースデーケーキを取りに来たところだった。

「このような仕上がりになっております」

榛名がケーキを見せると、女性客は興奮を抑えきれないように声をあげた。

「わあ、素敵！　食べるのがもったいないほどですね。ありがとうございます！」

きらきらと目を輝かせる女性客を見て、榛名は誇らしげな表情を浮かべている。

榛名が暇さえあれば売り場に顔を出したがるのも、わかる気がした。

お客さんが喜んでくれるすがたは、なによりの励みになる。

クレームブリュレは仕上げとして、表面をキャラメリゼする必要があった。その作業はいつも堀が行っていた。だが、いま、堀は席を外している。

手が空いているのは聖太郎だけだが、一度もやったことのない作業なので、まずは相馬に確認を取ることにした。

「あの、クレームブリュレの品出しもやっておいていいですか？」

「そうやな。キャラメリゼ、やり方、わかるか？」

「はい、カソナードを使うんですよね」

クレームブリュレの表面にカソナードというフランス産の茶色い砂糖を散らして、バーナーの青い炎で焦げ目をつけていく。砂糖の粒が溶けて、広がり、褐色へと変化していくのを間近で見ていると、まるで化学の実験をしているかのような面白さがあった。

クレームブリュレを売り場に運んで、厨房に戻ってくると、相馬に声をかけられた。

「ちょっと二階に行って、堀ちゃんの様子、見てきてくれへんか？」

フルーツの発注をするには、ファックスを一枚送ればいいだけだ。

それなのに、堀は二階へ行ったきり、なかなか戻ってこない。

「わかりました」

二階の事務所に行くと、聖太郎は扉をノックした。

「堀さん、いますか？　失礼します」

声をかけながら扉を開くと、ソファーに堀が倒れているのが目に入った。

「だいじょうぶですか！」

慌てて駆け寄ると、堀はぱちりと目を開け、身を起こした。

「……あれ？　羽野くん……？」

ソファーに座ったまま、堀はぼんやりとした顔で、あたりを見まわす。

「発注かけに行って、戻らないから、様子を見にきたんです」

聖太郎が説明すると、堀はようやく事態を理解したようだった。

「そっか。ファックスしたあと、確認の電話をしたら話し中で……。少しだけ休むつもりやったのに、すっかり寝てしまった」

堀は立ちあがると、よろよろとした足どりで、電話機へと近づく。

「返信、来てる。桃は明日にならんと届かへんのか……」

感熱紙に書かれた文字を読み、ひとり言のようにつぶやいたあと、堀は扉のほうへ歩こうとして、大きくよろめいた。

「あっ……」

体を支えようと本棚に手をついたはずみで、レシピ本や書類などが雪崩《なだれ》を起こす。

「はあ……。もう、なにやってんやろ……」

堀は大きく溜息をつき、うんざりしたように床に散らばったものへと目を向けた。

「あの、堀さん、体調悪いんですか？」

レシピ本や書類を本棚に戻すのを手伝いながら、聖太郎は訊ねた。

「いや、ただの寝不足。疲れが溜まってるっていうか。このところ、ほら、帰りも遅いし」

堀は兵庫県洋菓子連盟が主催するコンクールに出場することになっており、営業時間が終わったあとも遅くまで残って、試作を繰り返していた。

「コンクールだなんて、すごいですよね」

聖太郎が言うと、堀はどこか自嘲めいた笑いを浮かべた。

「僕が出るのは新人部門やから。でも、『ソマリ』の看板を背負ってるわけで、責任重大ではあるけど」

コンクール用のケーキ作りは、傍で見ていても大変そうだった。

ほかの従業員たちが帰ったあと、聖太郎が少しでも早く仕事を覚えるために練習している横で、堀はいくつものケーキの試案を紙にデッサンして、材料の配合や味わいなどを相馬に説明しては、手直しを命じられていた。

「ずっと思いどおりの仕上がりにならなくて、何度も作り直したんやけど、ようやく完成した。そんで、ほっとしたというか、気の緩みが出たんやろうな」

散らばったものをすべて本棚に戻すと、堀は大きく伸びをした。

「羽野くんのほうこそ、仕事はどう？　やっていけそう？」

「あ、はい、なんとかやっていけそうです」

厨房に戻ると、相馬は作業の手は止めず、目だけをこちらに向けた。

「遅くなり、申し訳ありません。ファックスのほうで、ちょっとトラブってしまって」

堀はさりげなく嘘をついたが、聖太郎は聞こえなかったふりをする。

「桃の追加は、明日の昼過ぎになるそうです」

「ほなら、今日はフランボワーズだけ仕込んどくか」

その後も、堀はどこかぼんやりとしており、クッキーを焦がしたり、ボウルの中身をこぼしたりと、ミスが目立った。

仕事終わりのミーティングが済むと、榛名はいつも早々に帰宅する。

「お疲れっす」

今日もさっさと立ち去ろうとした榛名に、聖太郎は声をかけた。

「あの、榛名さん、プレートにメッセージを書く練習をしたいのですが、お手本を見せていただけませんか？」

「パイピングの練習？　悪いけど、つきあえないな。これからデートなんだよね」

あっさりと断られて、がっかりしていると、榛名は早口で付け加えた。

「事務所にカリグラフィーの本があったはず。クリスマスケーキのパンフとかもあるから、その写真、見ながらやれば？　あと、バタークリームだともったいないので、練習ではショートニングを使うように」

「わかりました。ありがとうございます」

聖太郎はさっそく、事務所の本棚を探してみることにした。

参考にできそうな資料を抱え、厨房に戻ると、横尾と砂田も今日は帰ったようで、堀と相馬だけが残っていた。

聖太郎がパイピングの練習をしていると、堀の声が聞こえた。

「相馬さん、試食お願いします」

堀が緊張した面持ちでケーキを相馬に差し出す。

あのケーキがコンクールに出すためのものなのだろう。

真っ白なムースのケーキには、ブルーベリー、フランボワーズ、カシスの三種類のフルーツが飾られ、シンプルながらも上品な美しさを漂わせていた。

「納得のいくケーキができたんやな？」

相馬の言葉に対して、堀は大きくうなずいた。

「はい！」

「ほなら、食べさせてもらおうか」

フォークでケーキを刺して、口へ運ぶと、相馬は軽く目を閉じた。

堀は思いつめたような表情で、相馬が言葉を発するのを待っている。

張りつめた雰囲気に、聖太郎まで胃が痛くなりそうだった。

「ぼやけた味やな」

相馬は目を開けると、首を横に振った。

堀はショックを隠しきれない様子で、体を強張らせる。

「自分でも試食はしたんやんな？」

「はい。試案の段階でインパクトがないって言われたので、ブランデーを多めにして、カシスのピュレで酸味を加えることで、印象を強めるようにしたのですが……」

「そうやな。それでいけると思ったから、ＯＫを出したんや。やのに、なんや、この仕上がりは。実際に食べてみて、おかしいなと思ったら、もっと、改良をせんと」

「これでも、何回か作り直して、改良したつもりなんです。ようやく、イメージどおりの味が出せたと……」

「これがイメージどおりやと？　ほなら、根本から考え直さんとあかんぞ。なあ、堀ちゃん、ほんまに、自分で食べてみて、これでええと思ったんか？」

堀はうつむいたまま、なにも答えない。

しばらく沈黙が流れたあと、相馬が言った。

「せっかくやから、羽野にも食べてもろうたらどうや。ちょっと来てみ」

相馬に呼ばれ、聖太郎はためらいがちにそちらへと近づく。

堀は無言のまま、ケーキをカットして、聖太郎に渡した。

「いただきます」

ケーキを一口食べて、聖太郎は居たたまれない気持ちになった。

ムースのなめらかさも、ふんわりとした食感も、期待を大きく下回っていたのだ。自分がいつも『ソマリ』のケーキを食べたときに受ける感動が、まったく感じられない。

断面は二層になっており、ホワイトチョコレートのムースに、カシスのムースが重なっているのだが、そのふたつの味わいが曖昧なまま、舌の上で呆気なく溶けていく。底の部分にはスポンジ生地が敷かれ、カシスのピュレが塗られていたが、それもまた頼りない味で、すべてにおいて鮮やかさに欠けている。

相馬の言った「ぼやけた味」という表現が、まさにぴったりの出来であった。

「どうや？　どう思う？」

相馬に促されて、聖太郎は言葉を濁す。

「ムースはやっぱり、相馬さんの作るものがすごいと思うんで……。それと比べてしまうと、どうしても……」

おなじような材料を使って、おなじような手順で作っているはずなのに、作り手の技術によってこんなにも差が出るものなのかと思うと、おそろしいような気持ちにすらなった。

「羽野やったら、どうする？　このケーキにはなにが足りへんと思う？」

自分なら……。

聖太郎は思いついたことを答える。

「例えばなんですけど、底に敷くのはクッキー生地にしたほうが、食感にメリハリが出るんじゃないでしょうか？」

「そやな、そういう手もある。ほらな、堀ちゃん、考えたら、まだまだ、アイディアなんかいくらでも出てくるんや」

堀を励ますために、相馬はそんなことを言ったのだろう。しかし、その言葉にはある種の残酷さが含まれているように思えた。

堀が深く傷つくのを、聖太郎は感じ取った。

しかし、相馬は気にする様子はなく、さらに追いつめる。

「どうする？　このまま、ホワイトチョコのムースを改良するか、それか、いっそ、一から考え直すか」

静かな声だが、相馬の言葉には底知れぬ迫力があった。

「もう、無理です」

堀は喉の奥から絞り出すように、苦しげな声で言った。

「辞めます……」

「なにを言うとんのや」

相馬はわけがわからないといった表情を浮かべる。

「ずっと悩んでたんです。自分には向いてないんじゃないかって……。不器用やし、要領も悪くて、ミスばっかりで。それでも、辞めたら迷惑がかかると思って、言い出せなかったんですが……」

そこで、堀はちらりと聖太郎のほうへ目を向けた。

「でも、新しい子も入ったし、もう、僕がいなくなっても問題ないですよね。これまでお世話になりました」

そう言って深々と頭を下げた堀を見ても、相馬はまだ信じられない様子だった。

「いきなり、なにを言い出すんや。ミスなんて、そんなもん、新人のうちは当たり前や。不器用でも、丁寧にコツコツやっていけばええだけの話やないか」

「新人って……、もう三年になるんですよ。そやのに、情けないほど上達しなくて、ほんま嫌になります。自分がうまくできるようになるまで半年かかった作業を、入ったばかりの子が楽々とこなしているのを見ると、ああ、これが才能の差ってものなんやろうなって思い知らされました」

堀は聖太郎のほうを見なかったが、それが自分にも向けられている言葉だということは明らかだった。

「アホか。他人と比べて、どうすんねん。大事なんは、自分がどんなお菓子を作りたいかやろ。仕事を覚えるのが早いからって、べつにえらいわけやない。たとえ、時間がかかっても、努力したらええやないか」

相馬の言葉に、聖太郎は歓迎会のときのことを思い出す。

あのとき、榛名は三日で辞めた人間の話をしていた。

たしかに仕事はハードではあるが、いまのところ、聖太郎は辞めたいと思ったことは一度もなかった。

榛名が言っていたように、相馬は「教えたがり」だ。知識でも技術でも哲学でも、自分の持てるものを余すところなく相手に与えようとする。乾いた砂が水を吸うかのごとく、聖太郎はそれを受け入れた。相馬の動きとおなじようなことが、自分もできるようになりたい。相馬が作るのとおなじようなものを、自分も作れるようになりたい。

ふたりの会話を聞きながら、聖太郎は相馬のほうに共感していた。

堀が苦しんでいることはわかる。一人前の職人への道のりは平坦ではなく、困難がつきものだろう。だが、なぜ、簡単に諦めてしまうのか、聖太郎には理解できなかった。

「無理なんですよ、ほんまに……。たぶん、三年やってみたから、ようやく自分の実力っていうか、限界に気づくことができたんやと思います」

自分もいつか、その限界というものに気づくときが来るのだろうか。

聖太郎は不安に思ったが、いまはとにかく目の前の練習に集中することにした。

ふたりの会話など聞こえないふりをして、ひたすら文字を書く練習をする。

「そうか。本気なんやな」

唸り声を出すように、相馬はつぶやいた。

「辞めてどうするつもりなんや？」

「嫁の実家が運送屋をやってるんで、その手伝いをしようかと……」

堀の答えに対して、相馬は不快感を露わにした。

「なんやそれ。逃げ道があるというわけか」

「どちらにしろ、いただいてる給料じゃ家族を養っていけないんで」

堀はどこか卑屈な口調で、そんな言葉を付け加えた。

相馬が怒りを爆発させるのではないか、と聖太郎は思った。

だが、相馬は淡々とした声で告げた。

「わかった。明日から来んでええ。さっさと出ていけ」

堀は最後にもう一度、頭を下げたあと、相馬に背を向けた。

相馬は決して横暴ではなく、従業員を理不尽に怒鳴りつけたりもしない。ただ、お菓子作りに対して真摯《しんし》で、自分にできることを他人にも求めるだけだ。そして、そのハードルを越えることのできない者は、脱落していくしかないのだろう。

聖太郎はぼんやりとそんなことを考える。

相馬の率いる『ソマリ』を「いい職場」だと言えるのは、そのレベルについていくことのできる人間だけなのかもしれない。

「ほんまに、最近の若いもんは……」

相馬は溜息交じりにそうつぶやいたあと、聖太郎の存在を思い出したようだった。

「なあ、羽野。おまえ、コンクールに出てみいへんか？」

思いがけない言葉に、聖太郎は間の抜けた声を出す。

「へっ……？」

「コンクールには、うちからひとり出すと伝えてあるんや。それが欠場やなんて、みっともないことでけへん」

相馬は腕組みをすると、何度もうなずく。

「そうや、そうしよ。羽野が出たらええ」

「いや、でも……。まだまだ経験とか全然やのに、いいんでしょうか？」

「どうせ新人が出場する部門やから、ケーキの出来も知れてる。そんなに気負う必要はない。どうや？　コンクールに出すオリジナルのケーキ、作ってみたいと思わへんか？」

驚きと戸惑いのあと、聖太郎の頭にはいくつかのアイディアが浮かび、やってみたいという強い気持ちが湧きあがるのを感じた。

「やります！　作ってみたいです！」

「よし、ええ返事や」

満足げにうなずいたあと、相馬は言った。

「ほなら、明日までにどんなケーキを作りたいか、試案を十個は考えてくるように」

ムースを作るなら、ピスタチオを使うのはどうだろうか。フルーツを活かしたものなら、桃を使ったケーキを作りたい。それから……。

つぎからつぎに作ってみたいケーキを思いつき、聖太郎は興奮を抑えきれなかった。

12

大学に合格したとき、母親は浮かれた口調で言った。

「ほらね、光博はやればできるんよ」

だが、母親が喜んでいるのを見ても、光博は誇らしい気分になるどころか、これくらいが自分の実力だと思われることに不満を感じていた。

中学時代の成績があまりにも悪かったので、母親は光博の学力を低く見積もりすぎていたのだろう。よほどの馬鹿だと思われていたようだ。ちがう。自分の実力はこんなものじゃない。もし、もっと早い時期から本気になって勉強をしていたら、もっと上の大学を狙えていたはずだ。内心ではそんなふうに思っていた。

しかし、たとえ、やればできるのだとしても、やる気というものを持ち合わせていなければ、なんの意味もない。

受験勉強のとき、目標に向かって勉強に取り組んでいたわけではなかった。祖父が死ぬかもしれないという現実から目をそらすために、問題集に没頭していただけだ。そして、案の定、大学に入ると、勉強というものに対する興味を失った。

このまま欠席していれば、留年は確実だ。単位を取らなければ、卒業などできるわけもない。そんなことは百も承知だが、だからといって大学に行く気にはなれなかった。

どうでもいい。

このやる気のなさこそが致命的な欠点だと、光博は自覚していた。

ピアノにしろヴァイオリンにしろ、そもそも、うまくなりたいという意欲がなかったので、上達しないのも道理だった。

頑張ろう、という気になれない。

光博はこれまでずっと、努力できない苦しみ、とでもいうべきものを抱えていた。

製菓の専門学校に行きたいと言ってはみたものの、少し反対されただけで、あっさりと諦めてしまった。本当に菓子職人になりたいと望んでいるのなら、どんなに反対されようとも自分の意志を貫いただろう。しかし、光博にはそこまでの熱意はなかった。頑張ることのできない自分に嫌気が差して、うんざりする。

欲しいものは、努力せずとも、すぐに手に入った。ほとんどのものが、欲しがる前から、与えられていた。玩具でも漫画でもゲームソフトでも、簡単に楽しめる娯楽がいつだって身近にあった。自分がやる気を出せないのは、そのせいかもしれない。責任転嫁もいいところだが、光博はそんなふうに考えてしまう。

なんでも買い与えられたから、主体的になにかをしたいという気持ちを持てない。飢えた経験がないから、ハングリー精神に欠けている。我慢をせずに生きてきたから、忍耐力が養われていない。

そんな自分でも、祖父のそばにいれば成長できるのではないか、という気がしていた。光博にとって、祖父の存在は一筋の光だった。

だが、望みは絶たれた。

光博はベッドに寝転がり、顔も洗わず、着替えもせずに、ゲーム機のコントローラーを握って、テレビの画面を見つめていた。画面の向こうでは、自分の育てた馬がレースを走っている。相性のいい馬同士を繁殖させ、血統を継ぎ、レースで賞金を稼ぐ。自分の育てた馬が一着になると、充足感を味わうことができた。

「……腹、減ったな……」

光博はあくびをして、掠れた声で独り言をつぶやく。

ほとんど体を動かしていないというのに、規則正しく空腹を感じる自分の体が、ひどく滑稽に思えた。

ゲームを一時中断して、部屋を出ると、冷蔵庫を漁《あさ》る。お手伝いさんが用意した料理が皿に入れられていた。光博はそれを取り出して、電子レンジで温める。

自分の部屋に持っていくのも面倒で、その場で食べていたところ、父親が帰宅して、顔を合わせる羽目になった。

「おまえ、いつまでだらけているつもりや。大学もまともに通われへんなんて、ほんまに根性なしやな」

開口一番、父親は光博を非難した。

「いい加減、そのわがままな性格をどうにかせえへんと、社会ではやっていけんぞ」

父親は吐き捨てるように言って、光博に厳しい視線を向ける。

「大学はどうするんや？　まさか、辞めるとか言わへんやろうな。中退やなんて、みっともないことさせへんからな」

普段は気にも留めていないくせに、いきなり説教をしてくる父親に、光博はなにも言う気にはなれなかった。話をしたところで無駄だ。どうせ聞く耳など持ってはもらえない。

光博は無言のまま、父親に背を向けると、逃げるようにして階段を駆けあがった。

「おいっ、待たんか、光博！」

父親は声を荒らげたものの、二階まで追ってはこなかった。

基本的に、父親はそれほど光博に関心を持ってはいない。部屋に引きこもって、問題を起こさなければ、放置しておいてもらえるだろう。

命令をするばかりで、自分の希望などなにひとつ聞き入れてはくれない。

自分の人生がつまらないのは、父親のせいだ。

光博はそんなふうに考えて、専門学校に行きたいと言って反対されたときのことを思い出す。あのとき、父親は大学を卒業したらいきなり大宮製菓に入るのではなく、まずはどこかの会社に就職するようにと命じた。

父親の言うとおり、大学に通い、卒業して、聞こえのいい会社に入って、それから、父親の跡を継いで……。決められた道を歩む人生はあまりにつまらなくて、やる気がなくなるのも無理はなかった。

だからといって、どうすればいいのか、なにがしたいのかは、わからない。

ただ、嫌なことはせず、楽をしたいと思いながら、光博は時間を浪費するのだった。


ほとんどの時間を自分の部屋に閉じこもって過ごしていたが、たまにはコンビニへ漫画雑誌を買いに出かけることもあった。

平日の昼間、両親がいないタイミングを見計らって、部屋から出る。

いつのまにか梅雨が終わって、外の気温は随分と高くなっていた。日差しがじりじりと照りつけて、少し歩くだけで、汗がにじむほどだ。長袖のシャツを着てきたのは失敗だった、と光博は思う。しかし、コンビニに入ると、クーラーが効いていたので、この服装で問題なかったような気もした。

店内をうろうろしていると、お菓子の棚に大宮製菓のピースチョコが陳列されているのを見つけた。

光博は慌てて目をそらす。

良心が痛むような、焦燥感に駆られるような感覚に襲われる。

漫画雑誌を手に取ると、レジで会計をして、漫画雑誌の入った白いビニール袋を下げ、帰路につく。

だれとも言葉を交わすことはなく、光博はずっと無言のままだった。

ある日、いつものように両親の気配をうかがいつつ、自分の部屋から出ようとしたところ、ドアの前に一枚の紙が置いてあることに気づいた。

拾いあげて、その紙に書かれた文字を読む。

「光博へ　どうせ家でごろごろしてるのなら、免許でも取りに行きなさい。合格したら好きな車を買ってあげます。母より」

紙の下には、教習所のパンフレットと封筒があった。

封筒の中身は、何十枚かの一万円札だった。

ああ、また、だ……。

母親の書いた文字を見て、光博は腹立たしさを感じた。

こうやって甘やかすから、駄目になるんやろ……。

他人事《ひとごと》のように、そんなふうに思う。

高級ピアノを買い与えられたところで、才能を伸ばすことはできなかった。それどころか、いらぬプレッシャーを感じて、苦しめられたというのに、母親は性懲りもなくおなじ手を使ってきた。

父親は恫喝《どうかつ》で鞭《むち》打ち、母親はご褒美のにんじんでコントロールしようとする。そのどちらも、光博にとっては不愉快だった。

車なんて、べつに欲しくない……。

子供のころはスーパーカーの消しゴムを集めたり、ラジコンで遊んだりもしていた。しかし、流行っていたからなんとなく持っていただけであり、実のところ、どんな車に対しても強い思い入れはなかった。格好いい車を手に入れたところで、いまの光博には見せびらかす相手もいない。しかも、親に買ってもらった車を自慢するなんて、逆に自分の価値を下げる行為だということが、さすがにこの年齢になると理解できた。

車を買ってもらうつもりはないが……。

母親の思惑どおりに行動するのは癪《しゃく》ではあるが、一応、教習所のパンフレットに目を通す。申し込み用紙はすでに記入済みで、必要書類もそろっていた。

免許くらいは持っといたほうがええかもな……。

部屋に引きこもって無為に過ごす日々にも飽きてきた。ゲームの世界では自動車やバイクだけでなく、電車や飛行機さえも操縦したことがあった。

レースゲーム代わりに、実際の車を運転するのも悪くないかもしれない。

そう考えて、光博は申し込み用紙やら紙幣の入った封筒やらを無造作に鞄へと突っこんだ。

教習所に通ってみると、思っていた以上にゲーム的な楽しさがあった。

技能講習では高圧的な教官に神経を逆撫でされることもあったが、課題をクリアするたびにハンコが増えていくのは、自分の成長が目に見えるようで嬉しかった。

だが、一方で、たとえ無事に免許証を取得できたところで、そんなのはだれにでもできるような当たり前のことだと思うと、むなしさも感じるのだった。

普通自動車の免許を持っている人間なんてめずらしくもない。

自分がなりたいのは、もっと特別な……。

そんな不満を持ちつつも、凜々花から電話がかかってきて、いきなり「仮免合格したんやろ。おめでとう」と言われたときには悪い気はしなかった。

「なんで知ってるん？」

「おばさんから聞いた」

「いつ？」

「このあいだ、うちに来たとき。みっちゃんが大学にも行かんとだらだらしてるって言うて、かなり心配してはったけど……。なんで、大学、行ってへんの？」

相変わらず、凜々花は遠慮なく質問を突きつけてくる。

「なんとなく……。興味なくなった、っていうか。もともと、経済学を勉強したいとか思ってたわけちゃうし」

「辞めるつもりなん？」

「まだ考え中」

「ふうん。ま、それはさておき。教習所って、毎日あるん？　今週の土曜日、空いてるんやったら、コンサート、いっしょに行かへん？　チケット二枚あるから」

「土曜日やったら、ええけど。なんのコンサート？」

「神庭柊人くんのリサイタル」

凜々花が口にした名前に心当たりがなく、受話器を握ったまま、光博は首を傾げた。

「だれ？」

「ええーっ、覚えてへん？　みっちゃんが応援に来てくれたコンクールでも、印象的な演奏してたやん」

「そういえば、記憶にあるような……」

「あのとき、負けて、めっちゃ悔しかったけど、その後の神庭柊人くんの活躍ぶりを見てると、なんかもう、しゃあないなあっていう気になるわ。向こうはＣＤデビューもしたし、海外公演もしてるっていうのに、あたしはまだこんなところでくすぶってるんやもん」

快活な口調ではあるものの、凜々花の言葉にはどこか重苦しさがあった。

いつも自信満々で才能に満ちあふれていると思っていた凜々花でも、つねに一位を取ることはできないのだ。

改めてそのことに気づいて、光博はやるせない気持ちになる。

「聖太郎は？」

光博が問うと、凜々花は不思議そうな声で聞き返した。

「うん？　なに？」

「聖太郎と行ったらええやん。つきあってるんやろ」

「無理。仕事やから」

「いや、でも、よう考えたら、彼氏おるのに、ほかの男と出かけるとか、アカンやろ」

「そんなん気にせえへんでいいって。あたし、みっちゃんのこと、男と思ってへんし」

「あのな……」

「じゃあ、聖太郎くんにいちおう確認してみる。そんで、気にせえへんって言ったら、べつにいいやろ？」

「いや、それはどうかと……」

「とりあえず土曜の予定、空けといて」

一方的に言って、凜々花は電話を切る。

翌日、また凜々花から電話がかかってきた。

律儀にも凜々花は聖太郎に電話して、光博と出かけることの許可を取ったらしい。聖太郎はまったく気にしていなかったということで、土曜日のコンサートに同行することになったのだった。


コンサートホールでピアノの演奏を聴くのは久しぶりだ。

いつも舞台で演奏している凜々花が、今日は隣の席に座っているので、少なからず違和感があった。凜々花は真剣なまなざしで、舞台を見つめている。

その横顔を見ながら、客観的に判断すると凜々花は美人の部類に入るのだろうな、と光博はふと思う。

開演のベルが鳴り、客席の照明が落とされ、光博も舞台のほうを向いた。

タキシードを着た青年が舞台に現れ、ピアノへとまっすぐ向かっていく。

自分とおなじ年齢のピアニスト。だが、不思議とやっかみのような気持ちは感じなかった。プロのピアニストになんて、なれるわけがないことはわかっていたので、夢を見ることすらしなかった。

最初から手が届かないと諦めていたものだから、羨ましいとも思わない。

だが、隣にいる凜々花にとっては……。

曲目は耳に馴染みのあるものばかりだった。ショパンやチャイコフスキーが多く、力強くも端正な演奏スタイルにぴたりとはまっている。重量感のある打鍵で、几帳面ともいえるほど正確に指を動かすが、決して退屈な演奏ではない。有名なフレーズではこれでもかというほど情感をこめて弾き、心を揺さぶってくる。

演奏を聴きながら、隣の席をうかがうと、凜々花が膝の上で指を動かしているのに気づいた。

音の振動が全身に伝わり、音楽に包まれ、一体化する。光博もまた、演奏者と同調して、自分が舞台の上でピアノを弾いているかのような感覚にとらわれた。

素晴らしい演奏をするピアニストに自分を重ね合わせ、陶酔するなんて、はじめての経験だった。

音楽って、いいものだよな……。

素直な気持ちで、そんなふうに思う。

ずっと、自分を守るのに必死だった。

ピアノをやめたあとも、才能のない自分、つまらない自分、何者でもない自分を認めたくなくて、硬い殻で心を覆い、斜に構えた態度で、演奏を評価していた。

でも、無私な態度で耳を傾ければ、音楽とはこんなにも心地よいものだったのだ。

ああ、そうだ。音楽が嫌いになったから、ピアノをやめたわけじゃない……。

ピアノの音色は、いまでも好きだ……。

そして、凜々花の演奏における問題点が、わかったような気がした。

凜々花の演奏は、うるさい、のだ。たとえ、楽譜に忠実に弾いたとしても、凜々花らしさというべきものが伝わってしまう。見て見て。あたしはこんなに弾けるの。ほら、いい音でしょう。あたしはこの曲がすごく好き。もっと聴かせてあげるね。あたしはピアノが大好き。あたしはもっともっとうまく弾けるようになりたい。あたしは……。あたしは……。凜々花の奏でる音色からは、そんな声が聞こえてきそうなのだ。

神庭柊人の演奏はちがう。彼自身がまったくといっていいほど、演奏には現れない。耳に届く音色は、たしかに彼を通したものであるのだが、どこまでも透きとおるような存在で、だからこそ、音楽そのものが心に響いてくるのだろう。

コンサートが終わったあと、凜々花はなかなか口を開かなかった。

光博もなんと声をかけていいかわからず、黙っていた。

ホールを出て、しばらく歩いていると、凜々花がふと立ち止まった。

「あ、そうだ」

「どうしたん？」

「行ってみたいお店が近くにあったんよね」

凜々花はすたすたと歩き、路地裏へと進んでいく。光博がついてくるのは当然だとでもいうような足取りで、振り返りもしない。

仕方なく追いかけると、凜々花はレンガ造りのビルの一階にある喫茶店へと入った。

「ここのチーズケーキ、めっちゃおいしいねんて」

店内は焙煎《ばいせん》されたコーヒー豆の香りで満たされていた。

席に着くと、凜々花はメニューを広げ、ホットコーヒーとチーズケーキのセットを注文した。ケーキは一種類しかないようだ。光博もおなじものを注文する。

カウンターにはサイフォンが並んでいた。

お湯が沸騰すると、気泡が浮かびあがり、コポコポという音を立てる。

コーヒーが運ばれてくると、凜々花は一口飲んでから、そう言った。

「神庭柊人くんの演奏、どう思った?」

光博もコーヒーに口をつける。苦くて、酸っぱい。

それから、フォークを持ち、チーズケーキを口へと運ぶ。酸っぱくて、甘い。

凜々花は黙って、言葉を待っている。

どうすれば余計なことを言わなくて済むだろうと考えながら、光博は口を開いた。

「凜々花は? あの演奏、凜々花はどう思ったん?」

両手で包むようにしてコーヒーカップを持ち、凜々花はうつむく。

「悔しいけれど、レベルがちがう」

ぽつりと言うと、凛々花はコーヒーを飲んだ。

そして、早口でまくし立てるように言葉をつづける。

「すごい技術を持ってるのに、淡々と弾いてる感じで、すうっと心に入ってくるっていうか、押しつけがましいところが一切ないんよね。それでいて、わかりやすく感動できるから、人気が出るのも当然やなあって思う。あたしとしては個人的には好きなタイプじゃないけど、彼にしかできへん演奏で、音楽性があることは確かやし」

凛々花らしい勝気な口調だ。

しかし、どこか虚勢を張っているような印象も受けた。

「神庭柊人くんが雑誌のインタビューで『自分にとって音楽とは愛だ』って、答えてるのを読んだことあるねん。愛、やで。愛！　胡散臭《うさん》いやろ。でも、演奏を聴くと、本物なんよね、彼は」

「凛々花でも、そんなふうに思うねんな」

「え？」

「我が道を行くというか、他人なんか気にせえへんと思ってた」

光博の言葉に、凛々花は驚いたように目をぱちくりさせる。

それから、どこか弱々しい笑みを浮かべた。

「うん。子供のときは知らんかった感情。大人になると見えてくるものってあるよね」

凜々花はフォークでチーズケーキを器用に切って、チーズの部分と土台の部分をバランスよく口へと運ぶ。

「このチーズケーキ、底のざくざくしてるところがすごくおいしい」

「ああ、そうやな」

チーズケーキを食べ終わると、コーヒーを一口飲んで、凜々花はふと思い出したように言った。

「みっちゃんって、彼女となんで別れたん?」

光博は飲みかけていたコーヒーを吹き出しそうになる。

「なんやねん、いきなり」

「なんとなく、気になって」

「っていうか、彼女がおったこと、知ってたんやな」

凜々花に話した記憶はなかったので、まさかそんな質問をされるとは思わなかった。

「おばさんから聞いたから。ファッションにまったく興味なかったみっちゃんが、服とか髪型とかに気を遣うようになったら、そりゃ、バレバレでしょ。それで、別れた理由ってなんやったん?」

隠しておきたいわけではないが、積極的に答えたいとも思えない事柄であり、光博は言葉を濁す。

「まあ、いろいろあって……」

「いろいろって、なに？」

ごまかそうとしたのに、凛々花はまっすぐにこちらを見て、答えを待っている。

「どうでもええやん、そんなん、べつに」

「ええー、なんでよ、教えてや」

どうあっても聞き出すつもりのようだ。

光博は観念すると、深い溜息をついてから、口を開いた。

「相手のこと、ほんまはべつに好きちゃうって気づいたから、別れた」

我ながら身も蓋もない言い方だな、と思って光博は苦い気持ちになる。

事実をありのままに述べるとこうなるのだが、あまりにも自己中心的な振る舞いに思われそうだったので、もう少し事情をくわしく説明することにした。

「クリスマスに、相手はネックレスを欲しがってるのは知ってたんやけど、あえてチョコレートをプレゼントしたってん。そしたら、めっちゃキレられたから、もうええわ、っていう気持ちになった」

話を聞くと、凛々花は声をあげて笑った。

「あはは、みっちゃんらしいな」

光博はむっとして、凛々花をにらみつける。

「なんでそこで笑うねん」

「だって、みっちゃん、全然、変わってへんから面白くて」

光博は仏頂面を作りつつも、本気で腹を立てたわけではなかった。むしろ、凜々花に笑い飛ばしてもらったことで、心が軽くなったような気すらした。

「世のなかには、ひとりは淋しいから彼氏が欲しいとかいう子もおるやん。でも、あたしはそういうのは嫌やった。べつに、だれかとつきあったりする必要もないと思ってたし」

凜々花はそんなふうに考えるだろうと、光博も思っていた。

ピアノ一筋の凜々花は、恋人など必要としていない。

そう思っていたからこそ、聖太郎とつきあっていると知ったときには驚いたものだ。

「最初は告白されたのが嬉しくて、聖太郎くんとつきあうことにしたんやけど、自分の好きっていう気持ちは本物なんかなあって迷ってるところもあってん。でも、聖太郎くんが働いているケーキ屋さんに行って、仕事しているのとか見ると、めっちゃ格好良くて、胸がきゅんってなって、ああ、これが好きって気持ちなんやって実感した」

「なんや、それ。惚気《のろけ》か」

光博にしてみれば、そんなふうに茶化すくらいしか反応のしようがなかった。

「え？　あ、そうかも。これ、惚気話ってやつ？　なんか、すごくない？　あたし、普通の女の子みたいなことしてる」

なにが嬉しいのか光博には理解不能だが、凛々花は声を弾ませる。

「聖太郎くん、仕事が忙しいから、なかなか会えへんくって……。会いたいなあって思うと、ますます思いが募るっていうか。聖太郎くんのこと考えながら、『ノクターン第二番』を弾いてたら、なんかもう、切なくてたまらなくなっちゃって」

ひとりで盛りあがっている凛々花の話を、光博は白けた気分で聞いていた。

光博の知っている凛々花は、恋愛に夢中になるタイプではなかった。

男なんかどうでもいいというような態度で、ピアノに打ちこんでいて欲しかった。

「凛々花の夢は、いまでも『世界に羽ばたくピアニスト』なんやろ?」

どこか嗜虐《しぎゃく》的な気持ちで、光博はそんなことを言った。

凛々花の片頬がぴくりと引きつる。

その表情を見て、光博は少し後悔したが、すでに発せられた言葉を取り消すことはできなかった。

凛々花は肩をすくめて、視線を斜め前に落とす。

「夢っていうか、まあ、そのつもりではいるけど。っていうか、ほんまやったら、いまごろ、もう、世界に出てるはずやったんよね。でも、だれにも選んでもらわれへんかった……」

沈んだ声を出したあと、凛々花は笑顔を作り、わざとらしくおどけた口調でつづけた。

「人生って、計画どおりにはいかへんよね。あたしの計画では、コンクールの審査員が、ぜひ、弟子に……って母国に連れて帰ってくれるはずやったのに」

冗談めかした口調で言ってはいるが、凜々花の表情は痛々しかった。

「……ごめん」

思わず謝ると、凜々花は顔をしかめた。

「なんで謝るん？　ああっ、もう、むしゃくしゃする。みっちゃんって、ほんま、性格悪いよね」

「言われんでもわかってる」

光博はうつむいて黙りこみ、凜々花も無言でコーヒーを飲む。

「聖太郎くん、今度、お菓子作りのコンクールに出るんやって」

凜々花の言葉に、光博は顔をあげた。

「すごくやる気に満ちた声で話しているのを聞いて、昔の自分もこうやったなあって思って、複雑な気持ちになった。子供のころ、コンクールに挑戦するのって、すごく楽しみやったもん。でも、最近は、わくわくする気持ちも、なくしちゃった」

コンクール、か……。

かつて、一度だけ、光博もお菓子作りのコンクールに出たことがあった。

実力がまったく足りず、惨憺《さんたん》たる結果ではあったが、凜々花の言う「わくわくする気持ち」を知らないわけではなかった。

ピアノのコンクールでも、お菓子作りのコンクールでも、目覚ましい活躍を見せることはできなかった。

音楽は好きだ。お菓子も好きだ。

けれども、ただ、それだけのこと。

なにかを成し遂げるまでにはいかない。

それが才能のない者の人生ってやつなんやろうな……。

そんなふうに考え、光博は苦いコーヒーをすすった。

13

「久々のデートやのに、こっちの用事につきあわせてごめんな」

聖太郎が言うと、凜々花は首を横に振って、明るい笑顔を見せた。

「そんなん、全然いいって。ケーキ屋さんに行くのは、めっちゃ大歓迎やし」

今日は昼前に待ち合わせて、いっしょにランチを食べた。

榛名から教えてもらったイタリア料理店は味もサービスも満足度が高く、凜々花も気に入ってくれたようだった。

信号待ちをしながら、聖太郎は隣にいる凜々花をうかがう。

「なに？　どうしたん？」

じっと見つめていると、凜々花が小首を傾げて、不思議そうに問いかけてきた。

「え？　なんもないけど」

「なんか……、そんなふうに見られると、照れるっていうか……」

凜々花は恥ずかしそうに顔を伏せる。

今日の凛々花はいつも以上に可愛く見えた。

自分の恋人だという特別感が、そう思わせるのだろうか。待ち合わせ場所に小走りでやって来た凛々花、楽しそうに笑う凛々花、料理に舌鼓を打つ凛々花……。仕事に追われる日々において、こんなふうに凛々花と過ごせる時間はとても貴重であり、どの瞬間も見逃したくないという気持ちから、聖太郎はつい見つめてしまうのだった。

信号の色が青に変わったので、聖太郎は歩き出す。

凛々花もその横についてくる。

しばらく歩いていると、目的の店が見えてきた。

青と白と赤の三色旗が風に揺れており、紺を基調とした外観はいたるところに美意識が感じられ、洗練された雰囲気が漂っている。この『水瀬屋《みなせや》』という店のオーナーは、聖太郎が出場することになったコンクールの審査員をしているのだ。そこで、敵情視察というわけではないが、ようやくできたオフの日に、凛々花とデートがてら様子を見にきたのだった。

店に入ろうとすると、店員が内側からドアを開け、笑顔で迎えてくれた。

おなじフランス菓子の店ながらも、聖太郎が働いている『ソマリ』に比べると価格帯は高めに設定され、店は広々としており、インテリアにも高級感がある。

「あ、カヌレ」

ショーウィンドウの上に陳列されたものを指さして、凛々花がつぶやく。

「あたし、最近、カヌレにはまってるんよね。外のカリカリが香ばしくて好き」

そういえば、うちの店でも今月はカヌレがよく売れていたな、と聖太郎は思い出す。

カヌレは以前から『ソマリ』で扱っている定番商品であった。それが急に売り上げが伸びて、相馬も驚いていたのだ。

凜々花のような若い女性がブームを作り、あるものが爆発的に広がるという現象が幾度か起きていた。空前のブームとなったティラミスにつづき、タピオカ入りココナッツミルク、ナタデココ、パンナコッタなど……。つぎに流行するのはカヌレなのだろうか。

「お決まりになりましたら、ご用命くださいませ」

店員の声に、聖太郎は考えを巡らせる。

この店の看板商品はミルフィーユであり、パイ生地とクリームだけで構成されたシンプルなもののほかに、苺やブルーベリーが挟まれたもの、チョコレートで矢羽模様を飾り描きしたもの、抹茶味のクリームを使ったものなどが並んでいた。

陳列されたケーキを観察していると、作り手の思想とでもいうべきものが見えてくる気がした。苺のショートケーキを扱っていないのは、正統派のフランス菓子を作っているのだという矜持《きょうじ》なのだろう。ふわふわのスポンジとホイップクリームを使った苺のショートケーキは日本で生み出されたものであり、町場の庶民的なケーキ屋では親しまれている存在だが、フランスで修業した経験のある職人は作りたがらないことが多い。

しかし、抹茶味の商品もあるところを見ると、日本人向けにアレンジすることを否定しているわけではないようだ。

「このミルフィーユと抹茶のミルフィーユ、気まぐれタルトとカヌレをください」

指さしながら店員に注文を伝えて、聖太郎は凜々花のほうを向く。

「村井さんは？」

「うーん、どれもおいしそうやけど、そんなにまだおなか空いてへんし、とりあえず、聖太郎くんが頼んでくれたので十分かな」

それを聞いて、聖太郎は自分の心積もりとの齟齬《そご》を感じた。

村井さんはいっしょに食べると思ってるんか……。

きちんと予定を伝えていたわけではないが、このあとは凜々花を最寄りの駅まで送り、それぞれケーキを持って、自宅に戻る。そんな流れのつもりでいたのだ。

この店はテイクアウトのみで、イートインできる場所はない。

ケーキをいっしょに食べるとなると、家に来てもらうことになるだろうか。母親は教会の用事で出かけているはずなので、その点では問題はないとはいえ、自分が住んでいる場所のことを思うと、気が進まなかった。

子供のころに一度だけ、凜々花の家に招かれたことがあった。

気品と風格の漂う豪邸、見るからに高価そうな調度品の数々、巨大なグランドピアノを置いてもまだ余裕のある広々とした部屋……。住んでいる世界のちがいとでもいうべきものを思い知らされ、劣等感に苛《さいな》まれた苦い記憶が蘇る。

「このあとやねんけど」

店を出ると、凜々花が口を開いた。

「ケーキ、うちで食べるのはどう？　ここからやったら、うちのほうが近いし」

その提案に、聖太郎はうなずくしかなかった。

「あ、うん、村井さんさえよければ」

凜々花は車道に近づくと、さっと手をあげて、タクシーを止めた。

ふたりでタクシーに乗りこみ、凜々花の家へと向かう。

「そこ、右に曲がってください」

凜々花が運転手に言うと、タクシーは右折して閑静な住宅街へと入り、メーターの数字が上がった。しばらく進むと、かしゃっと軽やかな音を立てて、またメーターが上がる。どんどん加算されていく料金を見ながら、財布の中身が心許《こころもと》ないことを思い出して、聖太郎は焦った。しかし、目的地につくと、聖太郎が財布を出すより先に、凜々花が支払いを済ませた。デートの代金はすべて男が出すものだ、という考えが聖太郎にはあったので、出遅れてしまったことに対して忸怩《じくじ》たる思いになりつつも、少しほっとした。

凜々花の暮らす家は、相変わらず溜息が出るような豪邸であった。

緑あふれる庭園は木漏れ日が美しく、池には錦鯉が泳いでいる。武家屋敷のような純日本風の建物は年月を経たことでますます貫禄に磨きがかかっており、玄関を入ってすぐのところに金屏風が飾られているのを見て、聖太郎はひるみそうになった。

だが、いまでは自分も大人になり、きちんと働いているのだ。

凜々花の家が裕福だからといって、気後れする必要などないはずだ。

「お邪魔します」

靴を脱ぎ、長い廊下を歩いていると、凜々花が言った。

「今日はだれもおらへんし、ゆっくりくつろいで」

以前は凜々花の母親と会ったので、今日も家にいるものだとばかり思っていた。

凜々花と家にふたりきり……。

聖太郎とて健全な男子である。あれこれと妄想してしまいそうになり、慌ててよからぬ考えを頭から追い払う。

熱心な信者ではないとはいえ、キリスト教徒として育ったので、聖太郎には純潔を重んじる気持ちがあった。婚前交渉など許されぬことだ。世間一般からしてみれば奥手なほうかもしれないが、教会で刷りこまれた教えは、宗教に疑いを抱くようになったいまでも、倫理観として聖太郎の心に根づいていた。

「ここで、ちょっと待ってて」

ドアノブに手をかけながら、凜々花が振り返った。

「お茶、いれてくるね」

聖太郎を部屋に案内すると、凜々花はそう言い残して、廊下へと戻る。

その部屋は和洋折衷とでもいうべきか、障子張りで梁や柱などは和室の造りをしているのに、床はフローリング張りで、英国アンティークを思わせるテーブルと椅子が置かれていた。

聖太郎は所在なく、あたりを見まわす。

壁には額に入った写真がいくつも飾られていた。

どれも、凜々花がピアノを弾いている写真だ。幼い凜々花が豪華なドレスを身につけ、椅子にちょこんと座り、グランドピアノに手を伸ばしているすがたは、微笑ましいものがあった。成長するにしたがって、凜々花が身に纏うドレスはシンプルなものになっていた。おそらく、衣装選びに本人の意思が尊重されるようになったのだろう。

見覚えのあるドレスを着た一枚の写真に、聖太郎は目を留めた。

いつか、光博といっしょに応援に行ったピアノコンクールの写真だ。青いドレスを着た中学生の凜々花。あまり変わっていないと思っていたが、やはり、いまと比べると子供っぽくて、雰囲気がちがう。

しばらくすると、凜々花がティーセットを載せたワゴンを押して、部屋へと入ってきた。

「お待たせ」

優美な模様の入った白磁のティーポットを持ちあげ、凜々花はティーカップに紅茶を注ぐ。

聖太郎はワゴンにあった皿をテーブルへと運び、ケーキの箱を開ける。

「好きなの選んでね。あたしはどれでもいいよ」

凜々花はそう言うが、勉強のためにもすべての種類のケーキを試食しておきたかった。

「半分に切ってもいい？　いちおう、どれも食べてみたいから」

「もちろん」

聖太郎はナイフを手にすると、すべてのケーキを半分に切って、それぞれ皿に盛りつける。

「わあ、すごい綺麗に切れてる」

皿に盛りつけられたケーキを見て、凜々花が感嘆の声をあげた。

「ミルフィーユって、食べるの難しいやん？　あたし、いつもぼろぼろにしちゃうんよね」

「パイ生地を切るのはコツがあって、のこぎりみたいに引きながら切るとうまくいくねん」

「半分こしたら、ふたりでいろんな味が食べられるからいいね」

凜々花は満面の笑みで、聖太郎の向かいの椅子に腰かけ、フォークを手に取る。

「いただきまーす」

聖太郎もミルフィーユを口に運んだ。

ぱりぱりとしたパイ生地の軽やかな食感に、クリームのなめらかさが合わさり、絶妙なハーモニーを奏でる。クリームにはバニラビーンズがふんだんに使われており、濃厚な味わいで、全体的に高いトーンでまとめられている。クリームの分量はこれより少しでも多ければ、くどいと感じてしまうだろう。贅沢でありながら、飽きの来ないバランスに、作り手のセンスが光っている。

「聖太郎くんがお菓子のコンクールで作るケーキって、もう決まってるん？」

凜々花に問われ、聖太郎は紅茶を飲んでから、うなずいた。

「いちおう、アイディアはＯＫもらったんやけど……」

「どんなケーキなん？」

「うちの店はガトーバスクが看板やから、そのアレンジで、ショコラのクリームを入れたものを作ろうと思ってる。チェリーの代わりに、カルヴァドスで煮た林檎のフィリングを使って、ちょっと大人向けの味わいにするつもり」

「わあ、おいしそう」

聖太郎の説明を聞いて、凜々花は目を輝かせる。

いつも聖太郎がお菓子作りの話ばかりしているせいで、凜々花も製菓用語にくわしくなっており、言葉だけでも仕上がりが想像できるようだ。

「でも、実際に作ってみると、なんか、まだ足りへん気がして……。アーモンドの香りとカカオの香りで、二倍のおいしさを演出できるはずやのに、うまく魅力を引き出せてへんのは、焼きの甘さに原因があるんやろうなあ。チェリーの代わりは、いろいろ試してみた結果、林橋との組み合わせがベストやと確信してるんやけど」

奇をてらったケーキを作るのではなく、クラシカルでありつつも自分らしい味わいで勝負しようと聖太郎は考えていた。

「この抹茶のクリームのミルフィーユも、よくあるようなアレンジやけど、すごく完成度が高い。はあ、自分はまだまだやなあって痛感する」

肩をすくめた聖太郎に、凜々花はくすっと笑みを漏らした。

「聖太郎くんって普段は無口やのに、ケーキのことになるといっぱい話すよね」

「え、あ、ごめん」

「謝ることちゃうって。そういうところ、好きやなあと思って」

凜々花がさらりと口に出した言葉に、聖太郎は顔が熱くなる。そんな聖太郎の反応を見て、凜々花も耳まで赤くなった。

「そういえば、コンクールって応援とか行けるん？」

凜々花は照れ隠しのように話題を変える。

「いや、関係者しか無理やと思う」

「そっか、残念。聖太郎くんがケーキ作ってるとこ、見たかったのに」

「まだ試作の段階やけど、完成したら村井さんにも食べてもらいたいと思ってるから」

「うん、楽しみにしてる」

ケーキを食べながら、他愛ない会話をしていると、時間は瞬く間に過ぎていった。

聖太郎は名残惜しい気持ちで、凜々花の家をあとにした。


何度も何度も試作を繰り返し、相馬から合格点をもらうことができたのは、コンクールの三日前であった。

「うん、焼きも安定してきたな。この配合が正解や。こんだけ作りたいケーキに近づけたら上出来やろ」

満足げにうなずいた相馬を前にして、聖太郎は積み重なった疲労と安堵のあまり、膝から崩れ落ちそうだった。

結局、凜々花とはあのデートのあと、一度も会えないまま、コンクールの日を迎えた。

コンクールの日だろうと『ソマリ』は営業しているので、聖太郎は朝から出勤して、ぎりぎりの時間まで仕事をした。それから、相馬とふたり、会場へと向かう。

コンクールは協賛している製菓学校の一室で行われることになっており、会場にはすでにたくさんのひとが集まっていた。

聖太郎が出場するのは会場でケーキを作って試食をしてもらう実技部門だが、あらかじめ用意した作品を持ちこむ部門もあり、美しくデコレーションされたケーキがずらりと並んでいる。なかでも、特に目を引くのはピエスモンテの作品だった。

飴細工やチョコレートなどで作られたディスプレイ用の大きな装飾菓子は、コンクールの花形とでもいうべき存在で、注目を集めていた。

華々しさに圧倒されていると、相馬が笑い声をあげた。

「なんや、その顔、引きつっとるぞ。新人部門なんか、おまけみたいなもんや。気楽に構えとき」

「はい、わかりました」

そう答えたものの、これまでの成果が今日ここで試されるのだと思うと、平静な気持ちではいられない。

時間にはまだ余裕があったので、材料などを冷蔵庫に運び入れたあと、聖太郎たちも作品をじっくりと観察することにした。

色とりどりの飴細工は澄んだ輝きを放ち、どれも工夫が凝らされ、芸術性にあふれている。

会場をうろうろしていると、相馬は何人もの同業者に親しげに声をかけられた。

「あれ？　相馬さんのところは堀くんじゃないんですか？」

コックコートに身を包んだ大柄の男性がそう言って、ちらりと聖太郎のほうを見る。

年齢は相馬とおなじか、少し上くらいだ。いかにも職人気質といった風貌で、厳しさと優しさが混在したようなまなざしは、相馬と通じるものがあった。

「ああ、彼は辞めよったんですわ」

「それはそれは……。最近の若い子は、ほんま、根性がないですなあ」

「でも、この子はやる気ありますよ」

相馬の言葉に、聖太郎はぺこりと頭を下げ、挨拶をする。

「羽野聖太郎です。四月から『ソマリ』で働かせてもらっています」

「そうか、羽野くんか。私はここの製菓学校で教えてる鎌塚《かまつか》や。今日は新人部門の審査員もするから、あとで腕前を見せてもらうの、楽しみにしてるで」

聖太郎の肩をぽんぽんと叩くと、鎌塚は去っていった。

自分は『ソマリ』の新人代表として、このコンクールに参加するのだ。相馬さんの期待に応えるためにも、失敗は許されない……。

聖太郎はそう考え、気合を入れ直す。

やがて、新人部門の始まる時間となった。

審査員たちによる挨拶があり、出場者が紹介される。取材スタッフにカメラを向けられ、聖太郎はますます顔を引きつらせた。

「緊張してもしゃあない。結果なんかええから、楽しんでこい」

相馬はそう言って、聖太郎の背中を大きな手でぱんっと叩く。

「はい！」

聖太郎はうなずき、作業台へと向かう。

出場者は十一名、聖太郎とそれほど年齢の変わらない男性ばかりだ。女性の出場者はいない。『ソマリ』には砂田の存在があるものの、業界全体で見てみると女性の数は圧倒的に少なかった。

聖太郎は冷蔵庫を開け、卵やバターなどを取り出す。

制限時間は二時間。そのあいだにケーキを完成させるのはもちろん、片づけも終わらせなければならない。

材料は持参したが、調理器具などは備えつけのものを使うことになっていた。製菓学校の設備は充実しており、ここで学ぶことのできる生徒が羨ましくなるほどだった。巨大な冷蔵庫や冷凍庫のほか、プロ仕様の大型ミキサーやアイスクリームマシンまである。

聖太郎は生地を作る前にまずオーブンを開けて、その大きさや天板の位置などを確かめた。ほかの出場者たちはさっそく作業を始めており、ボウルと泡立て器のぶつかり合う音が響く。雰囲気に呑まれ、あがってしまいそうになったが、卵をひとつ手に取り、こつんと作業台に叩きつけて、ボウルに割り入れると、すぐにいつもの感覚を取り戻すことができた。

相馬が研究を重ねて完成させたガトーバスク。はじめて食べたときからそのおいしさに心奪われているからこそ、聖太郎はそこに新しい可能性を見つけたいと思った。

ただのガトーショコラを作る気はない。生地にココアパウダーやチョコレートを混ぜるのではなく、ガトーバスクの基本は崩さずに、チョコレートクリームを使ったケーキに仕上げる。そうすることで、ガトーバスクの魅力である生地を噛んだときに感じるアーモンドの馥郁とした香りに、口溶けなめらかなクリームのほろ苦いカカオの香りが加わり、新たなる扉が開くと確信していた。

イメージは摑めていたものの、それをケーキで体現するまでには苦労をした。しかし、材料の配合や焼き時間を試行錯誤するのも、また楽しい時間ではあった。

聖太郎はリズミカルに泡立て器で卵を混ぜる。

作業を始めてしまえば、ここがコンクールの会場だということも、すっかり意識から消え去っていた。

生地を型に伸ばし、はみ出た部分をナイフの背でこすり落としていく。冷やしておいたチョコレートクリームを絞り袋に入れ、生地の上へと絞り出す。林檎のフィリングをチョコレートクリームに埋めて平らになるようにして、きっちりと生地をかぶせていく。

すべての作業をひとつひとつ丁寧に行う。

普段の仕事だろうと、コンクールだろうと、やるべきことは変わらない。

ガトーバスクの表面にはラウブルと呼ばれる曲線的な十字模様が刻まれていることが多く、最初は聖太郎もナイフの背で模様を描く練習を繰り返していた。しかし、先日、凜々花といっしょに『水瀬屋』のミルフィーユを食べたときに、ふと、ひらめいたことがあった。

あのミルフィーユは、シンプルなものには粉砂糖、抹茶クリームのものには抹茶パウダー、チョコレートクリームのものにはチョコレートの矢羽模様と、それぞれの味に合わせた美しいデコレーションがなされていた。

だから、このケーキもただ伝統的な模様をつけるのではなく、味わいを予感させるように、林檎の糖蜜漬けを細長く切って半分だけビターチョコレートをかけたものを飾りつけることにしたのだ。

出来上がったケーキは、審査員が食べやすいようカットして、自分の名前や勤め先の店名が書かれた紙を添えておく。

聖太郎がすっかり片づけを終えても、まだ何人かの出場者は作業を行っていた。ほかの出場者たちはどんなケーキを作っているのか気になったので、聖太郎はさり気なくあたりの様子をうかがう。

アプリコットジャムでつややかに輝いているケーキ、ナッツをちりばめたケーキ、色鮮やかなムースのケーキ、どんな材料を使っているのか想像もつかないケーキ……。

ぜひ食べてみたいと心惹かれるケーキもあれば、カットしたときに崩れていたり、クリームがだれていたりと、売り物にはできないようなものもあり、出場者のレベルもさまざまといったところだ。

審査員が作業台をまわって、それぞれのケーキを試食して、感想を述べていく。

「うわ、これはひどいな。生焼けやないか」

「ヌガーを使うのは面白い試みやけど、もうちょい煮詰めたほうがよかったな。あと、生地に軽やかさが足りへんせいで、全体のバランスが悪くなってるんやと思う」

「生クリームを扱うのなら、ナッペの技術をもっと身につけてほしいですね」

自分の順番を待つあいだにも、そんな厳しい声が漏れ聞こえてきて、聖太郎は胃が痛くなりそうだった。

ついに審査員が聖太郎のところへと近づいてきた。

審査員は三名だ。料理評論家の和久山欣也《わくやまきんや》、製菓学校で講師をしている鎌塚忠行《ただゆき》、そして『水瀬屋』のオーナーである水瀬貴史《たかし》。

まずは料理評論家の和久山が、ケーキへと手を伸ばす。和久山は禿頭《とくとう》で着物を纏った眼光の鋭い老人で、まわりを威圧するような雰囲気を放っている。

そんな和久山がじっくりと味わうように自分のケーキを咀嚼しているのを見て、聖太郎は身がすくむ思いだった。

「味の組み立てがええな」

和久山の口から発せられた言葉に、聖太郎は安堵の息を漏らす。

「ベースとなる生地のよさが頭ひとつ飛び抜けとる。生地をカカオにするんやなく、チョコレートクリームを合わせてくるとこが、気が利いてるやないか。カルヴァドスがいいアクセントになって、洒落た余韻を残す。これで決まりやろ」

まだほかの出場者のケーキも残っているというのに、和久山はそんなことを言った。

「たしかに、これはなかなかのものですよ」

和久山の言葉を受けて、鎌塚もうなずく。

「生地、クリーム、アクセントとなるアルコール。うん、どれも申し分ない。ほんま、よう考えてある。香りA、味わいA、食感A、見た目もA。いや、お見事や」

つづいて、水瀬が口を開いた。

「僕も、いまのところ、このケーキが最高点ですね。フランス菓子の基本に忠実でありながら、遊び心があって、興味深い。さすがは『ソマリ』さん、アーモンドの香りが際立っています。その香りに負けないほどクリームは濃厚で、カカオの風味と林檎の酸味がうまく調和している」

スタイリッシュな黒いコックコートに身を包んだ水瀬は、ほかのふたりに比べると年が若く、親しみやすい雰囲気があった。

「今年はレベルが高いですね。さっきのタルトレットも印象的でしたし。こういう優秀な新人がどんどん出てきて、業界を盛りあげてくれるのは頼もしい限りです」

水瀬はコメント慣れした口調でそう述べると、聖太郎に愛想のいい笑みを向けた。

「いい刺激を受けたよ。ありがとう」

そして、審査員たちはつぎの出場者のケーキへと向かう。

自分の狙いは正しく伝わり、高く評価してもらえたのだ。

それが嬉しくて、聖太郎の胸に達成感と喜びが広がる。

審査員たちの言葉を反芻《はんすう》しているうちに、結果発表となった。

司会役の水瀬がマイクを持ち、三位から順に名前をあげていく。

「……そして、栄えある最優秀賞は『ソマリ』の羽野聖太郎くんです！」

自分の名前が呼ばれ、聖太郎は大きく目を見開く。

「おう、やったやないか」

相馬が背中をばんばんと何度も叩いた。

「見事、今年の新人部門の最優秀賞に選ばれた羽野くんには、賞状と、副賞として三週間のフランス研修が贈られます」

拍手に包まれながら、聖太郎は壇上へと向かい、和久山から賞状を、鎌塚から紅白の蝶結びの水引がついた祝儀袋を受け取る。

「おめでとう。フランスでしっかり学んでくるように」

審査員たちと並んで写真を撮ったあとも、聖太郎はまだ信じられないような気持ちでいた。

目の前の仕事をこなしながら、コンクール用のケーキを完成させることしか頭になく、その先のことなどまったく考えていなかった。

まさか、最優秀賞に選ばれるとは……。

手に持った祝儀袋を見つめて、聖太郎は異国へと思いを馳せる。

一九九四年。日本とフランスの間ではまだワーキングホリデーの制度は開始されておらず、労働のためのビザを取るのは容易ではなく、洋菓子業界においても本場の味を知っている人間は限られており、彼《か》の地への憧れはとても強いものがあった。

フランスに行って、本場のお菓子作りを学ぶことができる……。

そう思うと、聖太郎は思わず武者震いするほどの興奮を覚えた。

14

自分はなんのために生きているのだろう……。

ベッドに寝転んだまま、光博はぼんやりと思う。

望んで生まれてきたわけではない。自分の意思とは関係なく、この世に生を受けた。

生きている意味がわからない……。

だからといって、死ぬ理由もないから、生きているだけだ。

自分がなにをしようと、変わらない。自分がなにもしなくとも、食べるものに困ることはなく、快適な生活が送れてしまう。それゆえに、光博は苦しんでいた。

持たざる者の苦しみであれば、同情を得ることもできるだろう。しかし、自分の苦しみはそうではない。

贅沢な悩みであり、甘えでしかない、ということは百も承知だからこそ、絶望は深い。

もし、生活のために必死で働かなければならない状況ならば、こんなふうに悩んでいる暇もないはずだ。

祖父は戦後の混乱期を必死に生き抜いた。その話を思い出して、羨望《せんぼう》すら感じてしまう。豊かな時代に生まれ、なんでも買い与えられたことに、不満ばかりが募る。

どうして、自分はこんなふうにしか、生きられないのか……。

悩みたくないのに、頭のなかではおなじような考えが繰り返される。

好きなことに懸命に打ちこんで、自分の力で人生を切り開いていきたかった。

しかし、両親によって望みはことごとく砕かれてきた。いまではもう、夢を見るどころか、生きる気力すらない。

それでも、時折、凜々花から電話がかかってきた。

光博が大学に行くのをやめて、部屋に引きこもっていようとも、凜々花はまったく気にしていない様子だった。ただ、自分の都合だけを考えて、用件を一方的に伝え、光博をつきあわせる。その身勝手さが、光博には気楽に感じられた。凜々花との会話だけが、光博にかろうじて外界とのつながりを持たせているようなものだった。

今日もこれから、オーケストラのクリスマスコンサートに行く予定になっている。指揮者はそれほど有名な人物ではなく、チャイコフスキーのバレエ組曲『くるみ割り人形』に、ベートーヴェンの交響曲第九番という定番の演目で、光博はあまり興味を引かれなかったが、凜々花がいっしょに行く相手がいないと言うので、つきあうことになったのだった。

ベッドから起きあがり、外出用のシャツに着替える。先週は久々に散髪をしたし、朝から髭《ひげ》も剃ったので、見苦しいということはないはずだ。

部屋を出ると、廊下に四角い茶封筒が置かれているのに気づいた。

なんや、これ……。

光博は屈《かが》んで、茶封筒を拾いあげ、中身を確認する。

入っていたのは、留学案内のパンフレットだった。

椿の花の描かれた一筆箋が添えられており、美しいペン字で「大学の勉強に興味がないのなら、広い世界を見てくるのもいいでしょう。イギリスなら知人もいて、ホームステイすることもできるので、おすすめです。母より」と書かれている。

自動車の免許につづいて、母親が見つけてきたのは語学留学のパンフレットのようだ。

光博は英語になんてまったく興味がないというのに、そんなことはお構いなしである。母親がなによりも気にしているのは世間体だ。息子が大学にも行かず、部屋に引きこもっているなんて、体裁が悪い。親戚やご近所さんになにを言われることか。留学のための費用など、体面を保つためなら安いものだろう。

もうこれ以上、母親の理想を押しつけられるのはたくさんだ……。

光博はうんざりしながら、留学のパンフレットをゴミ箱へと投げ捨てた。

コンサートは午後二時開場なので、早めに待ち合わせて、ランチを食べてからコンサートホールに向かおうということになっていた。

クリスマスということで、三宮センター街は、いつにも増して混雑していた。巨大なツリーが飾られ、クリスマスソングが流れ、華やかな雰囲気である。

アーケードを通って、凛々花が予約を取ったという店を探す。気取らないビストロといったその店は盛況で、ほとんどの席が埋まっていた。

窓側の席に座り、メニューを眺めながら待っていると、凛々花がやってきた。

「ごめん、みっちゃん。タクシーで来たら、道が混んでて……。こんなことなら、電車で来たほうが早かったわ」

凛々花が席につくと、光博は財布を取り出した。

「チケット代、忘れんうちに払っとく。なんぼ、やったっけ？」

「いいよ、いいよ。あたしが誘ったんやし」

「いや、払うから」

「じゃあ、ちょっと待って。いくらやったかな」

凛々花はごそごそと鞄を探って、チケットを一枚、光博に渡した。

光博は引き換えに、そこに書かれている金額を支払う。

「なんで、いまさら『くるみ割り人形』なん？　しかも、オケとか」

凛々花が好むようなコンサートではない気がして、そんな疑問を投げかける。

「お世話になってる楽器屋さんに、どうしてもって頼まれて」

「ああ、なるほど」

「チケット、なかなか売れへんから、困ってはったみたい」

「不況やからなあ」

光博はそう相槌を打ったが、テレビのニュースで聞きかじった知識でしかなかった。

バブル経済の崩壊後、株価は暴落して、地価も下落、失業者が増えているらしいが、光博に実感はない。

「昔、連弾やったよね」

凜々花の言葉に、光博はそのときのことを思い出す。

まだピアノを習っていたころ、凜々花といっしょに発表会で『くるみ割り人形』の第十三曲「花のワルツ」を弾いたことがあった。レッスンの時間を合わせ、ピアノの前に椅子をふたつ並べて、何度も練習をして……。光博は譜面を追うのに精一杯で、音を合わせるというところまで意識がいかず、何度も凜々花に怒られた。凜々花は凜々花で、自分のリズムを貫き、光博を置き去りにしては、先生から「連弾なんだから、息を合わせるように心がけて」と注意を受けていた。それでも練習を重ねるうちに、凜々花の音が聴けるようになり、その音にうまく自分の音が響き合った瞬間には、ひとりでは見えなかった世界が見えたような気がして、連弾の醍醐味《だいごみ》とでもいうものを味わうことができたのだった。

「最初はみっちゃんと連弾なんて下手がうつりそうで嫌やと思ったけど、やってみると楽しかったな」

「下手がうつるって、ひどいな」

「チャイコフスキーのバレエ音楽って、完成度高いよね。メロディを思い浮かべるだけで、踊りたくなるもん。リズムの天才やとつくづく思うわ」

凜々花は言いながら、見えない鍵盤を弾くように指を動かす。

「あたし、ほんまは『金平糖の精の踊り』が弾きたかったのに、みっちゃんが怖いから嫌って言ったんよね」

「そうやっけ」

「覚えてへん？　たしかに不穏な雰囲気があるっていうか、なんか起こりそうな感じが漂ってるもんね。あの不安定さとか陰鬱としたところがチャイコフスキーっぽくて好きやけど」

「ああ、思い出した。あの曲か」

頭のなかにメロディが流れ、楽譜に描かれていたメルヘンチックなイラストまでも目に浮かぶ。くるみ割り人形を抱えた少女、リボンのついたプレゼントの箱、お菓子の城、王冠を被った目つきの悪いネズミ……。

夢のなかでお菓子の精たちが舞い踊るという楽しい世界のはずなのに、あのメロディにはどことなく暗い雰囲気があって、物悲しい気持ちになったのだった。

「もともとの曲名だと金平糖じゃなく、ドラジェっていうお菓子なんやって。でも、日本じゃわかりにくいから、金平糖って訳されたらしいよ」

「ふうん。まあ、よう考えてみたら、チャイコフスキーはロシアの作曲家やのに、金平糖が出てくるのはおかしいよな」

「今度、聖太郎くんがパリに行くから、お土産にドラジェを買ってきてもらうねん」

ふいに凜々花の口から出た聖太郎の名前に、光博は心に棘《とげ》が刺さったような感覚を味わう。

「パリ？」

「聖太郎くん、すごいんよ。お菓子のコンクールで最優秀賞に選ばれてん。そんで、年明けからパリに研修に行くんやって」

「へえ」

できるだけ無関心に見えるように、光博は素っ気なく相槌を打つ。

しかし、内心ではさまざまな思いが渦巻いていた。

さすがは聖太郎だ、という称賛。それに比べて自分は……と劣等感に苛まれながらも、どうせ自分なんて……と端《はな》から諦めている。

「いまの時期はケーキ屋さんって、めっちゃ忙しいやん？　もう全然、会われへんし、電話もできへんくって……。いちおう、初詣《はつもうで》はいっしょに行こうって約束しとうけど、そのあとはすぐにパリやし……。なかなか、ゆっくりできへんけど、でも、淋しがってても仕方ないよね。笑顔で送ってあげんと」

切なげな表情を浮かべ、凜々花はそんなふうに言った。

聖太郎は自分の好きなことを仕事にして、凜々花という恋人まで手に入れているのだ……。

その事実が、どうしようもなく光博を打ちのめす。

それから、運ばれてきた料理を食べ、オーケストラの演奏に耳を傾けて、光博は帰路についたが、気分は沈んだままだった。


家に着き、玄関を開け、廊下を歩いていると、父親と鉢合わせした。

まだ父親は帰宅していない時間だと思っていたのに、運が悪い……。

気まずい思いで、光博は目をそらす。

「出かけてたんか」

「うん」

「どこ行ってたんや?」

廊下に立ち塞がるようにして、仁王立ちになったまま、父親は詰問する。

「ええやん、どこでも」

不貞腐れた顔で、光博は答えた。

父親は苛立ちを露わにしたものの、声を張りあげることはなく、深々と溜息をついた。そして、心底、呆れ果てたとでも言いたげな顔で、光博のことを見る。

「おまえ、明日から働け」

いきなりの言葉に、光博は意味がわからず、ぽかんと口を開けた。

「は……？」

「間の抜けた返事をするな。返事は、はい、や。よその会社で勉強させてから継がそうと思うとったけど、大学も行かんで、だらだらしとるやつなんか、どこも雇ってくれへんやろ。こうなったら、もう、うちで働くしかない。明日から、会社に来いと言うてるんや」

「いや、でも、明日からって……」

幼いころから、いつかは大宮製菓を継ぐことになるのだとは考えていた。しかし、それは遠い未来の話であり、自分がもっと立派な大人になってからだと思っていたのに、急に言われても戸惑うばかりだ。

「つべこべ言うな。明日、朝からちゃんと用意しとけよ」

一方的に言うと、父親は書斎へと消えた。

なんやねん、それ……。

父親はいつもこうだ。ふだんは光博のことなど気にも留めていないくせに、たまに顔を合わせたときに限って、思いつきで命令をしてくる。

自分の考えがなにより正しいと信じこんでおり、相手が言うとおりにするのは当然だと考え、光博の意思などまったく尊重しない。

「……ふざけんな」

廊下に立ったまま、光博は小声でつぶやく。だが、書斎に入った父親には届きはしない。

光博は二階に上がり、自室のドアに鍵をかけて、ベッドへ潜りこんだ。

会社に行くだなんて……。

自分がなにもできない人間だということは、自分でもわかりすぎるほどわかっている。

仕事などできるはずがない。会社に行くなんて無理だ。無茶もいいところだ。

祖父が作った会社……。いまの自分とおなじ年のころには、すでに祖父は会社を興していたのだ。時代がちがうとはいえ、あまりに卑小な自分の存在に死にたい気持ちにすらなる。

頭まで布団を被り、意味のない言葉をわめいたあと、光博は眠りに落ちた。

翌朝、ドアを叩く音で、目を覚ました。

「光博！　おい、開けろ！　聞こえへんのか！　開けろと言うてるやろ！」

父親の声が聞こえるが、もちろんドアを開けるつもりはない。

身動きひとつせず、父親の怒鳴り声をやり過ごす。しばらくすると、父親は諦めたようで、あたりは静かになった。

どうせ、会社に着くころには、自分のことなど忘れているだろう。

光博はそんなふうに考える。

顔を合わせさえしなければ、放っておいてもらえるはずだ。

光博はそのまま惰眠をむさぼり、昼過ぎになって、ようやく重い体を持ちあげたものの、だるさは消えず、あんなに夢中になっていたゲームすらやる気にはなれなかった。


年が明け、一九九五年になった。

部屋に引きこもっている光博にとっては、大晦日《おおみそか》も正月も関係がなかった。

冷蔵庫に食べ物を漁りに行き、老舗割烹から届けられたらしきお節料理の重箱を見つけ、ああ、正月なんか……と気づいたのだった。

凜々花が聖太郎と初詣に行くと言っていたことを思い出して、胸の奥に苦い気持ちが広がったりもしたが、自分には関係のない話であった。

退屈やな……。

テレビを見ていても、駅伝や正月特番などで興味を引かれるものはない。ひとが苦しそうに走っているのを見てなにが面白いのか、光博には理解できなかった。

なにもかもが、つまらない。

ベッドに座って、壁にもたれかかり、足を投げ出して、じっとしている。

足の爪、伸びてる……。

自分の足の親指を見つめて、そう思うが、爪切りを取りに行くのも面倒だった。

いつまでこうしてるつもりなんや……。

自分で自分に問いかけてみるものの、答えは出ない。

いまの状況をどうにかしなければならないとは思うが、もう自分の人生は終わったようなものだとしか考えられなかった。

そしてまた、なにもしないまま時間が過ぎ去り、取り返しのつかないような思いに苛まれながら、一日が終わる。

そんな毎日を過ごしていたある朝、それが起こった。


一月十七日、午前五時四十六分。

ベッドで眠っていた光博は、下から突きあげられるような衝撃で目を覚ました。

なにが起きているのか、咄嗟には判断ができなかった。

最初に頭に浮かんだのは、自分がいつまでも部屋に引きこもっているから、巨大な何者かが怒り、家ごと振りまわして、外に放り出そうとしているのではないか……というイメージだった。

ベッドは大きく横に揺れ、酔いそうなほどだった。物が激しくぶつかり合う音が響き、部屋全体が揺れていた。起きあがることはできず、ベッドの鉄枠を握りしめ、体を縮こめているうちに、ようやく事態を理解した。

……地震や！

尋常ではない揺れ方に、家が壊れるかもしれない、と考えた。

死の恐怖を感じて、全身の血の気が引く。

死にたくない、と思った。

死ぬのが怖い。

そして、そんな自分に驚く。

ついこのあいだまで、いつ死んでもいいような気持ちでいたくせに。

地震だと判断したあとも、光博は自分のせいでこの状態が引き起こされたような気がしてならなかった。

神様、ごめんなさい。いい子になります。神様、ごめんなさい。これからはちゃんと生きます。だから、許してください。お願いです、許して……。

どんな宗教も信じていないにも拘《かか》わらず、光博は心のなかでそう繰り返していた。

揺れは徐々に小さくなり、何事もなかったかのように静かになった。揺れが収まっても、しばらくのあいだ、心臓の鼓動は激しいままであった。

ベッドの上で身を起こして、座ったままの姿勢で、あたりを見まわす。

暗闇のなか、デジタル式の目覚まし時計の明かりがぼんやりと部屋を照らしていた。

本棚が倒れているのを見て、呆然とする。

スチール製のＣＤラックも歪んでおり、ＣＤケースは割れ、中身が飛び出している。椅子やスタンドライトがとんでもないところまで動いており、床にはさまざまなものが散乱していた。テレビがコードを引き千切って部屋の床に落ちているのを見て、もし、あれが自分のところへ飛んできていたら……と考え、ぞっとした。

光博はおそるおそる立ちあがると、床に散らばったものを踏まないように注意して壁際まで歩き、照明のスイッチを押す。

しかし、明かりはつかなかった。

ぼんやりと立ち尽くしていると、声が近づいてきた。

「光博！　無事か？　おい、光博！」

父親の声に、光博はドアを開ける。

光博の顔を見ると、父親はほっとしたように息を吐いた。

「ああ、よかった。怪我はないな？」

父親が自分のことを本当に心配していたのだということが伝わってきて、光博は泣きたいような気持ちになった。

「お母さんは？」

「外や。家が潰れるかもしれへんと思ったからな。先に外に避難するよう言うたんや」

父親は右手に懐中電灯を持っていた。その明かりを頼りに、廊下を進む。

玄関で靴を履き、外に出ると、あたりはまだ暗かった。視界に入る限りでは、倒壊している家などは見当たらない。先ほどの揺れから考えて、大変なことになっているのではないかと思ったのに、拍子抜けしたくらいであった。

広い庭の真ん中で母親がひとり、心細そうな顔をして立っており、光博が出てくると慌てて駆け寄ってきた。

「光博、だいじょうぶ？」

「うん。思ったほど大した地震ちゃうかったみたいやな」

周囲を見まわして、光博はそんな感想を漏らす。

死の恐怖すら感じて、取り乱しそうになっていた自分が、途端に恥ずかしくなった。

「停電やなんて困るわ。はよ直ってくれたらええんやけど」

明かりの消えた家を見あげて、母親が言う。

バイクのエンジン音が聞こえた。新聞配達のバイクが家の前を通りすぎて行く。

いつもと変わらない朝のような気がした。

ただ、妙に静かだった。鳥のさえずりがまったく聞こえない。

「ああ、寒っ……。こんな格好でおったら、風邪引きそう」

母親は身震いしながら、両手で自分の体をこすった。

言われてようやく、光博も寒さに気づいた。

「もう揺れも収まったし、部屋に戻ってもええんちゃう？」

「そやな。着替えてから、ガレージに行くか。車やったら、エアコンも入るし、ラジオでなんか言うてるやろ」

父親の言葉に従って、光博も家へと戻る。

いつもの習慣で、玄関で靴を脱ごうとしたところ、父親が言った。

「ガラスが割れて散らばってるから、靴は履いたままのほうがええ」

二階の自室に行き、雪崩を起こしたような本の山を乗り越え、クローゼットに手を伸ばす。

クローゼットは扉が歪んでいるらしく、なかなか開かなかったが、力任せに引っ張るとどうにか動いた。服を着替え、コートも羽織って、部屋を出ようとする。歩くたびに、割れたCDケースの欠片が靴の下でぱりぱりと音を立てた。

かたちあるものは壊れるんやな……。

達観したような気分で、そんなふうに思う。

これだけ大量の物に囲まれて生活をしていたのに、壊れてしまって惜しいと思うようなものがひとつもないことに気づいて、光博はむなしさを感じた。

玄関から外に出て、ガレージに向かっているときに、また地面が揺れた。

光博は急いでガレージへと向かう。

ガレージはコンクリート製の丈夫な造りで、四台はゆうに駐車できる広さがあり、揺れたところで落ちてくるようなものもなく、安全だと思われた。

ガレージに入ると、父親は携帯電話を手に持ち、だれかと話していた。

「……ああ、無事や。そっちはどうや？　ほんまか！　……そうか、わかった……」

電話で話している父親の顔がどんどん険しくなっていく。

「……ああ、こんなときやからな……。ほな、頼む……」

電話を切ると、父親は首を左右に振った。

「大阪のほうもひどいみたいやな」

「みんな、だいじょうぶやろか。電話、貸して」

父親から携帯電話を受け取り、母親はいろいろなところへ電話をかけていた。

その様子を見ながら、光博は凜々花のことを考える。

もし、凜々花になにかあったら……。

不吉な予感に、居ても立ってもいられないような気持ちになった。

やきもきしながら母親が話し終わるのを待ち、会話が終わったタイミングで、光博は手を伸ばす。

「貸して」

光博は奪うように携帯電話を受け取った。

頼む、つながってくれ……。

電話を耳に当て、祈るような気持ちで呼び出し音を聞く。

トルルル、トルルル、トルルル、トルルル、トルルル、トルルル……。

呼び出し音は何度も繰り返される。

おらへんのか……？

諦めかけたそのとき、ガチャッと音がして、耳に馴染みのある声が聞こえた。

「はい、村井です」

「凜々花？　無事か？」

「みっちゃん？」

「そっち、地震、どうやった？」

「みっちゃん！　助けて！」

切羽詰まった声で、凜々花が叫ぶ。

「お母さんが怪我して、動かれへんねん！　救急に電話しても、全然つながれへんし……」

「わかった。すぐ行く」

電話を切ると、車を借りて、凜々花の家へと向かった。

停電で信号は消えていた。幸い、道路を走っている車は少ない。

勢いに任せて飛び出してきたものの、光博は免許を取ったあともほとんど車に乗ることはなく、運転にまったく自信がなかった。焦る気持ちを抱えながらも、交通事故を起こしては元も子もないので、ゆっくりとした速度で走る。

しばらくは見慣れた街並みがつづいていた。

だが、進んでいくにつれて、光博は先ほどの地震に対する認識を改めることになった。

たまたま自分の家の周囲は被害が少なかっただけなのだろう。あれだけの揺れだったので、古い建物などは無事では済まなかったようだ。

一階部分が潰れたり、斜めに傾いたり、ひしゃげたりしている家が、どんどん視界に入ってきた。電柱は傾き、いたるところで電線が切れて、ぶらぶらと揺れている。地割れが起こり、アスファルトに大きな亀裂が入っていた。

「うわ、すごいな……」

瓦礫《がれき》だらけの街を見て、光博は思わずつぶやく。

とても現実のものとは思えない情景だ。

ハンドルを握りながら、光博は自分が高揚していることに気づいた。

不安と恐怖を感じる一方で、非日常に興奮を抑えきれない自分もいる。

つい昨日までの無気力状態が嘘のようだ。

頭がクリアになり、自分にもなにかができそうな気分になる。

角を曲がろうとしたところで、車体が左右に揺れ、ハンドルを取られそうになった。

余震だ。

車を路肩に寄せながらブレーキを踏み、停車して、揺れが収まるのを待つ。

フロントガラスの向こうで、木造住宅がぐらぐらと揺れて、屋根瓦がざあーっと流れ落ちていく。一瞬のことだが、スローモーション映像のようにゆっくりと見えた。

揺れが静まると、光博はまた車を発進させた。

芦屋《あしや》の山の手にある凜々花の家のあたりは、倒壊した建物などは見当たらず、ほかに比べると被害は少ないようだった。

車を停めると、土足のままで家にあがりこみ、光博は叫ぶ。

「凜々花！　凜々花！　どこや！」

すると、二階から声が聞こえた。

「みっちゃん！　こっち！」

階段を駆け上がると、凜々花がやってきた。

「怪我はないか？」

「うん、あたしは平気やけど、お母さんが……」

凜々花といっしょに部屋に入ると、畳に布団が敷かれており、その上に頑丈そうな漆塗りの和箪笥が倒れていた。

「腰が痛くて、まったく動かれへんみたいやねん」

和箪笥が腰を直撃したのなら、いくら布団を被っていたとはいえ、骨が折れたりしているかもしれない。光博はそんなふうに考えたが、さすがに口に出すことはできなかった。

「光博くん、来てくれたん……？」

凜々花の母親が弱々しい声で言う。

「すぐに病院に連れて行きますから」

光博は凜々花と協力して、凜々花の母親の体を布団から引っ張り出した。

「俺、頭のほうを持つから、凜々花は足のほう持って。なるべくそっと車まで運ぼう」

ゆっくりと階段を降り、母親を後部座席に寝かせて、光博は運転席に座った。

そこで、凜々花の父親のすがたが見えないことに気づく。

「おじさんは？」

「昨日は帰ってきてへん。たぶん、浮気相手のところにおるんやと思う。連絡ないし。家族より、女のほうが大事なんやろ。知らんわ。どっかで野垂れ死んでたらええんちゃう」

怒りに燃える目で、凜々花はそう答えた。

思いがけないかたちで、凜々花の家庭の事情を知らされ、光博は動揺する。だが、いまは気にしている場合ではなかった。

「ここからやったら、市民病院が近いか」

言いながら、車を発進させる。来たときとはちがって、車道は随分と交通量が増えていた。

光博は周囲に気を配り、細心の注意を払いながら、車を運転する。

カーラジオからは各地の震度を告げるアナウンサーの声が流れていた。

「雲仙普賢岳《うんぜんふげんだけ》のニュースとか見て、大変やなあって思ってたてん」

助手席に座った凜々花が、ぽつりとつぶやく。

「でも、ほんまは全然わかってへんかった。結局は他人事っていうか。自分がこんな目に遭うなんて思いもせえへんかった」

それは光博にしてみても、おなじことだった。

「そんなん、いちいち、本気で同情しとったら身が持たへんやろ」

凜々花はわずかに顔を動かして、光博のほうを見ると、微笑みに近い表情を浮かべた。

「みっちゃん……。来てくれて、ありがとう」

当たり前やろ、と思ったが、光博はなにも言わず、運転に集中する。

凜々花の母親を助け出したことで、光博の胸には達成感が広がっていた。

しかし、病院に着き、うめき声をあげている血だらけの怪我人や次々に運ばれてくる重傷者たちを目の当たりにして、高揚感や達成感などは吹き飛び、自分がいかに事態を軽く見ていたかを思い知らされたのだった。

15

コンクールの副賞でもらったフランス研修は、年明けの出発になっていた。

榛名は冗談めかして「クリスマスが終わるまでぶら下げておくご褒美のにんじん」といった言い方をしていたが、実際、忙しい時期を乗りきるための励みになった。

十二月に入ってからは怒濤《どとう》のような日々で、深夜に帰宅すると気を失うように眠った。寝不足と疲れでふらつくこともあり、母親には本気で心配されるほどであった。

クリスマスケーキの受注に加え、この時期に仕事が増えるもうひとつの理由がお歳暮だ。聖太郎の勤める『ソマリ』は生菓子だけでなく、ギフト用の焼き菓子にも力を入れている。全国各地へ発送されるお歳暮のため、聖太郎は来る日も来る日も大量のクッキーを焼きつづけた。堀が抜けたあと、販売に新しいスタッフを雇うことになり、榛名が厨房を離れる時間が少なくなったとはいえ目のまわるような忙しさであることには変わりなく、また、聖太郎の技術が向上するにつれて、任される仕事の範囲も広がり、やるべきことはどんどん増えたのであった。

クリスマスをなんとか乗りきり、ほとんど記憶がない状態で、年末を迎えた。

凜々花とデートをしているいまも、聖太郎はまだ追い立てられているような気分でいた。

「……って、聖太郎くん？　話、聞いとう？」

凜々花の声にはっとして、聖太郎は顔をあげる。

「あ、ごめん。ぼーっとしてた」

大晦日の夜。

神戸モザイクの店で夕飯を済ませたあと、ふたりで夜景を眺めていた。

対岸ではライトアップされたポートタワーが赤い光を放っており、帆船を思わせるような独特なかたちをした神戸海洋博物館は青く輝き、停泊中の遊覧船コンチェルトもやわらかな光に照らされている。

「疲れてるんやね」

凜々花は優しい目で聖太郎を見つめると、くすっと笑みを漏らした。

「このところ、ずっと働き通しやったから、体が休みに慣れてへんっていうか。ごめんな。なんの話やっけ？」

楽しみにしていた約束であり、気合を入れてデートに臨んだはずなのに、聖太郎はぼんやりしていたのだった。

「免許を取りに行こうかなあって話。身分証明書として持っててもええかなあって思ったんやけど、手首に負担かかるらしいし、事故も怖いから、やめとこうかな」

「運転って手首に良くないいん？」

「ピアノの先生が言うには、ハンドル握ったりまわしたりする動きで、腱鞘炎《けんしょうえん》が悪化することもあるって」

ピアニストである凜々花にとって、手はなによりも大事なものなので、悩ましいところなのだろう。

聖太郎は視線を落として、凜々花の手元を見た。

いま、凜々花の両手はふかふかとした白い毛糸のミトンに覆われている。

「その手袋、あたたかそうやな」

「すごくあったかいよ。聖太郎くんは、手袋、使わへんの？」

「うん。寒さには強いほうやし。ポケットに入れといたらええかと思って」

「手、出してみて」

凜々花は言いながら、片方の手のミトンを外した。

そして、ポケットから出した聖太郎の手に、自分の手を重ね合わせる。

「聖太郎くんの手、めっちゃ冷たいやん」

凜々花の手はとてもやわらかく、聖太郎はそのぬくもりに驚いた。

「村井さんの手が冷えるから……」

凜々花に触れることができるのは嬉しかったが、自分が体温を奪ってしまうことが気にかかり、聖太郎は手を離そうとした。

しかし、凜々花はぎゅっと手を握る。

「ええよ、あっためてあげる」

ふたりはそのまま手をつないで、夜景を眺めた。

「綺麗やね」

「ああ」

凜々花の横顔を見つめ、聖太郎はうなずく。

「あと少しで、新年やね」

「そうやな」

夜景を眺めながらいっしょに年を越して、生田《いくた》神社で初詣をするというのが、今回、聖太郎の考えたデートプランであった。

「今年も一年、あっという間だった」

夜景を見つめて、凜々花はしみじみと言った。

「子供のときは、もっと、時間の流れがゆっくりだったような気がするんよね」

「めっちゃわかるわ。仕事をするようになってから、特にそう感じる。気がついたら一カ月とか経ってるし」

コンクールで最優秀賞をもらったときには、フランス研修は来年の話であり、まだまだ先のことだと思っていた。それが、もう来週には出発だと思うと、時間の流れの早さに驚くばかりだ。

「来週には聖太郎くんはフランスなんやもんね」

「うん。まだ実感ないけど。パスポートは用意した」

「フランス語は？」

「全然。忙しくて勉強どころちゃうかったし。でも、いっしょに働いてる先輩の話では、素材の名前とか料理用語ってもともとフランス語やったりするから、仕事のときにはそんなに困らへんやろって」

ちなみに、アドバイスをくれた先輩である榛名は「女の子を口説くつもりやったら、もちろん語学力はつけといたほうがええけど」とも語っていたのだが、その部分はあえて言わずにおいた。

「言うても三週間やもんね。クリスマスで会えへんかったときより短いくらいやし。お土産、楽しみにしてるね」

凜々花はにっこり微笑んで、聖太郎の顔を見あげた。

「いろいろ買ってくるから、楽しみにしといて」

ふたりはじっとお互いを見つめ合う。

先に目をそらしたのは、凜々花のほうだった。

「あたしも、そろそろちゃんと留学のこと、考えんとなあ……」

ぽつりと言った凜々花に、聖太郎は目を丸くする。

「えっ、村井さん、留学するつもりなん？」

「うーん。まだ具体的には考えてへんねんけど。ただ海外に行くんじゃなくて、自分がめっちゃ尊敬する先生のもとで学びたいなあと思うと、なかなか難しくって」

わずかに声を沈ませると、凜々花は対岸へ目を向けた。

自分のフランス研修は三週間のことであり、すぐに帰ってくるので、聖太郎はあまり淋しいとは思っていなかった。

しかし、もし、凜々花が留学するとなれば一年以上は会えなくなるのではないか。それを想像すると、たまらなく離れがたいような気分になった。

凜々花は黙りこんだまま、夜景を見つめている。

年越しまで、あと一分を切ったようだ。

どこからかカウントダウンの声が聞こえてくる。

「フランスでは……」

凜々花の横顔を見ながら、聖太郎は言う。

「年越しの瞬間に隣にいる相手とキスをする習慣があるねんて」

「え？」

凜々花が顔をあげ、小首を傾げる。

スリー、ツー、ワン……。

一九九五年が訪れるのと同時に、聖太郎と凜々花はくちびるを重ねた。


聖太郎が兵庫県洋菓子連盟の紹介で研修をすることになったのは、セーヌ川の近くにある『パトリック・ブロン』という店であった。

シャルル・ド・ゴール空港に降り立つと、聖太郎はさっそくその店を訪れた。働くのは明日からだが、まずは自分の舌で店の味を確かめたいと思ったのだ。

店は想像していたよりも大きく、右側でパンを売っており、左側でケーキを売っていた。パン売り場にはクッキーやフィナンシェやマドレーヌなどの焼き菓子も並んでおり、総じてこんがりと焼けたきつね色であるのに対して、ケーキの売り場は色彩豊かで美しい。

たくさんのケーキを前にして、聖太郎はごくりと唾を飲みこんだ。

色鮮やかなフルーツがふんだんに使われたタルトは、グラサージュによって透明感のある輝きを放っている。聖太郎の目が釘づけになったのは、タルト・オ・シトロンであった。目にも鮮やかな黄色のタルト。潔いまでにレモンクリームだけのタルトだ。ここまでレモンが持つ黄色の美しさをタルトで再現したものは見たことがなかった。

タルトのほかには、シュー生地を使ったケーキが目立った。細長いエクレアだけでも何種類もあり、シューにパールシュガーをトッピングしただけのシンプルなもの、小さなシューをいくつも積み重ねたもの、リング状のシューにクリームを絞ったものなど、ヴァリエーションの多さに驚く。

聖太郎はジェスチャーも交えながら覚束《おぼつか》ないフランス語で注文をする。そして、ケーキの入った箱を抱え、ほくほくした気持ちで店を出た。

石畳の道にはいくつかベンチがあったが、どれも先客がいた。恋人たちが肩を寄せ合い、昼間から人目も憚《はばか》らずにキスをしているのを見て、さすがはフランスだ……と思う。

ようやく、だれも座っていないベンチを見つけたので、そこにひとりで腰かけると、じっくりとタルトを観察してから、手摑みで食べた。

清涼感あふれるレモンの香りが鼻に抜け、つるんとしたなめらかなレモンクリームの感触につづいて、舌の根が痛くなるほどの酸味と痺れるような甘さをずしんと感じる。タルト生地はざりざりとした舌触りで、大地の香りがして、独特の粉っぽさがあった。

「うーん、これは……」

馴染みのない味わいに、脳のいつもは使っていない部分が刺激されるようだ。

聖太郎の知っているタルトとは違う種類の食べ物かと思うほど違和感があり、自己主張が激しく、おいしいという一言では表せない気持ちになる。

「なんというか……、こう、ガツンと来る味やな」

独り言をつぶやき、素直な感想をメモ帳に記す。

つぎに、フランボワーズのクリームが挟まれたエクレアを食べたのだが、こちらもまた、とんでもなく甘く、信じられないほどフランボワーズの風味が強くて酸っぱかった。

正直なところ、おいしさを感じるよりも、戸惑いのほうが大きい。

これが本場の味なのだから……と自分に言い聞かせて、聖太郎はその味わいを受け止めようとした。

その後も、ガイドブックを片手に何軒か有名なパティスリーを訪れた。

しかし、正直なところ、どこのケーキを食べても、やはり、心からおいしいと感じることはできなかった。

素材の味が活かされたケーキが多く、決してまずいわけではない。特にフルーツの持つ力強さや、ミルクのまろやかで深みのある風味には、目を見張るものがあった。

しかし……。

聖太郎の率直な気持ちはこうだった。

相馬さんの作るケーキのほうがすごいんちゃうか？

『ソマリ』のレモンムースは、清々《すがすが》しいレモンの風味を感じさせながらも、全体の調和が取れており、完成度が高く、おいしいとしか言いようがなかった。

それに比べて、パリで食べたケーキはどれもいまひとつ、しっくりと来ないというか、食べたときにしみじみとした幸せを感じることができなかったのだ。

期待が大きすぎたのだろうか。あるいは、自分の舌が未熟で、本場の味を正しく理解できないのかもしれない……。

そんな不安を抱きつつ、道を歩いていると、ある店からひとりの男性が出てくるのが目に留まった。

髪はほとんど白くなっているが、背筋はすっと伸びており、細身のウールのコートをお洒落に着こなした紳士だ。その紳士は実に上機嫌で、にこにこと笑みを浮かべていた。そして、店から出るや否や、待ち切れないといった様子で、手に下げた紙袋からなにか取り出すと、ぽいっと口に入れた。

紳士は幸せそうに目を細めて、口をもぐもぐさせながら、通りを歩いていく。

なにを食べてはるんやろ……？

聖太郎は引き寄せられるようにして、その店へと向かった。

扉を開け、店に入ったところ、そこはなんとも地味な色合いの空間であった。

陳列ケースには華やかさがなく、茶色のグラデーションが広がっている。

チョコレートだ。

フルーツを使ったケーキなどはひとつもなく、丸や四角のかたちをした一口サイズのチョコレート、ボンボンショコラだけがそこには並んでいた。

ボンボンショコラの前には商品名の書かれたカードが置かれており、シナモンや蜂蜜といった単語は読み取れたが、フランス語の意味が理解できず、味の想像がつかないものも多かった。直感でいくつか選ぶと、聖太郎はボンボンショコラの箱を手に店を出た。

通りを歩きながら、先ほどの紳士に倣《なら》って、ボンボンショコラを一粒、つまむ。

口に入れると、カカオの劇的な香りが広がった。すべすべとした表面のチョコレートが舌の上で溶け、内側から焙煎したヘーゼルナッツのペーストがとろけ出す。

なっ、なんや、これ……。

聖太郎は雷に打たれたような衝撃を感じて、驚きに大きく目を見開く。

めちゃめちゃ、おいしいやん！

これまでのチョコレートの概念を覆すほどの香りと苦みとコクが、口の中で渾然《こんぜん》一体となり、心が震えた。

ケーキと同様に、このボンボンショコラもまた、異質な味であった。聖太郎の知っているチョコレートに比べると、ずいぶんと苦みが強く、酸味もあり、複雑怪奇で、未知の味わいだ。しかし、その根底には慣れ親しんだチョコレートのおいしさが流れており、刺激に満ちた味との出会いは不快なものではなかった。

自分の細胞のひとつひとつが、ボンボンショコラの味わいを歓迎している。

もっと食べたい、もっと知りたい。

つぎの一粒もまた、聖太郎の想像をはるかに超える味わいであった。熱帯の果実を思わせるような酸味が印象深く、芳醇な香りの余韻と重なり合うようにして、ミルクチョコレートのまろやかなガナッシュが口に広がり、多層的な味わいが構築される。

聖太郎は陶然としながら、パリの街角に立ち尽くしていた。

ああ、これだ、この味を知るために自分はここに来たのかもしれない……。

フランスにいるあいだに、ボンボンショコラの店をできるだけ巡って、その味わいをひとつでも多く記憶に刻んで帰ろう。

聖太郎はそう決意した。

夕方になると、聖太郎は住所を書いたメモを見ながら、相馬の古い友人だという川合義治《かわいよしはる》の家へと向かった。副賞として用意されていたのは往復の航空券と研修先だけだったので、滞在中は相馬の友人のところに間借りさせてもらうことになっているのだ。

どうにか目的地に辿り着いたものの、時代がかった石造りのアパートにはエレベーターが見当たらず、聖太郎はトランクを抱えて、狭い螺旋《らせん》階段を五階まで上がった。

「よお来たなあ」

関西弁のイントネーションで迎えられ、聖太郎はまだフランスに来たばかりだというのに、懐かしいような気持ちになる。

川合は背の高い伊達《だて》男で、低く力強い声をしていた。相馬と同年代のはずだが、服装や振る舞いが洗練されているためか、若々しく見える。

「相馬から話は聞いてるで。遠慮せんと、自分の家やと思って寛いでくれ」

「お世話になります」

その夜は聖太郎の歓迎会ということで、川合がとっておきのワインを開け、手料理を振舞ってくれた。

そして、翌日からは『パトリック・ブロン』での研修が始まった。

榛名が言っていたとおり、フランス語があまり話せない点についてはそれほど問題にはならなかった。ほかの職人たちにとって、聖太郎は数週間でいなくなってしまう下働きにすぎず、短い言葉で命令をするくらいで、積極的に話しかけようとはしてこなかったのだ。甘いバターの香りが漂う慌ただしい厨房で、毎日ひたすら鍋や天板を洗い、フルーツをカットして、シューにクリームを詰める……。

仕事が終わってからは、さまざまなショコラトリーを巡った。

ボンボンショコラだけを扱っている店もあれば、ガトーショコラやオペラが売りの店もあった。食べれば食べるほどチョコレートの持つ奥深さに魅了され、一粒ごとに新しい扉が開かれるようで、楽しくて仕方がなかった。

一日の終わりには、川合とお菓子談議で盛りあがった。

川合は若いころにフランス各地を放浪していて、バスク地方の店で修業中だった相馬と知り合い、おなじ関西出身ということもあり、意気投合したということだった。その後はパリでも知られたパティスリーで働き、いまではスーシェフを任されているらしい。

「フランスいう国は実に地方色が豊かなんや。パリで知ることができるのはフランス菓子のほんの一面でしかない」

川合の言葉はどれも経験に裏打ちされており、聖太郎は時間を忘れて聞き入った。

「あの、川合さんはやっぱり、日本のケーキとパリのケーキを比べたら、レベルの差は明らかだと思いますか？」

「そりゃ、そやろ。なんといっても、こっちが本物やねんからな」

「そうですよね……。もちろん、こっちのケーキもすごいとは思うんですけど、どうしても相馬さんが作るものをおいしいと感じてしまう自分もいて……」

思い切って打ち明けてみると、川合はあっさり肯定した。

「ああ、それはしゃあないやろ。相馬はフランスの伝統菓子を基本にしながらも、日本人の嗜好《しこう》に合わせて、味を調整してるんやから。日本で生まれ育った人間にとっては、そっちのほうが受け入れやすくて当たり前や」

「そっか、そうですよね」

「そもそも、気候や食文化が違うからな。こっちのケーキは、肉をこってりしたソースで食べて、フルボディの赤ワインをがんがん飲んで、濃厚なチーズを愛するような人間がうまいと感じるルセットなんや。それをそのまま日本で再現しても売れへんやろ」

「本場のケーキを食べてもそんなに感動せえへんのは自分の味覚に問題があるんかと思って、ちょっと不安になってたんです。でも、いまの言葉を聞いて、心が軽くなりました」

「俺の場合、身も心もこっちに馴染みすぎたせいで、日本で店やれる気がせえへんから、それはそれで困ってるんやけど」

肩をすくめると、川合は続ける。

「出資の話があったから、向こうで店をやってみようかと真剣に考えたこともあったんや。でも、久しぶりに日本に戻って、自分の作りたい味を出すのは難しいって痛感した」

「なんでですか？」

「素材の質が全然ちゃう。こっちの味に慣れてしまうと、日本で作ったものは物足りんのや。乳製品がどうも弱い。それに、卵も味が薄くて、変に魚臭いし」

「卵が魚臭い……？」

聞き返すと、川合は顔をしかめてうなずいた。

「日本ではニワトリのエサとして魚をすり潰したものを与えてたりするんや。そのエサに混じった魚粉の匂いが、卵から漂ってくることがあるねん」

「ほんまですか？　そんなん、気にしたことなかったです」

「探せば、ええ素材は手に入るんかもしれんけどな。でも、そういうこだわった素材を使《つこ》うたら採算が合わへんと反対された。ほんま、帰国するたびに、日本はどうなってんやろと心配になるわ。目先の儲けにばっかり走って、本気の作り手が少なすぎる。果物とか野菜とかも、ふぬけた味で、土の力が失われてるっていうか、自分が子供のころに食べとったものとは比べもんにならへん」

川合は嘆くように首を左右に振ると、ワイングラスを傾けた。

お菓子作りやフランスの文化に深い造詣を持つ川合と深夜まで語り合い、本場の菓子職人たちの仕事ぶりを間近で観察しながら働き、ショコラトリーを巡り、マルシェをのぞき、少しはフランス語で会話もできるようになり、パリでの暮らしは目まぐるしく過ぎていった。

そんなある日、夜も更けようという時間帯に一本の電話がかかってきた。

川合は受話器を聖太郎のほうに向けると、「おふくろさんや」と言った。

わざわざ国際電話をかけてくるなんて、なにかあったのだろうか……。

当惑しながら受話器を耳に当てると、母親の声が聞こえた。

「聖太郎？　元気でやってる？」

「うん、元気やけど、どうしたん？」

「昨日の朝、えらい地震があって……」

「地震？」

「そうなんよ。アパート潰れるかと思ったわ。聖太郎がおらんで、ほんま、よかった。神様のご加護のおかげやね」

「そんで、だいじょうぶなん？」

「私は怪我もないし、部屋も片づけたらなんとか住めそうではあるんやけど、電気や水が止まったままやし、小学校が避難所になっとうから、そっちにおらしてもらおうと思って。教会のみなさんがいてはって心強いし、お手伝いもしたいから。こんなときやからこそ助け合わんと。そのこと伝えとこうと思うて電話したんよ。とにかく無事やから心配せんといてね。神様がいつもおそばにおられるから」

「わかった」

「くれぐれも体には気をつけるんやで」

「うん、母さんも」

母親の声は落ちついていたので、聖太郎は電話を切ったあとも、まだ事態の深刻さがよくわかっていなかった。

「なんか地震があったらしいですわ」

「へえ、関西で地震やなんてめずらしいな」

川合は言いながら、テレビをつける。

フランスにいても、衛星放送でNHKのニュース番組を見ることはできた。

そこに映し出された映像を見て、聖太郎は全身が硬直した。

阪神高速の橋脚が崩れ、倒壊していた。頑丈そうな鉄筋コンクリートの高架が、ぐにゃりと波打っている。破損した車の数々。断絶した高速道路の端には一台のバスが残され、いまにも落ちそうになっていた。

ヘリコプターから空撮した映像はまだつづく。灰色の煙の向こうに、炎が見えた。街が燃えている。レポーターがなにか言っているが、ほとんど頭に入ってこない。

瓦礫の山。見慣れた三宮の駅前のビルがひび割れ、崩れ、傾いている。

「嘘やろ……」

ようやく口にすることができたのは、そんなつぶやきだった。

テレビで流れている映像は、とても現実のものだとは思えなかった。

「こりゃあ、えらいことなってんな……」

川合も愕然《がくぜん》として、色を失っている。

「奈良は？　奈良のほうも被害はあったんやろか」

つぶやきながら、川合は受話器を手に取った。

「ちょっと実家に電話かけてみるわ」

電話口で話している川合を見ながら、聖太郎はようやく思い至る。

凜々花は……。凜々花は無事なんやろか。

「……そうか、そっちは大したことなかったんやな。よかった。うん、ニュース見て、びっくりして……」

川合が電話を切ると同時に、聖太郎はそばに寄った。

「電話、借りていいですか？」

「ああ、もちろんや」

震える指で凜々花の家の番号を押すが、電話はつながらない。

凜々花には滞在先の電話番号などは伝えていなかった。あちらから連絡を取ることはできないだろう。

どんなに待っても、電話はつながることはなかった。

凜々花の安否が確認できず、気がかりで一睡もできないまま、聖太郎は朝を迎えた。

川合の家を出る前に、もう一度、電話をかけてみたが、呼び出し音はむなしく繰り返されるだけだった。

もしかしたら、凜々花も家にはおらず、避難所に行っているのかもしれない……。

帰ってきてからも、また電話をかけたが、やはり、凜々花の声を聞くことはできなかった。

つづけて『ソマリ』に電話をかけてみるものの、こちらもだれも出ない。さすがにあの状況では店は開いていないだろう。

そう思いつつも、電話をかけずにはいられなかった。

少しでも情報が欲しくて、ずっと、テレビの報道番組を見ていた。

死亡者の数はどんどん増え、被害の様子が刻々と映し出される。聖太郎は目頭が熱くなるのを抑えきれなかった。

自分は、なぜ、あの場所にいないのだろう……。

後悔とも罪悪感ともつかない気持ちで、テレビに映し出される惨状を見つめる。

遠く離れた場所にいる自分には、なにひとつできることはない。

そのとき、電話が鳴った。

川合が受話器を取り、聖太郎を呼ぶ。

「店からや。横尾さんってひと」

電話を代わると、横尾の声が聞こえてきた。

「地震のことは知ってるか?」

「はい。ニュースで見ました」

「そうか。家族と連絡は取れたか?」

「母から無事だと電話がありました。近くの小学校で避難生活をすると言っていました。そっちはみなさん、無事ですか?」

聖太郎の問いかけに対して、返事までに少しの沈黙があった。

「あのな、相馬さんが亡くなったんや」

「えっ……？」

「自宅が倒壊して、その下敷きになって……」

横尾はまだ話をつづけていたが、聖太郎は電話を切ったあと、その内容を一切覚えていなかった。

ただ、理解できたのは、当たり前のように存在しつづけると思っていた場所が失われたこと。自分にはもう戻る場所はないのだ、ということだった。

16

凜々花の母親は病院で検査をした結果、骨に異常はなく、安静にしていればだいじょうぶだろうということで家に戻された。

病院には地震や火事で大怪我を負った人々が運びこまれ、待合スペースだけでなく廊下にまで患者たちが横たわり、泣き声やうめき声が響き、軽度の患者の居場所はなかった。

野戦病院みたいやな……。

光博はもちろん、野戦病院なんていうものを実際には見たことはない。それなのに、そんな単語が頭に浮かんだ。

凜々花の家に戻るまでのあいだにも、何度か余震が起こった。そのたびに、光博は車を停止させ、どうかこれ以上は揺れないでくれと心のなかで祈った。クラクションが鳴り響き、救急車のサイレンも聞こえる。カーラジオでは兵庫県南部で直下型の地震が起こったと伝えていた。信号は消え、道はひどく渋滞しており、車はじりじりとしか進まなかった。

どこもかしこも瓦礫だらけだ。

変わり果てた街の様子を見ながら、光博の胸に湧きあがったのは、祖父がこの光景を見ずに済んでよかった……という思いだった。

神戸は空襲で焼け野原になった、と祖父から聞かされていた。

戦後のなにもない状態から、祖父たちが築きあげてきた街。

それがこんなふうに滅茶苦茶になってしまうなんて、祖父が目の当たりにしたら、どれほどショックを受けただろうか。

しかし……。

少しずつ車を前進させながら、光博は考える。

祖父が生きていたらショックを受けただろう、などと思うのは、自分を基準にした考え方なのかもしれない。

いま、光博は壊れた街並みを目にして、どうしようもなく動揺していた。有り得ない事態にショックを隠し切れない。

でも、祖父は自分とは違う。

祖父ならば、これくらいでは動じないのではないか。

そう考えて、光博はハンドルを握ったまま、小さくうなずく。

ああ、そうや。グランパがこれくらいでショックを受けたりするもんか。

心のなかで、小学生の自分がそんなふうに言ったような気がした。

数々の苦難を乗り越えてきた祖父だからこそ、こんな目に遭っても、あえて笑ってみせるのではないか。

そうだ、そうだとも。祖父なら「これくらいなんでもない。平気、平気。なんとでもなる」と余裕の笑みを浮かべて、どんなときでも前を向いていただろう。

ありし日の祖父のすがたを思い浮かべることで、光博は心を落ちつかせた。

「やっと、道、空いてきたな」

渋滞を抜けると、光博は助手席にいる凜々花に声をかけた。

「だれもいないね」

窓の外に目を向けて、凜々花がつぶやく。

凜々花の家の周辺は車もほとんど走っておらず、人の気配が感じられなかった。傾《かし》いだ電柱や崩れたブロック塀が太陽の光に照らされ、ひび割れたアスファルトに影を落としている。文明が荒廃して生物が死に絶えた世界のようだ。凜々花も同じような印象を持ったらしく、小さな声で「世界の終わりみたい」と言った。

凜々花の家に戻ると、家具のほとんど置かれていない一階の客間に布団を敷き、母親を運んだ。

幸い、凜々花の家は停電になっておらず、建物自体に目立った損傷もなかった。

凜々花の母親は「ほんまにありがとうね、光博くん」と何度も礼を言い、あまりに大袈裟に感謝されるものだから、光博は居たたまれない気持ちになった。

実のところ、光博は幼いころから、凜々花の母親が少し苦手だったのだ。優しいひとだとは思う。自分の母親がガミガミとうるさいのに比べて、凜々花の母親は穏やかで怒ることは少なく、そういうところを羨ましいと思わないでもなかった。だが、なぜか、そばにいると消耗するのだった。気疲れをする理由。それは凜々花の母親の口調やまなざしの奥に、憐れまれているような印象を受けたからだろう。ピアノの才能にしろ、普段の言動にしろ、凜々花のほうが優秀であるのは明白だった。凜々花の母親は、内心ではこんなふうに考えていたのではないか。光博くんはできないことが多くて可哀想。褒めて伸ばしてあげないと……。だからこそ、凜々花の母親は光博に対して無理やりにでもポジティブな言葉をかけてくれたのだろうが、余計にみじめな気持ちになるばかりであった。

その憐れむようなまなざしが、いまではすっかり消えていた。

凜々花の母親は、光博のことをなにもできない小さな男の子として扱うのではなく、自分を助けてくれた恩人というふうに見ているようだった。

「帝塚山《てづかやま》のほうはそんなに被害ないのよね？」

母親の言葉に、凜々花がうなずく。

「うん、たぶん」

「ほなら、お祖母《ばあ》ちゃんと連絡が取れたら、しばらく泊まらせてもらうんはどうやろ」

「わかった。お祖母ちゃんに電話してみる。お母さんは休んどいて」

凜々花はそう言うと、母親を置いて居間に行き、電話をかけた。

受話器を耳につけて、しばらく無言でいたあと、光博のほうを向いて、首を横に振る。

「あかんわ。全然、つながれへん」

「混んでるんやろうな」

「みっちゃんからの電話がつながったのって、奇跡的やったんよね」

光博はソファーに腰かけると、テレビのリモコンに手を伸ばした。

「テレビ、つけるで？」

「うん。電話はもうちょっとしてから、またかけてみる」

凜々花もソファーのところまで歩いてきて、光博の隣に腰かけた。

光博はテレビの電源を入れた。電源ランプが緑色に光る。リモコンを押すと、テレビがつく。それだけのことに、ほっとした。

テレビの画面には被害状況がつぎからつぎへと映し出された。

ヘリコプターによる上空からの映像。火の手が上がっている神戸市内の様子。倒壊した家屋。寸断された線路。震度を知らせるテロップ。

現場のレポーターは、どこか他人事のように大騒ぎしていた。

見世物にされているみたいで、光博はひどく不愉快に感じた。

「うちの親、ずっと別居状態やねん」

顔はテレビのほうに向けたまま、凜々花が口を開く。

「お父さんに愛人がおることは前からわかっとったんやけど、子供まで生まれたらしくて、もう泥沼。お母さん、アホやで。寝室を使いたくないからって、あんな物置みたいなところで寝てたせいで、怪我して……」

光博もテレビのほうに顔を向けたまま、話を聞く。

「ほんま、どっかで死んでくれてたらいいのに。だって、こっちは放っておいて、ほかの家族を助けてたりしたら嫌すぎるやん」

どんな内容であれ、凜々花が黙りこんでいるよりも、話をしてくれているほうが、光博にとっては気が楽だった。

「片づけとか、したほうがいいかな」

居間をぐるりと見まわして、凜々花が言う。

その声は力なく、どこか上の空だ。

口ではそう言いつつも、ソファーから立ちあがろうとはしない。

光博も居間の様子を確認する。広さのわりに物が少なく、花瓶が割れたり、額縁が落ちたりしているものの、足の踏み場がないというほどではなかった。

「まだ、ええんちゃう」

言いながら、凜々花の足元に目を向けて、光博は思わず大声を出した。

「凜々花、足、真っ赤やで！」

灰色のアーガイル柄の靴下が片方だけ、鮮血で赤く染まっていた。

「ほんまや。スプラッタやね」

おっとりとした口調で言って、凜々花は靴下を脱ぐ。

足の裏に刺したような傷ができていた。

「さっきから、なんか、ちくちくするなあって思っててん」

凜々花はじっと傷口を見ているが、どうにも危機感がなかった。

「出血はひどいけど、傷自体はそんなに深くないみたい」

「いや、冷静に観察してる場合ちゃうやろ。包帯とか巻いたほうがええで、それ。救急箱は？」

「そこの戸棚にあると思う」

凜々花の示したあたりを探して、光博は救急箱を持ってきた。ソファーの前でしゃがむと、凜々花が伸ばした片方の足に、ガーゼを貼りつけ、包帯を巻いていく。

凜々花はなにも言わず、ぼんやりとしていた。さっきは心情を吐露していたのに、また黙りこんでしまう。

光博はしゃがんだままの姿勢で、凜々花を見あげた。

「俺、しばらくおろか？　大阪に行くにしても、車が必要やろうし」

凜々花はゆっくりと瞬きをすると、光博と視線を合わせて、ふっと微笑んだ。

「みっちゃん、なんか頼りになるね」

これまで無表情だった凜々花の顔に、わずかに笑みが浮かび、儚《はかな》く消える。そして、睫毛《まつげ》が震え、涙があふれそうになり、凜々花は両手で顔を覆った。

「……怖かった」

足をそろえてソファーに座り、顔を伏せた状態で、凜々花は肩を震わせた。

「めっちゃ怖かった……」

華奢《きやしゃ》な肩だ。

気がつくと、光博は凜々花を抱き寄せていた。

「心配いらんって。俺がついてるから」

光博の胸に顔をうずめ、凜々花は嗚咽を漏らす。

凜々花は幼馴染だ。家族みたいなものだ。

だから、こんなふうに慰めることに他意はない……。

わざわざそう自分に言い聞かせなければならないような心境の変化が、光博の内側で起こっていた。

しばらくすると、凜々花は落ちついたようだった。

「ありがと、みっちゃん。泣いたら、ちょっとすっきりした」

凛々花は照れくさそうな表情を浮かべると、体を離して、ソファーから立ち上がった。

「くよくよしても仕方ないもんね。よし、とりあえず、なんか食べよう。あたし、おなか空いてきた」

もう昼過ぎだ。起きてからなにも口にしていないことに光博も気づく。興奮状態にあるせいか、空腹はまったく感じなかった。

「台所もえらいことになってるし、カップラーメンくらいしかできへんけど……」

凛々花はやかんを持って、水道の蛇口をひねる。

しかし、水は一滴も出なかった。

「あれ？　水、出えへん」

「断水してるんか。やばいで。水、買いに行かんと。よう考えたら、食料とか真っ先に確保しとかなあかんかったんちゃうか」

慌てて部屋を出ようとした光博に、凛々花が言う。

「こんな状態でお店とかやってるんかな」

「行ってみるしかないやろ。俺、近くのコンビニとか見てくるから」

凛々花は足に怪我をしているので、あまり歩かないほうがいいだろう。

そう考えて、光博はひとりで出かけることにした。

「うん。あたし、もう一回、お祖母ちゃんに電話してみる」

凜々花は受話器を手にしたが、やはりつながらないようであった。

渋滞に巻き込まれても厄介なので、光博は徒歩で坂を下りた。

ひとりになった光博は大きく溜息をつく。

涙を浮かべていた凜々花のことを思い出すと、胸が締めつけられた。

いつのまに、あんなに女っぽくなってたんや……。

昔の凜々花なら、自分の前で涙を見せたりしなかっただろう。不安な気持ちを押し殺して、悩みもひとりで抱えこんで、意地でも強がったはずだ。負けん気の強い凜々花。光博を弟分みたいに思っていた凜々花。

聖太郎の影響なんやろうな……。

そう考えて、苦い気持ちが胸に広がる。

もし、聖太郎がパリに行っていなければ、凜々花を助けたのは自分ではなかった。本当なら、ああいう場で凜々花を抱きしめるのは聖太郎の役目なのだ。

光博はポケットに入れた両手をきつく握り、さっきの感覚を忘れようとする。

こんな肝心なときに、なんで、そばにおらんねん……。

聖太郎が悪いわけではないということはわかっていたが、それでも苛立ちを感じた。

ようやく見つけたコンビニエンスストアは電気がついておらず、窓ガラスはひび割れ、床にたくさんのものが散らばっていたが、レジカウンターの内側には店員がいて、営業をしているようだった。

「いらっしゃいませ」

光博が店に入ると、普通に挨拶されて、一瞬、いつもとおなじように買い物に来たかのような感覚になった。

だが、店内は無残に荒れ果てている。

店員は光博とそれほど年が変わらないであろう大学生風の男性だった。

「やってるんですか？」

光博が訊ねると、店員はうなずいた。

「ええ、そうなんっすよ。店長と連絡がつかないんで、とりあえず交代のスタッフが来るまではやろうと思って。こんな状況っすけど、わりとお客さんも来るんで」

冷蔵の棚はほとんど空で、弁当やおにぎりなどは見当たらず、パンもひとつもなかった。

しかし、飲み物のコーナーに行くと、水は売り切れていたものの、ジュースなどは何種類か並んでおり、お菓子も棚の下のほうにいくつか残っていた。

あ、これは……。

光博が手を伸ばしたのは、大宮製菓の定番商品であるピースチョコだった。

これを見つけてしまった以上、ほかのお菓子を買うという選択肢はなかった。

たった一個だけ残っていたピースチョコ。

まるで自分を待っていてくれたみたいだ、と光博は思った。

ペットボトルの並んだ冷蔵ケースを開けて、凜々花の好きなオレンジジュースと自分用に炭酸飲料を取ると、レジカウンターへと向かう。今後のことを考えると、飲み物もあるだけ買い占めたほうがよかったのかもしれないが、必要以上に取ることはためらわれた。

代金を計算するのに、店員は電卓を使っていた。

「停電でレジ使えないんで」

光博の視線に気づいたらしく、そう言いながら店員は代金を受け取る。

レジスターは開けっ放しになっており、そこからお釣りを取り出した。

「ありがとうございました」

光博が商品の入ったレジ袋を受け取ると、店員はいつもと変わらない声で言った。

こんな状態でもバイトをつづけてるって、なんか、すごいな……。

外の世界では建物が崩れ、地割れが起こっているというのに、コンビニエンスストアで商品を買い、小銭のやりとりをしていると、なにが現実かわからなくなりそうだった。

少し歩いたところで、自転車に乗った年配の男性に声をかけられた。

「兄ちゃん、だいじょうぶか？」

男性はわざわざ自転車を止め、光博のほうをうかがう。

「ひとりか？　家族は無事やったか？」

「あ、はい。無事です」

「そうか。この先のところにある小学校が避難所になっとうから、困ってるんやったら行ってみたらどうや」

「わかりました。ありがとうございます」

年配の男性はまた自転車に乗り、きょろきょろとあたりを見まわして、歩いているひとに近づいては「だいじょうぶか？」と声をかけていた。

せっかく教えてもらったので、光博は避難所になっているという小学校の様子を見にいってみることにした。

小学校にはたくさんのひとが集まっていた。

あちこちで「よかった～」「無事やったんやね」と家族や知人を見つけたひとたちが喜びの声をあげ、抱き合っている。

体育館のほうに行くと、男性のふたり組が長い板を担架のようにして運んでいた。

板には毛布で包まれたものが載せられている。

亡くなったひとを運んでるんや……。

そのことに気づき、光博は小さく息を呑んだ。

青いビニールシートの上に遺体が並べられていた。

遺体を見ても、恐怖や嫌悪感のようなものが湧きあがることはなかった。

祖父が死んだときのことを思い出す。

病院のベッドで、衰え、小さくなり、息を引き取った……。棺桶に入っていた祖父よりも、白い病室で横たわっていたときのほうが、死のイメージとして記憶されていた。

遺体の数だけ悲しみがあるのだ、と思い至る。

だが、それ以上のことを想像するとあまりにつらすぎるので、光博はできるだけ考えないようにした。

いちいち、同情してたら身が持たへん……。

心の一部が麻痺したような感覚のまま、うろうろと歩いて、あたりを観察する。

避難所といっても、食べ物が配られていたりするわけではなく、まだ準備中という感じであった。呆然と座りこんでいるひともいれば、忙しく動きまわっているひともいる。自分もなにか手伝いたいような気持ちになりつつも、役に立てるようなことは思いつかなかった。

グラウンドの横を抜け、小学校を出ようとしたとき、ひとりの子供が目に留まった。

小学校低学年くらいの男の子だ。

ほかの子供たちはたいてい保護者に手を引かれていたが、その子だけはそばに大人のすがたがなかった。

心細そうな顔をして、ぽつんと立っている。

「だいじょうぶか？」

そのまま立ち去るわけにもいかず、光博は声をかけた。

「うん」

男の子はうなずいたものの、視線は動かさなかった。

校門のそばに立ったまま、こちらに歩いてくるひとたちをじっと見つめている。

「寒ないか？」

「うん」

男の子はやはり光博のほうを見ようともしない。

「だれか待ってるんか？」

「うん。お父さんに、ここで待ってるよう言われたから」

「そうか」

少なくとも父親は生きているらしいとわかり、わずかに安堵した。

父親はなかなか現れない。しばらくいっしょに待っていたが、そろそろ凜々花のところに戻らなければ心配するだろう。

去り際、光博はレジ袋からピースチョコを取り出して、男の子に渡した。

「これ、食べるか？」

男の子は目の前に差し出されたピースチョコに手を伸ばすと、ようやく顔をあげて、光博のことを見た。

「うん！」

さっきまでは素っ気なくうなずくだけだったのに、このときばかりは声に張りがあった。

男の子にピースチョコを渡しながら、光博は既視感のようなものを覚えた。

ああ、これ、知ってる……。

自分が体験したことではない。

けれども、子供のころに祖父から何度も聞いたから、記憶に刻まれていた。

空襲や野戦病院といったものとおなじ領域に、進駐軍からもらったチョコレートというエピソードがあったのだ。

男の子はピースチョコを開けなかった。

大事そうに持ったまま、また道の向こうへと視線を向ける。

「食べへんのか？」

「お父さんが、お母さんを助けて、戻ってきたら、食べる」

光博は泣きそうになり、唇をきつく噛みしめて、足早にそこから立ち去った。

偽善やな。ほんまに力になることなんかできへんのに、中途半端に声かけて……。

心のなかで自分を責めて、情けなさでいっぱいになる。

凜々花の家に戻ると、ピアノの音が響いてきた。

光博は廊下に佇《たたず》んで、耳を澄ませた。

凜々花が弾いているのは、ベートーヴェンのピアノソナタ『悲愴』であった。陰鬱で重たい響きの第一楽章が終わり、美しく抒情的な第二楽章へと移る。しっとりと歌いあげたあと、第三楽章では追いつめられるようなピアノの音色がほとばしる。

凜々花は光博が帰ったことにも気づかず、一心不乱に鍵盤を叩いていた。

それでこそ、凜々花だ、と思う。

そして、ふたりの距離を痛感する。

抱きしめたときにはこの手でつかまえることができるような気すらしたが、そちらのほうが錯覚だったのだ。

凜々花には、ピアノがある。

自分には、なにもない。

曲を弾き終えると、凜々花は両手を体の横にだらりと下げて、大きく息を吐いた。

「ピアノ、無事やったんか」

「あ、みっちゃん、おかえり」

ピアノの椅子に座ったまま、凜々花は顔だけを光博のほうに向けた。

「見てよ、これ。ピアノ、こんなところまで動いてた」

かなりの重量であるグランドピアノの位置が移動していたということに、改めて地震の威力を感じる。

いや、むしろ、あんだけの揺れやったのに、ピアノが少し動いただけで済んだのは運がよかったと考えるべきか……。

もし、ピアノを弾いている最中に地震が起こっていたら、凜々花の身も無事ではなかったかもしれない。

「なんともベタな選曲やな」

光博が言うと、凜々花は苦笑を浮かべた。

「いいやん。自分がすっきりするために弾いてたんやから、ほっといて」

それから、凜々花は自分の両手を見つめ、独り言のようにつぶやく。

「こんなときやから、情感のこもった音が出せるかと思ったけど、変わんなかったな……」

がっかりしたように言う凜々花が、光博にはずいぶんと遠い存在のように思えた。

「あっ、そうや、お祖母ちゃんと連絡ついてん」

はっと顔をあげて、凜々花は言った。

「だから、大阪に行こうと思って。みっちゃん、ごめんやけど、車出してくれる？」

「ああ、そのつもりやったし。すぐに出発するんか？」

「早いほうがいいな。あたし、お母さんに声かけて、荷物まとめてくる」

凜々花はもう一度ピアノの鍵盤に触れ、いくつか音を鳴らしてから、立ちあがった。

「大阪に行く前に、一旦、うちに寄ってもええか？」

光博の言葉に、凜々花はうなずいた。

「もちろん。おばさんたち、どうしはるんやろ。お祖母ちゃんの家、部屋いっぱいあるし、もし、行くとこないんやったら、いっしょに来てもらってもええと思う」

「どうなんやろな。朝の段階では、どっかホテルでも取るかとか話してたけど」

父親はとりあえず会社に向かうと言っていたが、母親がどうするのかは聞いていなかった。

凜々花の母親を後部座席に運び、荷物も載せると、再び、車を走らせる。

途中、ガソリンスタンドに長い列ができているのを見かけた。給油しておいたほうがいいだろうかとも思ったが、あまりに長い列に並ぶ気にはなれず、残りのガソリンにもそこそこ余裕はあるので、そのまま進むことを選んだ。

家に着いた光博が目にしたのは、思いもよらない光景であった。

母親は庭にいた。

そこにいたのは母親だけでなく、近所に住んでいるひとたちが十人以上は集まって、バーベキューをしていたのだ。

鉄製のバーベキューコンロでは肉や野菜や魚介が焼かれ、食欲を刺激する香ばしい匂いが漂っている。そのまわりで母親たちは紙皿や割り箸を持って、楽しそうに談笑していた。

「なっ、なにやってんのや？」

「ああ、光博。凜々花ちゃんも、ちょうどええとこに来たわ。食べ食べ」

母親はよく焼けた肉を紙皿に盛り、光博たちに押しつける。

「停電で冷蔵庫使われへんし、腐らせてしまうくらいなら食べてしまおうと思って」

ぽかんと口を開けた光博に、母親は事もなげに言う。

「最近は全然使ってへんかったけど、キャンプ道具があってよかったわ。暖も取れるし一石二鳥やね」

実際、炭火が赤々と燃えるバーベキューコンロの周辺はとても暖かかった。

しかし、だからといってこんな状況でバーベキューをするなんて、呑気《のんき》にもほどがあるのではないかと、光博は思わずにはいられなかった。

「遠慮せんと食べてくださいね。飲み物もまだまだありますから」

母親はホームパーティーでもしているかのように、近所のひとたちに声をかける。

「炭、足りてます？　うちからも持ってきましょうか？」

「ああ、そうだわ。いただきもののメロンがあったのよ」

近所のひとたちはそんなことを言って、庭を出たり入ったりしている。

「大宮さん。これ、食後のデザートにいかがかしら」

隣人が箱に入ったドーナツを運んできて、光博のほうに目を向けた。

「あら、光博くん。すっかり大きくなって。大学生になったんよね？」

「あ、はい」

「みんな、無事でなによりやったわ。ほんま、びっくりしたわねえ。地震が起こるなんて思いもせえへんかったもの」

事情を話したらさっさと出発しようと思ったのだが、そうはいかず、光博と凜々花は庭で食事や会話につきあわされることになった。

母親は車の後部座席にも焼けた肉やデザートを運び、横になったままの凜々花の母親と長いこと話をしていた。

凜々花が大阪の祖母のところにいっしょに来ないかと誘うと、母親は「せっかく言うてくれてるのに、申し訳ないけど……」と首を横に振った。

そして、周囲を気にしながら、そっと光博だけに聞こえるよう耳打ちした。

「みんなで助け合わなあかんときに、うちだけよそに逃げるわけにはいかへんでしょう」

こんなときでも体面を気にしてるのか……。

まわりに合わせようとする母親の姿勢に、光博は呆れるしかなかった。

これから車で大阪に向かうという話をすると、近所のひとたちは「火災も起きてるみたいやし、危ないから少し待ったらどうや」「湾岸線のほうからまわっていくほうが混んでへんのとちゃうか」「四十三号線は通行止めかもしれへんで」などと言っていたが、正確なことはだれにもわからなかった。

テレビやラジオでも道路交通情報はほとんど得られず、どのルートを選ぶのが正しいのかわからないまま、光博はとりあえず国道二号線へと向かうことにした。

「ごめんな。出発、遅くなって」

光博が言うと、凜々花は首を横に振った。

「そんなん全然、だいじょうぶやって。むしろ、みっちゃんのところでしっかりご飯を食べることができて、よかったよ。最初、おばさんたちがバーベキューやってるのを見たときには、びっくりしたけど」

「こんな状況やのに近所のこと気にしてるとか、ほんま、見栄っ張りっていうか、信じられへんわ」

光博がそう漏らすと、後部座席から声がした。

「あの子は気配りやさんなんよ」

凜々花の母親が、自分の母親を「あの子」と呼ぶのを聞いて、光博は不思議な気分になる。

光博にとって、母親は母親という存在でしかなかった。

自分が生まれる前から自分の母親と凜々花の母親が友人同士だったということを知ってはいたが、これまではうまくイメージできなかった。

それが、いまになってようやく、ああ、ふたりは友達なんや……と理解できたのだ。

自分に見えているのは、母親の一面でしかないのかもしれない。

「それに、こういう状況やからこそ、まわりのひととのつながりを大切にするのはええことやと思うよ」

凜々花の母親の言葉を聞いて、光博もそうかもしれないと素直に思った。

道路は混み合っており、接触事故を起こさないよう、細心の注意を払いながら、のろのろと進んだ。水道管が破裂して道路が水浸しになっていたり、瓦礫や亀裂で通れなくなっていたりで、何度も迂回する必要があった。

国道二号線に入ってからも、道路の状態の悪さと渋滞により、普段なら一時間もかからないはずの距離が途方もなく遠かった。

武庫川《むこがわ》を越え、尼崎《あまがさき》を抜け、大阪に入ると、ようやくスピードを出せるようになった。

そして、見える景色も異なった。

周囲にはなんの変哲もない街並みが広がっていたのだ。

建物は崩れておらず、アスファルトにもひび割れはなく、犬を散歩させているひともいれば、制服を着た高校生やサラリーマンのすがたもあった。

そのありふれた光景を眺めて、信じられないような気分になる。ここではみんな、普通の生活をしていることに、理不尽さすら感じた。

凜々花の母親の実家がある帝塚山に辿り着いたときには、もう日はすっかり暮れていた。

17

自分の生まれ育った街が大変なことになっているというのに、パリでの聖太郎の生活はいつもどおりに過ぎていった。

研修先の店に行き、フルーツをカットして、マカロンにクリームを挟み、生クリームでデコレーションを施す。仕事をしているあいだは目の前のことに集中しており、被災地の風景も、いまだ連絡のつかない凜々花のことも、まったく意識の外にあった。そして、仕事が終わり、帰宅する段になってようやく、自分の薄情さに気づく。

いますぐにでも飛行機に乗り、日本に帰って、凜々花を探すべきではないか。

心配でたまらず、凜々花のもとへ駆けつけたい気持ちになりつつも、聖太郎は行動に移すことはなかった。

川合の家に戻ると、一縷《いちる》の望みをかけて凜々花の家に電話をかける。延々と鳴り響く呼び出し音を聞いていると、さまざまな可能性が頭に浮かび、怖ろしい想像が膨らみそうになるが、必死で考えまいとした。

いつまでも川合の家の電話を独占しているわけにもいかないので、あと三回の呼び出し音で諦めようと心に決め、数える。

やはり今日も凛々花の声を聞くことは叶わず、聖太郎は溜息と共に受話器を置いた。

「時差もあるし、もう少しあとにかけたほうが、家におる可能性も高いんとちゃうか？」

肩を落としている聖太郎を見かねてか、川合が声をかける。

「そうですね。そうさせてもらいます」

「連盟とは連絡が取れたんやろ？」

「はい。予定どおりに研修をつづけても問題ないと言われました」

兵庫県洋菓子連盟の代表として電話をかけてきたのは、コンクールで審査員をしていた鎌塚だった。鎌塚は相馬の死のことも知っていた。

帰国するかどうかの判断は最終的には聖太郎に委《ゆだ》ねられたのだが、鎌塚の「中途半端なところで戻ってきても、相馬さんは喜ばへんやろ。せっかくお菓子作りの本場におるんやから、しっかり学ぶことがなによりの相馬さんへの供養になるんとちゃうんか」という言葉に後押しされ、ここに残ることを決めたのだった。

自分はまちがったことはしていないはずだ。

そう思うのだが、ふとした瞬間に罪悪感のようなものが襲ってくる。

地震の知らせを受けて数日間はニュース番組を食い入るように見ていた。

だが、いまではもう日本の情報にあまり触れないようにしている。見なければ、胸を痛めることもない。

「こっちでの研修が終わったら、どうするつもりなんや？」

「たぶん、新しい店を探すことになると思います」

横尾からはその後も何度か電話があり、『ソマリ』の閉店は避けられないであろうと告げられた。葬儀に参列しなかった聖太郎にしてみれば、相馬が死んだということすら、いまだに信じられない気がする。だが、従業員たちはすでに新しい生活へと気持ちを切り替えているようだった。

横尾は住んでいた賃貸マンションを引き払って、上京するつもりだと話していた。榛名は大阪の実家に戻って再就職先を探しており、砂田も故郷に戻るつもりらしい。

師と仰いでいた相馬は、もうこの世にいない。

研修が終わり、日本に戻っても、再び『ソマリ』で働くことはできないのだ。

その事実に打ちのめされそうになっていたところ、川合が言った。

「日本に戻ったところで働くあてもないいんやったら、しばらくこっちにおったらどうや？」

「えっ……」

「研修が終わっても急いで帰らなあかんわけとちゃうんやろ？　仕事を探そうにも復興にはしばらくかかるやろうから、いっそのこと、こっちで働いたらええねん」

「いや、でも……」

戸惑う聖太郎にお構いなしで、川合は話をつづける。

「ビザとか手続きなんかは、どうにでもしたる。チケットも変更できるやろ。この部屋はひとりには広すぎて、ルームメイトが出ていったところに羽野が来てくれたから、渡りに舟やったし。相馬から託されたみたいな気がするっていうか、これも縁ってやつやろ」

研修期間が終わってしまうのが惜しい、という気持ちはいつも心の片隅にあった。

もっと、学びたい。

ずっと、ここで学んでいたい。

「ちょうど、知り合いがやってるショコラトリーで、スタッフを探してるんや。羽野さえやる気があるんやったら、オーナーに話してみるけど」

「ショコラトリーですか？　どこの店です？」

聖太郎は思わず身を乗りだした。

「十三区にある『ナタリー』っていう店や」

川合が告げたのは、聖太郎が巡ったうちでも特に丁寧な仕事ぶりと繊細な味わいで印象に残っている店だった。

「小規模ではあるけど、知るひとぞ知る名店やで。オーナーも、アジア人に対する差別意識がなくて、ええひとや」

あの店でショコラ作りを学ぶことができる……。

心はほとんど傾きかけていたが、さすがにすぐに決めることはできなかった。

「あの、少し考えさせてもらってもいいですか。母とも相談したいんで」

「そら、そやな。まあ、じっくり考え」

相談したところで母親は決して反対しないであろうことはわかっていた。

地震の直後、母親から電話があったときのことを思い出す。

——聖太郎がおらんで、ほんま、よかった。

それは子供が平穏で健やかに暮らすことを願う親心からの言葉だろう。思いやりに満ちたその発言は、しかし、聖太郎の耳には苦《にが》く響いた。

自分など必要とされていない、と言われたような気持ちになったのだ。

大変なときだからこそ、頼ってほしかった。手助けを求められれば、聖太郎はすぐさま空港に向かったことだろう。

しかし、母親は聖太郎がそばにいることを望みはしなかった。

母親には、自分を見守ってくれる大いなる存在がある。つねに気にかけ、導いてくれる存在が……。だから、どんな悲しい出来事が起きようとも「神の与えたもうた試練」として、受け入れる。

父親の死のときも、そうだった。

なぜ、自分だけがこんなに早く父親を奪われなければならないのか、聖太郎にはどうしても納得がいかなかった。母親がいくら神様について語ろうとも、聖太郎にわかるのは自分の喪失感を分かち合えない……という絶望だけだった。

父親を失ったあと、自分の人生は大きく変わったと思うのに、実際のところは以前とおなじような生活がつづいていた。父親を失っても、聖太郎は学校に行き、食べ、話し、笑い、眠り、いつのまにか大人になっていた。

いまもまた、生まれ育った街が大災害に見舞われようとも、川合と夕飯を食べながら、話し、笑っている。

空いた川合のグラスにワインを注ぎ、パンを食べようとしたところ、電話が鳴った。

川合は立ちあがり、電話に向かった。そして、聖太郎のほうを向くと「おふくろさんや」と言って、受話器を渡した。

聖太郎は電話口で、研修が終わったあともこちらで働いてもいいかと母親に訊ねた。

母親は「もちろん、ええに決まってるよ。こっちのことは心配せんといて。聖太郎がやりたいようにするのが一番やからね」と快諾した。それから、いま、街はどのような様子かということを語り、自分たち教会の人間に課せられた使命について力説した。

火災で多くの被害が出た長田《ながた》区の工場では、かつてボートピープルとしてベトナムから非合法に出国したひとたちが社会保険などもなく低賃金で働かされていたらしい。日本語を満足に話せず、だれにも頼ることのできないひとたち。母親は教会のボランティア活動として、そういうひとたちを支援しているということだった。

自分も被災者という立場なのに愚痴や弱音を吐くことはなく、より困難な状況にあるひとたちのために尽くそうとするそのすがたは、だれが見ても立派なものだろう。

それゆえ、聖太郎は自分の感じている苦《にが》さをどうすればいいかわからず、持て余すしかないのだった。

「足りないものはない？　困ったことがあったら遠慮なく言うんやで」

母親はひたすら与えようとする。

聖太郎には返せるものがなにもない。

「だいじょうぶやから。むしろ、困ってんのはそっちやろ。こんなときやのに、俺、日本に戻らへんで、ほんまにええんかな」

「こっちのことは気にせんと、聖太郎は自分の信じる道を進んだらええんよ。すべては神様の思《おぼ》し召しなんやから。お祈りを忘れないで。無理だけはせえへんようにね」

「うん、母さんも、体には気をつけて」

受話器を置いたあと、聖太郎は軽く溜息をついた。

母親は教会での活動にすべてを捧げている。母親に支えとなるものがあるからこそ、自分はこうして遠い場所でやりたいことをできるのだ。母ひとり子ひとりの家族である。もし、母親が信仰を持っておらず、教会にも所属していなければ、おそらく、自分は心配のあまり日本を離れることもできなかったのではないか。

母親に教会という居場所があるのは、歓迎すべきことだ。

そう思うのに、母親に見えている世界と自分の見ている世界がおなじではないということに対して、いまだに割りきれない気持ちでいる。

大切な家族を失おうとも、大災害に見舞われようとも、信仰がある限り、母親は悲嘆にくれることはないのだろう。罪も、悪も、不幸も、悲しみも、貧困も、どんなに悲惨なことも、救い主にすべて委ねてしまえば、思い煩わずに生きていける。

だが、自分はそんなふうにはなれなかった。

たとえ、神様という、自分を愛し、許し、導く存在がいるのだとしても、父親を奪われたくはなかったのだ。父親を亡くした欠落感を埋めることができなかったときから、聖太郎のなかで不信感はどんどん募っていった。そして、あの地震すらも神様の御心によって起こされたのだとすれば、聖太郎はなにをどう信じればいいのかわからなかった。

母親は、答えはすべて聖書にあるのだと言う。

しかし、母親には読み取ることのできる答えが、聖太郎には見つけられない。

「母親も、実家のことは心配するなって言ってくれてるんで、研修が終わったあともこっちでお世話になりたいです」

「そうか。ほな、さっそく『ナタリー』のオーナーさんと話してくるわ」

「いまからですか？　あ、ちょっと待ってください。用意します」

慌ててあとを追おうとする聖太郎に、川合は軽く手を振った。

「いや、ええわ。今日はとりあえず、俺だけでいろいろ探ってくる。正式に決まりそうやったら、またちゃんと紹介するから」

「わかりました。あの、電話、もう少し借りていいですか？」

聖太郎が言うと、川合はジャケットを羽織りながら「ああ、遠慮せんと使ってや」と答えて、玄関から出ていった。

聖太郎は電話の受話器を持ち上げる。

凜々花の家の電話番号はすっかり指が覚えており、考えるより先に動いた。

期待しそうになる気持ちを抑えつけ、呼び出し音に耳を澄ます。

何度かけたところで、おなじかもしれない。

でも、もしかしたら……。

四回ほど呼び出し音が響いたあと、カチャリ、と小さく音がした。

呼び出し音が消えた。

あれほどずっと鳴りつづいていた呼び出し音が、いまはもう、聞こえない。

ようやく、つながったのだ。

「もしもし」

聖太郎はおそるおそる呼びかける。

「もしもし」

聞こえてきたのは、年配の男性の声だった。

凜々花ではない。

だれだ……？

戸惑いつつ、聖太郎は言う。

「あ、えっと、村井さんのお宅でしょうか？」

電話の男性は不機嫌そうな声で答えた。

「そうやけど、そちらさんは？」

「羽野と申します。凜々花さんはいらっしゃいますか？」

「凜々花？　凜々花になんの用や」

男性の声は一段と低くなり、明らかに敵意のようなものが感じられた。

「地震のニュースを見まして、その、凜々花さんの無事を確認したくて……」

「ほう、そうなんか。それで、凜々花とはどういう関係なんや？」

ドスの利いた声で問いつめられ、聖太郎は確信する。

この男性は、凜々花の父親なのだ。

見知らぬ男から娘に電話がかかってきて、父親としては面白いわけがない。

「えっと、あの……」

ここは無難に、友人、と答えるべきだろうか。しかし、そんな言い方でごまかすのも不誠実に思えたので、正直に伝えることにした。

「なんと言いますか、その、真面目におつきあいをさせていただいております」

「おつきあい、やと?」

男性の声がますます険しいものとなる。

「知らんな。そんな話、聞いてへんぞ」

「ご挨拶が遅れまして、申し訳ありません。凜々花さんとは結婚を前提とした交際をさせていただいております。いまは仕事でパリにいるのですが、帰国しました暁には、改めて、ご挨拶に伺えればと思っております」

キリスト教徒として育てられた聖太郎にとって、男女の交際は結婚を前提としていることが当然であり、自分もゆくゆくは凜々花と家庭を築くのだろうと思っていた。

そして、実際に言葉にしたことで、気持ちは固まった。

今回、凜々花と連絡を取ることすらできないことで、恋人という関係の脆弱《ぜいじゃく》さを思い知らされたのだ。

凜々花はまだ学生だし、自分も家族が養えるほど稼ぎがあるわけではないので、いますぐにというわけにはいかないが、気持ちだけはきちんと伝えておきたい。研修が終わったあともこちらで仕事をつづけるのだとしたら、なおさら、凜々花との関係を確固たるものにしておいたほうがいいだろう。

本人と話すことができたら、将来の約束をしよう。

聖太郎は受話器を握りしめ、そう心に決める。

だが、そのためには、まず父親という関門を突破する必要があった。

父親は一向に、凜々花を電話口に出してくれる気配がない。

もしかして、電話に出られない状態なのだろうか……。

嫌な考えが脳裏をよぎり、聖太郎は慌てて訊ねる。

「あの、それで、凜々花さんは無事なのでしょうか？」

「ああ、無事や」

その答えを聞いて、聖太郎は大きく息を吐く。

「よかった……」

「おつきあいしとるとか言うくせに、凜々花からそっちに連絡はないんか？」

「はい。実は、こちらでは居候をさせてもらっているので、連絡先を凜々花さんには伝えていなかったのです」

「ふうん。で、名前はなんやっけ？」

「羽野です。羽野聖太郎と申します」

「ふむ、羽野くん、凛々花とは本気の交際をしとるんやな？」

「はい、そのつもりです」

「仕事はなにしてるんや？」

「ケーキ屋で働いていたのですが、勤めていた店が地震で潰れてしまいまして……。いまはパリで研修中の身で、しばらくこちらで本場の技術を学んで、日本に帰ったら、また新しい勤務先を探そうと思っております」

「実家はケーキ屋なんか？」

「いえ、そうではありませんが……」

「継ぐ店はない、と？」

「はい」

うなずきながら、なぜ、そんなことを訊くのだろう……と聖太郎は疑問に思った。

そして、はたと気づく。

聖太郎が自分の娘の恋人としてふさわしい相手かどうか、探りを入れているのだ。

そういう観点から考えると、現在、失業中というのは、かなりのマイナス材料ではないだろうか。しかし、凛々花のことを思う気持ちは本物だ。

だから、ひるむことはないはずである。

「あの、凜々花さんに替わっていただけませんでしょうか」

聖太郎が切り出すと、相手は不愉快そうに鼻を鳴らした。

「無理やな」

「え……？」

「凜々花はおらん」

ようやく凜々花の声が聞けると思ったのに、聖太郎は失意に沈んだ。

「えっと、凜々花さんはいつごろ戻られますか？」

「しばらくこっちには戻ってけえへんつもりみたいやな。地震でうちも被害が出たからな。大阪にある母親の実家に帰っとるんや。どうしても連絡が取りたいって言うんやったら、そっちの番号を教えてやらんでもないが」

「教えてください！　お願いします！」

力をこめて言うと、意外なほどあっさりと電話番号を教えてもらうことができた。

「ありがとうございました」

電話を切ったあと、さっそく、教えてもらった番号にかける。

何度目かの呼び出し音のあと、電話はつながった。

聞こえてきたのは凜々花の声だった。

母親の旧姓らしき苗字を名乗っていたが、その声を聞きまちがえるわけがない。

ふうに考えた。

凛々花がなによりもピアノを大切に思っているのを知っているからこそ、聖太郎はそんな
足の怪我なら、ピアノを弾くことはできるだろう。

「そっか。でも、手じゃなくてよかった」

「まあ、大したことない傷やったし」

「えっ、足？　だいじょうぶなん？」

びっくりしたけど」

「うん、あたしは無事。足をちょっと切っちゃって、傷のわりに血がいっぱい出てたから、

「村井さん、無事なんやんな？　怪我とかしてへん？」

しまいそうだった。

ついに凛々花の声を耳にすることができて、聖太郎は安堵のあまり、その場に座りこんで
るんかわからへんし、どうしようって思っててん」

「そうなんや。よかった……。ずっと、聖太郎くんに連絡したくて、でも、パリのどこにお
「村井さんの家に電話かけたら、お父さんが出はって、教えてもらってん」

凛々花も声だけで聖太郎だと気づいたらしく、驚いた声をあげた。

「え？　聖太郎くん？　なんで、この電話……」

「村井さん？」

「やっと村井さんの元気そうな声が聞けて、ほんま、めちゃくちゃほっとした。ずっと、電話かけても、つながれへんかったから……」

「お母さんが腰を痛めて、動かれへんようになって、そんで、大阪のお祖母ちゃんの家におるねん」

「そうやったんや。大変なときに力になることができなくてごめんな」

「ううん、ええよ。フランスにおるんやから、しゃあないし」

「あのさ、村井さん」

「なに？」

「相馬さんが亡くなって、『ソマリ』は閉店することになりそうやねん」

「えっ、そうなん？」

「研修の三週間が終わったら、そっちに帰るつもりやったけど、このままこっちに残って、しばらく働くことになるかもしれへん」

「残るって、どれくらい？」

「それはまだわかれへんけど。こっちに来て、ショコラのおいしさにものすごく衝撃を受けてん。日本とは全然レベルがちがうっていうか。ボンボンショコラは、ひとつひとつが芸術品みたいで、知れば知るほど、その伝統と可能性に圧倒される感じで……。そんで、そのなかでも、すごいと思った店で、働かせてもらえるかもしれへんねん」

「せっかくの機会なんやから、どんどん挑戦すべきやと思う。あたし、応援してるから」

「あ、ごめんね。聖太郎くんにとってはいい話なんやから、喜ぶところやのに、なんか、帰ってくるのが先になっちゃうのかって思ったら、ちょっと、ショックを受けちゃって。でも、うん、わかってるから。せっかくの機会なんやから、どんどん挑戦すべきやと思う。あたし、応援してるから」


「そうなんや……」

凜々花は沈んだ声でつぶやく。

それから、気を取り直したように、明るい声を出した。

「あ、ごめんね。聖太郎くんにとってはいい話なんやから、喜ぶところやのに、なんか、帰ってくるのが先になっちゃうのかって思ったら、ちょっと、ショックを受けちゃって。でも、うん、わかってるから。せっかくの機会なんやから、どんどん挑戦すべきやと思う。あたし、応援してるから」

自分と会えないことを淋しがってくれているのだと思うと、聖太郎は申し訳ない反面、嬉しさも感じた。

「地震のニュースを見て、村井さんのことが心配でたまらへんかった。自分にとって、村井さんがどれだけ大切な存在なんかっていうことを思い知った」

「聖太郎くん……」

「それで、またしばらく会われへんから、はっきり言っておきたいねん」

深呼吸をして、聖太郎は口を開く。

ここはパリだ。恋人たちの街である。気恥ずかしいようなセリフも許される気がした。

「村井さんのこと、愛している。将来は結婚したいって思ってる。だから、信じて待っていて欲しい」

「えっ、なに、聖太郎くん、そんな、急に……」

凜々花はどぎまぎしたように声を上擦らせる。

「いきなり、ごめん。でも、どうしても伝えたくて。……あ、そうや、こっちで世話になってる川合さんの家の電話番号、伝えとくから、なんかあったらいつでも連絡して。そばにおられへんで、ごめん。でも、離れてても、村井さんのこと、思ってるから」

「うん。聖太郎くん、ありがとう」

凜々花の声を心に刻みつけ、聖太郎は受話器を置いた。


川合の取り計らいにより、聖太郎は無事『ナタリー』で働けることになった。

店で扱っているのは、十種類ほどのボンボンショコラのほか、砂糖漬けのオレンジの皮をチョコレートで包んだオランジェット、平たいチョコレートにナッツやドライフルーツをトッピングしたマンディアンなどで、どれも量り売りとなっていた。

グラム単位で値段が決まっており、客は好きな分だけ、気軽に買うことができる。ギフトボックスもあるにはあったが、ほとんどの客たちは自分や家族が普段の楽しみとして食べるために買っているようで、数個のチョコレートを透明の小さなビニール袋や簡素な紙箱に入れて持ち帰った。

川合が話していたように『ナタリー』のオーナーは気さくな人物で、手先が器用で細かな作業のできる聖太郎のことを歓迎して、研修という扱いではなく、それなりの待遇で雇ってくれることになった。

また、日本で大きな地震があったということはフランスのニュース番組でも伝えられており、故郷の街が被害にあい、師匠を失ったと知ると、みんな深く同情して、ほかの従業員たちも親しげに接してくれたのだった。

店内はつねにチョコレートの香りで満たされており、聖太郎は時間を忘れ、夢中で仕事に取り組んだ。

温めたチョコレートを冷たい大理石の台に垂らし、パレットナイフで広げ、中央に集め、薄く伸ばし、また中央に集め、残りのチョコレートを加え、さらに混ぜ合わせていく。チョコレートをなめらかな口溶けにして、美しいつやを出すために必要なテンパリングという工程である。温度を調整することで、チョコレートに含まれるカカオバターの結晶を安定させる。このテンパリングがうまくいくと、聖太郎はまるでチョコレートが自分に心を開いてくれたような気分になった。

店で使われている製菓用のチョコレートはヴァローナ社のクーベルチュールである。オーナーはそれを冗談交じりに「長年連れ添った伴侶のようなものだ」と言っていた。

ボンボンショコラの中身をこのチョコレートで覆い、表面を薄くコーティングすることで、カカオの香りを存分に味わうことができ、うっとりするような口溶けを楽しめる。

高品質のクーベルチュールで作ったボンボンショコラの表面がおいしいのは当たり前のこと。肝心なのは中身だ。ボンボンショコラのセンターをどうするかが、ショコラティエの腕の見せどころであった。

焙煎したアーモンドやヘーゼルナッツなどをキャラメリゼしてペースト状にすり潰したなめらかで香ばしいプラリネ……。あるいは細かく刻んだチョコレートに生クリームを加えて攪拌《かくはん》したやわらかな食感のガナッシュ……。ガナッシュには洋酒を加えたり、シナモンやバニラやアニスといった香辛料を混ぜたり、フルーツのピュレや蜂蜜などを練りこむことで、多種多様な味わいを作り出すことができる。

聖太郎はもうボンボンショコラのことしか考えられなかった。

チョコレートの奥深さを知り、カカオ色をした底なしの沼に、どこまでも沈んでいくようだった。

18

祖父がこの世を去ったあと、光博は道しるべを失ってしまったかのようだった。何不自由のない暮らしをしながら、苦しくて仕方ない。祖父の死から立ち直れず、悲しみは癒えないままであった。

だが、いま、街は悲しみであふれていた。

つらいのは自分だけではない。死は特別なものではなく、ありふれたものであり、だれの身にも起こり得るのだ。その事実を目の当たりにして、光博はようやく、祖父の死を受け入れることができた気がした。

凜々花たちを帝塚山にある祖母の家に送り届けて、自宅に戻ると、光博はひたすら体を動かした。たくさんのものが散乱した部屋を片づけ、遠くまで物資の買い出しに行き、給水車の列に並び、水の入ったポリタンクを家へと運ぶ。

電気はすぐに復旧したが、ガスや水道は一週間経っても使えず、父親はしばらく大阪のホテルに泊まって、そこから会社へ通うことになった。

光博も父親とホテルに避難することを考えたが、母親が自宅に残ると言ったので、そちらにつきあうことにした。母親は近所の手伝いをしたり、避難所へ情報収集に出かけたり、役所に書類を取りに行ったり、知人の葬儀に出席したりと、家を空けることが多かったものの、光博が部屋に引きこもっていたころに比べると、格段に顔を合わせる回数は増えた。

あるとき、光博が水を入れたポリタンクを持って帰ると、自宅にいた母親が「重かったでしょう。ありがとう」と言った。

これまでは失敗を責められたり、駄目なところを叱られるばかりで、母親に感謝をされた記憶などはなかったので、光博はひどく驚いたのだった。

部屋が元どおりになったあとも、光博はもう、そこに閉じこもろうとは思わなかった。厳密に言えば、部屋は元の状態に戻ることはなく、がらんとしていた。たくさんのものが壊れて、光博はその大半を処分した。子供のころから大切にしていたものも、捨ててしまうと、すっきりとした。

春が近づくにつれ、生活は徐々に落ちつきを取り戻していった。

家の風呂に入れるようになり、近くの店で水や食料品が手に入るようになった。しかし、瓦礫は山積みのままで、街のあちこちがブルーシートで覆われていた。

三月二十日にオウム真理教による地下鉄サリン事件が起こると、世間の関心はそちらに移り、テレビではほとんど震災のニュースが流れないようになった。自分たちの住んでいる街はまだ支援を必要としているというのに、報道番組に出ているコメンテーターたちはセンセーショナルな宗教団体の話題に夢中で、地震のことなどすっかり忘れてしまったかのようであり、母親はテレビを見ながら憤慨していた。

ホテル暮らしをやめて自宅から会社に通うようになった父親とも、光博は会話をする機会が増えた。

地震で被害を受けた三田《さんだ》の工場の稼働を再開したものの、人手が足らず困っているという話を聞き、光博はそこで働くことを申し出た。父親はなにか言いたげではあったが、「まあ、やってみるのもええやろ」と了承した。光博が大学に行くことに、父親はもうあまりこだわらないようになっていた。毒ガスによる無差別テロ事件を起こしたオウム真理教の幹部には高学歴のエリートも多く、学歴偏重主義だった父親も思うところがあったようだ。

大宮製菓の工場を訪れるのは、十数年ぶりだった。

幼いころ、祖父に連れられて、工場を見学したことがあった。ベルトコンベアの上をたくさんのお菓子が流れていくのを見て、胸をわくわくさせたものだ。

三田の工場は、あのころと変わらない方式で、ピースチョコを製造していた。

光博は衛生帽を被り、マスクをつけ、清潔な白い作業服を着て、工場へと入っていく。

最初に小麦粉や砂糖などの原材料を投入するところは人の手が必要だが、そのあとの工程はほぼ機械化されていた。

銀色をした巨大なミキサーで混ぜられた生地は細長いパイプを通って、鉄板の上へと運ばれていく。格子模様の入った巨大な鉄板の上に、パイプの穴から、一定の速度で、生地が流しこまれる。生地は二枚の鉄板で挟みこまれ、巨大なオーブンのなかを進みながら、こんがりと焼きあげられる。焼きあがった平たいウエハースの生地は、ベルトコンベアで運ばれ、冷却される。その先にはチョコクリームを作る機械があり、ウエハース生地の片面にクリームが塗られていく。クリームを塗ったウエハース生地を二枚重ね、その上になにも塗っていないウエハース生地を合わせて、三層構造になったものが、一定の大きさにカットされていく。ウエハース生地は溶けたチョコレートの滝をくぐって、コーティングされ、どんどん進みながら冷却される。最後に、紙製のトレーに載せられ、袋詰めされたら、お馴染みのピースチョコの出来上がりだ。

祖父はチョコレートのコーティングの薄さにおいしさの秘訣があるのだと話していた。ぱりっとした食感と、なめらかな口溶け。型にチョコレートとウエハース生地を入れて、冷やし固めてしまえば簡単だが、その方法だとチョコレートが分厚くなってしまう。ウエハース生地とチョコレートの最適なバランスを求めて、祖父は研究を重ね、この機械を開発したということだった。

出来上がった製品は、ベルトコンベアで運ばれ、金属探知機をくぐり、重量検査を経て、段ボール箱へと詰められる。

光博の仕事は、ベルトコンベアで運ばれてくる平たいウエハース生地のうち、クリームを塗らないものだけ、べつのルートに移動させるというものだった。ウエハース生地はもろく壊れやすいので、この部分だけは機械ではなく、手作業で行っているのだった。

機械のそばに立ち、流れてくるウエハース生地を見つめ、一日中、黙々と作業をつづける。工場長は先代社長である祖父に対して忠誠心を持っていたような昔気質《かたぎ》の人物で、光博が手伝いにやってくると恐縮しきりであった。

ほかの人間たちも、社長の息子だということで最初は戸惑っていたようだが、働いている者の多くは母親と同じくらいの年代のパートの女性であり、気楽な立場ゆえか、すぐに光博を特別視することをやめ、ずけずけと物を言うようになった。社長の息子だろうとなんだろうと、パートの女性たちは遠慮せず、光博のことを「人生経験の少ない新入りの男の子」として扱い、そのおかげで、ある面では気楽でもあった。

パートの女性たちは、袋詰めされる前の製品に異常がないかを目視でチェックしたり、梱包しながら最終的な検品を行うという作業を担当していた。延々と流れてくる大量の製品のうちから、不良品を見つけ、速やかに取り除く。コーティングのチョコレートがかかっていない部分があったり、チョコレートの表面に気泡ができたりしたものなど、ほんのわずかな瑕疵《かし》であっても、見逃されることはない。その徹底した仕事ぶりによって、品質が保たれているのだと思うと、光博の胸には尊敬の念が湧いた。

「お疲れ様でした」

帰る際に声をかけると、パートの女性たちは「お疲れ」「また明日」「寒いから風邪ひかんようにね」などとあたたかな言葉を返してくれた。

一日の仕事を終えて、工場を出ると、なんともいえない充実感があった。

少し前までは、社会に出るなんて自分にはまだ早いと思っていた。働くことが不安でたまらなかった。しかし、いまとなってはなにをおそれていたのかと不思議なくらいだ。

家に帰り、母親が用意した夕飯を食べる。

地震のあとは限られたものを分け合って食べるしかなく、お手伝いさんが来ることもなくなり、食卓には母親の手料理が並ぶようになった。

母親とふたりで食卓を囲んでいると、父親がめずらしく早い時間に帰宅した。

父親はここ数カ月、ろくに休みを取っておらず、疲労困憊《こんぱい》という様子だった。地震により工場が被害を受けただけでなく、取引先の卸業者やスーパーマーケットや個人商店などが営業できない状態になったことで、苦しい状況にあるようだ。くわしいことは聞かされていなかったが、会話の端々から光博はなんとなく事情を察していた。

父親は食事をしながら、光博に話しかけてきた。

「工場の仕事にも慣れたみたいやな」

「うん」

「つぎは営業を手伝ってくれへんか？」

「え……？」

光博は箸を止めて、父親のほうを見る。

「三田のほうは新しく雇ったからなんとかなりそうや。それより、もっと人手の足りてへん営業に回ってくれ」

「わかった」

光博がうなずくと、父親は満足げな表情を浮かべた。

ずっと、自分のことを受け入れてくれるのは祖父だけだと思っていた。

両親はいつだって、息子の未来に期待をかけるばかりで、目の前にいる光博のことを見てはくれなかった。

母親は息子に音楽の才能があることを望み、父親は高学歴を求めた。両親に認められるためには、いくつものハードルを飛び越えなければならないような気がしていた。

だが、それは勝手な思いこみに過ぎなかったのかもしれない。

高い理想を掲げ、こうでなければ駄目だと追いつめていたのは、ほかならぬ自分自身だったのだ。

祖父に憧れ、祖父のような生き方がしたいと願いながらも、心の底では自分には無理だと気づいていた。

現実から目をそらして、なにも行動せず、どんどん劣等感に苛まれて……。

自分の部屋に閉じこもり、両親の気配をうかがって、息をひそめるようにして暮らしていたころを思うと、こうして家族三人で食卓を囲んでいるのが奇跡的にすら感じられた。

翌月から、光博は慣れないスーツを身につけて、上司といっしょにスーパーマーケットや個人商店をまわることになった。

上司は三十代半ばの明るい男性で、人当たりが良く、光博に対しても気さくに接してくれた。自信にあふれ、だれとでもすぐに親しくなれる性格に、光博は高校時代によく遊んでいた瑛士を思い出した。この上司も、学生時代にはクラスの中心的人物だったのだろう。

自分は人見知りが激しく、協調性に欠け、口下手なので営業なんて向いていない。そう思っていたのだが、実際にやってみると、想像していたほどつらくはなかった。

営業といっても、すでに取引のあるところをまわるルートセールスなので、見知らぬ相手を訪問したり、門前払いされたりすることはない。

上司はお菓子売り場の仕入れ担当者とのあいだに良好な関係を築いており、何度かいっしょに訪れたあと、光博はその顧客を引き継ぐかたちとなった。

スーパーマーケットを訪れ、担当者に挨拶をして、自社製品の在庫を調べ、補充をして、陳列を手伝う。そうして関係を作りながら、新商品のサンプルを配り、売り方などを提案して、注文を取ることができたときには、とても手応えを感じた。

お菓子売り場の棚には、多種多様な商品が並んでいる。

どこの売り場にもピースチョコは定番として置いてもらえてはいるものの、新商品が定着するのは難しかった。

大手メーカーの新商品は、買い物客の目に留まりやすいゴールデンゾーンに陳列され、テレビCMと連動したキャンペーンを大々的に行っている。テレビCMの出演者や見覚えのあるキャラクターが印刷されたタペストリーが天井から吊り下げられ、関連商品もたくさん並び、訴求力のある棚作りがされている一方で、大宮製菓の新商品は広告費も少なく、せっかく並べてもらっても、広く認知されないままひっそりと消えていくのだった。

父親は自分の代でもピースチョコに匹敵するようなヒット商品を開発しようと躍起になっていた。しかし、業界用語で「千三《せんみ》つ」と言われるように、千種類の新商品を作っても当たるものは三つくらいという厳しさであり、ロングセラーへの道のりは遠かった。

祖父の作った会社はすごいと、無邪気に信じていた昔の自分を思って、光博は苦笑を浮かべる。営業にまわるうち、大宮製菓は地方の弱小メーカーでしかないのだと認めざるを得なかった。

営業の仕事にも慣れたころ、凜々花から電話があった。

会いたいと言われ、光博は気乗りしなかったものの、待ち合わせの時間と場所を一方的に決められ、向かうことになった。

凜々花と会うのが憂鬱なのは、自分の心境の変化に気づかないふりをするのが面倒だからだった。

地震の日、凜々花を抱きしめてしまったことにより、光博は自分をごまかせないようになっていた。凜々花のことは家族のようなものだと考えて、異性として見ることはタブーだという感覚があった。それなのに、身体的接触は光博の心を大きく揺るがしたのだった。

一度、自分が凜々花に恋愛感情を抱いているのだと認めてしまえば、ややこしいことになる。だから、光博は感情に蓋をして、曖昧なまま、はっきりさせないでおこうと思った。

そもそも、相手がだれであれ、交際をしたいという願望はまったくなかった。

高校時代に恋人とつきあうという経験をしてみて、どうも自分は恋愛というものに向いていないようだ、と光博は判断したのだった。

当時の恋人だった美結は自分の魅力に値段をつけ、男に対価を支払わせようとしているかのようだった。光博はそのルールに従うことができなかった。そして、彼女が求めていたネックレスの代わりにチョコレートを贈って、愛想を尽かされた……。

自分の行動を悔いてはいないが、苦い記憶であることに変わりはない。

「みっちゃん、久しぶり」

待ち合わせ場所に指定されたカフェに行くと、すでに凜々花のすがたがあった。

「地震のとき以来やもんね。その節はお世話になりました」

笑顔を向ける凜々花に、光博の胸には苦い気持ちが広がる。

コーヒーを注文すると、ブラックのまま飲み、舌で苦さを味わうことで心を紛らわせた。

「おばさんの具合は？」

「もうすっかり歩けるようになって、ほっとしたよ。まだ少し痛むみたいだから、無理しないようにとは言ってるけど」

「そっか、よかったな」

「みっちゃんは、おじさんの会社で働いてるんやろ？」

「ああ、まあな」

うなずいた光博を見て、凜々花はくすりと笑う。

「なんか、みっちゃんがちゃんと会社員やってるところって、想像つかへんわ」

「うっさい」

「大学は辞めることにしたん？」

「うん。行っても無駄やし」

「みっちゃんも自分の人生を進むことを決めたんやね」

どことなくしんみりした口調で言うと、凜々花は紅茶のカップに口をつけた。

「仕事って、どういうことやってんの？」

「いまは営業。スーパーとか商店をまわって、注文を取ったりする」

「へえ、面白そう」

「まあ、実際にやってみると、わりと楽しいかな。ルートがあって、スコアを上げるとか、ゲームみたいな感じやし」

「つらいこともある？」

「前任者が優秀なひとやったから、比べられて、嫌味とか言われると、地味にへこんだりはする。基本、商品を仕入れてもらう立場やから、下手《したて》に出なあかんし。偉そうな担当者もおるけど、でも、なんつうか、大宮っていう名前やから創業者一族の人間ってバレてるし、普通の新入社員よりは甘やかされてるんやろうなとは思う」

光博が淡々とした口調で言うと、凜々花はまじまじとその顔を見つめた。

「みっちゃんがすごく大人っぽい発言をしてる。まわりのこと、そんなふうに見られるようになったなんて驚きやわ」

本気で驚いているようで、凜々花は目をまたたかせた。

「ま、大人になった、っていうことやな」

光博はおどけて言うと、照れ隠しのようにコーヒーを飲んだ。

「そっか。大人になったんやよね。あたしも、みっちゃんも」

凜々花は紅茶のカップを両手で持ち、視線を落として、つぶやく。

「最近、時間がどんどん流れていって、信じられない気持ちになる。子供のころは、もっと、毎日がゆっくり進んでいたのに」

「それはあるな。小学生のときの夏休みとか、気が遠くなりそうなほど長く感じたし」

「これから、人生がどんどん加速していくと思うと、こわいよ」

「言うても、凜々花はまだ学生やん」

「でも、もう子供じゃないって現実を突きつけられるようなことがあったんよね」

「なに？」

問いかけた光博に、凜々花は顔をあげると、さらりと答えた。

「聖太郎くんにプロポーズされた」

光博は絶句して、凜々花を見つめる。

凜々花と聖太郎がつきあっていることは知っていた。だが、ふたりの仲がそこまで進んでいるとは、正直、思ってもいなかった。

「聖太郎くん、いまもまだフランスにおるんやけど、地震のあと、電話があって、結婚のこと言われて……」

「へえ、そうなんか。よかったやん」

こういう場合は、おめでとう、という言葉をかけるのだろうと頭では理解していたが、光博の口はそこまでなめらかには動かなかった。

「いいこと、なんよね……。恋人からプロポーズされるって、嬉しいことのはずやん？　それやのに、あたし、びっくりしたあと、そんなに喜んでへん自分に気づいてん」

凜々花はそう言うと、また視線を紅茶のカップに落とした。

「自分が結婚するって考えたら、腰が引けちゃったっていうか、嬉しさより、戸惑いとか、無理っていう気持ちのほうが大きくて……」

「なんで？」

「だって、結婚って、家同士のことでもあるし、現実的に考えたら、難しいよ」

「そういうもんなんか？　女ってシビアやな」

光博は子供時代に遊びに行った聖太郎のアパートを思い出す。

聖太郎の実家は裕福ではなかった。菓子職人としての給料もそんなに多くはないだろう。

一方、お嬢様育ちの凜々花は、経済的な苦労をしたことはない。

「それに、地震でめっちゃこわい目に遭ったとき、このまま死んだら、あたし、絶対に後悔するって思ってん。まだまだ、もっと、本気でピアノに取り組めるはずやから。恋愛なんかにうつつを抜かしてる場合じゃないっていうか、逃げたらあかん気がする」

凜々花は紅茶を飲み、大きく溜息をつく。

「自分で自分がわからない。愛がどんなものかを知りたかったのに、結局、あたしには本当にだれかを愛する気持ちなんて、手に入れることはできへんかった」

愛の喜び、愛の悲しみ、愛の挨拶、愛の夢……。これまでに愛をテーマとした曲を幾度となく弾いてきた凜々花だからこそ、その言葉と真摯に向き合おうとしているのだろう。

「告白されたのはすごく嬉しくて、デートのときもドキドキしたから、あたし、聖太郎くんのこと、好きやと思ってた。でも、あたしがやってたのって、ただの恋愛ごっこで、すごく自分勝手なものなんじゃないかっていう気がしてきてん」

凜々花の葛藤は、わからないでもなかった。

光博も高校時代につきあっていたのは、相手のことが好きだからというより、彼女がいるという状態を確保するためであった。

「あたし、結婚について考えるとき、シューマンとクララを思い浮かべるんよね。クララはピアニストとして名声を得ていたけれど、父親の反対を押しきって、シューマンと結婚して、生涯、彼を支えた。ピアニストとしての才能はクララのほうが上だったのに」

「いや、そんなロマン派の作曲家を例に出されても」

「あと、だれだっけ、指揮者で、奥さんにも音楽的才能があったんだけど、私の音楽をあなたの音楽だと思ってくれませんか、ってプロポーズしたっていう……。よく覚えてへんけど、そういうエピソードをなんかで読んで、自分の夢を諦めて、相手の夢にかけるとか、あたしには無理やなって思った」

「あやふやな話やな。まあ、言いたいことはわかるような気もするけど」

凛々花にはだれかを献身的に支えるという役割は似合わない。

むしろ、その役割を担うべきは……。

「あたしの最優先は、ピアノ。聖太郎くんとつきあったことだって、恋愛を経験してみれば、表現力に幅が出るかなって期待があった。そういう打算的なところを受け入れてくれたのも、聖太郎くんがおなじように高みを目指す人間やからやと思う。そんなふたり、結婚しても、うまくいくわけない」

凛々花はきっぱりと言いきる。

光博はふたりが結婚するという展開を望んでいるわけではなかったが、こうまで否定されると、聖太郎に同情したいような気分になった。

「うまくいく場合もあるかもしれへんやろ」

「でも、やってみて、うまくいかへんかったら？　結婚して、やっぱり失敗やったとか、そんなん無責任やし、子供にとっては迷惑なだけやん」

「難儀な性格やな」

凛々花の両親はうまくいっているとは言えず、父親はほかの女性とのあいだに子供を作っていた。そんな両親を見ていることもあって、凛々花は結婚に対して消極的で、自分には無理だと決めつけるのかもしれない。

「みっちゃんは引きこもっているあいだ、どんなこと考えてた？」

「いきなり話が飛んだな」

「人生のスランプから脱出した先輩にアドバイスを聞きたいなと思って。あたしも、このところ、停滞してるから。なんで、みっちゃんは変わることができたん？　やっぱり、地震のことが大きかった？」

「うーん、どうやろうな。地震がきっかけと言われたら、そうかもしれへんけど」

自分に起こった変化は、有り体に言ってしまえば「諦め」ではないかと光博は思った。

引きこもっているときは、自分はやればできると思っていた。いつか、自分にも素晴らしい未来が訪れるような気がしていた。子供のころに夢見たようなきらきらと輝く未来……。でも、地震で壊れた街を見て、そんな未来はどこにもないということを悟ったのだ。あるのは現実だけ。そして、憧れを抱くことをやめた。いまの自分しかいない。過去にも未来にも執着せず、いまの自分を生きることを選び、光博はまた動けるようになったのだった。

その心境を説明しようにも、うまい言葉が見つからず、光博は黙っているしかなかった。

それに、自分のように諦めてしまうことが、凜々花にとって有益だとも思えない。

諦めず、苦しみつづけることでしか、凜々花の欲するところへは辿り着けないのではないか。そんな気がした。

「あたし、人生ですごい経験をすれば、すごい演奏ができるようになるかもって思ってた。

でも、恋をしてみても、表現力が豊かになったりはしなかった。地震で死ぬほどこわい思いをしても、音楽性に変化はなかった。これって、どうしようもないほど絶望的なことやと思わへん？」

わずかに声を震わせた凜々花に対して、光博は平坦な口調で言った。

「なら、やめたらええやん」

「みっちゃん……」

「ピアノなんか、はっきり言うて、なくてええもんやろ。普通の人間には聴き分けられへんような細かい音のちがいにこだわって、冷静に考えたらアホみたいやと思わへんか？」

「みっちゃんは優しいね」

凜々花はそう言って、ふっと笑みを浮かべた。

「あたしの性格をわかった上で、励ましてくれてる」

「べつに、そんなつもりちゃうけど」

光博は空になったカップを見つめる。

コーヒーを飲み干したあとも、口に苦みが残っていた。

今日はふたりとも、飲み物だけで、ケーキなどは頼まなかった。

甘いものが好きな凜々花がケーキを食べなかったのは、聖太郎のことを思い出したくなかったからだろうか、と光博は考える。

「ほんと、みっちゃんの言うとおりだよ。クラシックなんて衰退している文化だし、多くのひとは音楽がなくても生きていける。なのに、あたしはピアノから離れることができない。それが答えやよね」

空になったカップを置いて、凜々花は立ちあがった。

「今日はありがとう。話を聞いてもらえて、すっきりした」

晴れ晴れとした表情を浮かべた凜々花に、光博はただ「うん」と素っ気なくうなずいた。

「じゃあね、みっちゃん。仕事、頑張ってね」

「ああ、凜々花も」

ピアノを頑張れよ、とは言わなかった。

いつでもやめればいい、と光博は本気で思っていた。

凜々花が挫折して、ピアノを諦め、自分とおなじ地平まで落ちてくるのを待ち構えてすらいた。

羽ばたきつづけることに疲れて、飛べなくなったなら、受け止めてやる。

だが、そんな日は来ないだろうということも、光博にはわかっていた。

19

凜々花に振られたあと、聖太郎は以前にも増して仕事に打ちこんだ。ショコラと向き合っているあいだは、悲しみを忘れることができた。

仕事から帰ると、川合の家のキッチンを借りて、試作に没頭した。

自分の働いている店が休みの日には、川合の働いている店で研修をさせてもらった。パリの街を歩き、さまざまなものを食べ、美術や音楽といった文化に触れ、刺激を受けると、ショコラが作りたくなった。

一日のほとんどの時間をショコラのことだけを考えて過ごす。

それでも、眠るまえにベッドでぼんやりしているときなどには、凜々花と最後に電話で交わしたやりとりが蘇った。

――本当にごめんなさい。プロポーズされて、すごく嬉しかった。でも、聖太郎くんと結婚することは、逃げやと思う。考えれば考えるほど、やっぱり、結婚はできないという結論になりました。

——ピアノも大事やし、聖太郎くんのことも大事。でも、どっちかを選ばなあかんとしたら、あたしはピアノを選んでしまうから。

——聖太郎くんが、俺とピアノ、どっちを取るのかとか、そういうことを言わへんのはわかってるねん。けど、あたしはその気持ちに甘えたくない。自分なりのけじめっていうか、結論が出てるのに、これ以上、甘えたらあかんと思う。

——全部、あたしのわがままやから。聖太郎くんに悪いところはひとつもないねん。ほんま、ごめん。

——うん、そう、あたしも留学することに決めた。師事したいピアニストがおるから、押しかけ弟子になってやろうと思って。

——いいきっかけをくれて、ありがとう。おなじ人生を歩むことはできへんかったけど、お互い、頑張ろうね。

一年近く経ったいまでも、あのときの会話は一言一句はっきりと思い出すことができた。何度も何度も頭のなかで凜々花の声を再生しては、心の傷口に塩を塗りこむ。

まさか、プロポーズをした結果が別れ話になるなんて思いもしなかった。

結婚のことは考えず、恋人としてのつきあいをつづけることも提案したのだが、それすらも断られてしまった。

凜々花は留学のためにロシアに旅立つということだった。ピアノに専念するために、自分との関係を解消したいと言われれば、受け入れるしかなかった。

納得するしかないとわかってはいても、繰り返し考えてしまう。自分はどこで間違えたのだろうか。ほかに道はなかったのだろうか。先走ってしまったせいで、凜々花を失うことになった。こんなことなら、プロポーズなんてしなければよかった……。

恋人と別れたと知ると、川合は「つぎを見つけたらええねん、つぎを」と言って、友人の家で行われるパーティーなどに誘ってくれたが、気分は晴れなかった。どんなに魅力的なフランス人女性と出会っても、聖太郎の心は動かない。唯一、おいしいショコラと出会ったときにだけ、これを作った人物と話がしたいという思いに駆られ、積極的に行動したのだった。

新しい恋人を得ることはできなかったものの、川合のおかげでフランスでの交友関係は広がり、語学力も向上した。

だれかの家で行われる気軽なパーティーの場合、聖太郎は自作のボンボンショコラを手土産に持っていくことが多かった。特にシャンパンで香りづけしたガナッシュを丸めたトリュフは大好評であった。

川合の飲み仲間に、白髪の痩身《そうしん》でスーツを粋に着こなした柴村《しばむら》という男性がおり、聖太郎の作ったボンボンショコラを食べると、大きく目を見開いて、絶賛した。

「へえ、これはいいね。日本人でこれだけのものを作れるショコラティエがいるとは驚きだ。きみ、いまはどこで働いてるの？」

柴村は聖太郎に強い関心を示し、日本で働いていた店やフランスに来たきっかけ、コンクールで作った林檎のガトーバスクのこと、ショコラの魅力についてなど、矢継ぎ早に質問をしては、熱心に耳を傾けた。

「そうか。神戸が実家ということは地震では大変だっただろうね。しかし、こっちに来ているタイミングだったのは不幸中の幸いというか……。いや、いろいろと不躾にすまない。きみにとても興味を持って。実はね、私はずっと川合くんに日本で店をやろうと声をかけては断られつづけているのだよ」

「そうなんですか」

そういえば、川合が以前、出資の話があったので日本で店を持つことを考えた、と語っていたことを思い出す。

川合はフランスに馴染みすぎており、食材や風土のちがう日本では自分の作りたい味を出せないから、結局、日本には戻らず、こっちで働いているということだったが……。

「若者の夢を応援するのが、私の趣味みたいなものでね。これぞと見込んだ相手には声をかけるようにしているんだよ」

「はあ」

「ショコラはブームが来るよ、絶対に来る」

柴村は興奮した口調で言って、トリュフをもうひとつ口に入れた。

「日本で大人が楽しめるチョコレートっていえば、板チョコとかアーモンドチョコくらいでしょう。あとはせいぜい、ウイスキーボンボンとか。そこに、こういう本格的なショコラで勝負をかけてみたいと思わない？」

聖太郎の目をじっと見つめて、柴村は力強く問いかける。

「チョコレート専門店、やろうよ。輸入チョコレートの店はあっても、職人の手による作りたてのショコラが並んでるような店は日本にはまだ少ないからね。本物の味を日本でも広めるんだ。きみさえ、やる気があるなら、私はいくらでも力を貸すよ」

あまりに唐突な申し出であり、聖太郎は最初まともに取り合わなかった。

なにしろ、さっき会ったばかりなのである。酒の席での会話なのだから、本気にするのも野暮というものだろうと思っていた。

「ありがとうございます。そんなふうにおっしゃっていただけるだけでも嬉しいです」

聖太郎の答えに、柴村は心外だとでも言いたげな表情を浮かべた。

「あれ？　冗談だと思ってる？　伊達や酔狂で言ってるんじゃないよ。本気だから。羽野くんのショコラ、絶対に話題になるよ」

柴村は熱っぽい口調で力説する。

「いつくらいに日本に帰ろうと思っているの？　帰国後はまたどこかの店に勤めるつもりかい？　伝手はあるの？　はっきり言って、こっちで修業した以上のものを学べる場所なんて、日本にはないでしょう」

その言葉に、聖太郎は胸を衝《つ》かれた。

ショコラティエとして、自分はいま、パリでも屈指の店で働いている。技術や知識を吸収することに夢中で、それを持ち帰ったあとのことは考えていなかった。

洋菓子店なら、日本にも素晴らしい店は多く、働きたい店を探すこともできるだろう。しかし、ショコラトリーはどうだ。確かに、柴村の言うとおり、日本に戻ったところで、自分が望むようなショコラを専門に扱っている店なんて……。

「日本で働くにしても、スキルアップっていうより、開業資金を貯めるためになるだろうね。それなら、私が資金を提供するから、さっさと自分の店を持ってしまえばいいじゃないか」

あまりに簡単に言うので、どこまで真に受けていいものか、迷ってしまう。

それでも、話をしているうちに、聖太郎はその提案を可能性のひとつとして考えはじめた。

日本でショコラの専門店を開く……。

自分の店を持つ……。

それはずっと先のことだと思っていた。

遠い未来。自分がもっともっと成長すれば辿り着くことのできる場所。だが、いま、それが手の届きそうなところにあると言われ、胸が高鳴る。

「とりあえず、事業計画っていうかさ、商品ラインナップとか考えてみてよ」

柴村に言われるまでもなく、聖太郎の頭には自分の店に並べたいボンボンショコラがいくつも浮かんでいた。

シナモン、キャラメル、ジンジャー、フランボワーズ、カシス、胡桃《くるみ》、無花果……。そうだ、どうせなら、日本ならではの食材を使ったガナッシュを作ってみよう。シャンパンの代わりに、日本酒を使うとか。『ソマリ』で灘の銘酒を使ったパウンドケーキが好評だったことを思い出して、聖太郎はすぐにでも試作してみたくなった。しかし、パリにあるアジア食材を扱っている店では、手に入れることのできる日本酒の種類も限られている……。

パーティーはお開きになり、聖太郎は柴村から連絡先を渡され、川合と帰路についた。

「柴村さんとえらい熱心に話しこんでたな」

川合に言われ、聖太郎は出資の件を相談してみた。

「でも、まあ、たぶん、社交辞令みたいなものやろうし、本気にするのもどうかと思うんですけど……」

「いや、あのひとは建前とか言わへんで。羽野に声をかけたのは、投資したら回収できるとちゃんと計算した上でのことやろう」

「え、ほんまですか」

「ああ。俺のときも、大金を出そうかというのに、そんな軽いノリでええんかと心配になったけど、あれくらいのひとになると、感覚がちがうんやろうな」

川合はそう言って、肩をすくめる。

「柴村さんは東京にビルをいくつも持ってはるらしい。俺の知り合いにフランス貴族の末裔で馬主やってるやつがおるんやけど、柴村さんもそういう感覚なんやろうなあって思うわ」

「馬主、ですか？」

「ああ、そうや。上流階級の人間にとっては名馬を所有することがステータスやねんて。馬主は自分でレースに出ることはなくて、馬に乗るのは、金で雇った騎手やろ。で、レースで自分の馬が勝利すれば、馬主は儲かるし、一流の鑑識眼の持ち主やという証明になって、敬意を得ることができる」

「はあ、なるほど」

夜のパリの道を歩きながら、聖太郎は競馬場を思い浮かべた。そこで走っている馬になった自分を想像する。

「断った俺が言うのもなんやけど、悪い話ではないで。それどころか、出資者を探してるやつにとったら、信じられへんほどおいしい話やろうな。実際、若手のフレンチのシェフを東京に連れ帰っては、もう何人も店やらせて、成功させてるし」

「川合さんは、やっぱり、食材とかの問題でこっちで作りたいって気持ちが強いんですよね？」

「そうやな。食文化っていうのは、地域に根差したもんやと思うから。日本に一時帰国してもなんか居心地悪くて、もはや、こっちが地元みたいな感じになってるし。もし、独立するなら、いっそ、こっちで営業権を買おうかと考えてる」

「それはすごいですね」

「先立つものがあればの話やけどな。しかし、羽野のショコラに目をつけるとは、さすがは柴村さんやな」

川合は感心したようにつぶやいて、聖太郎のほうを見る。

本場の味にこだわる川合の気持ちも、わからなくはない。だが、聖太郎はむしろ、日本の食材と合わせることでショコラの世界はもっと広がりを見せるのではないかと思って、挑戦したいような気がした。

「でも、冷静に考えて、店を持つなんて、まだ早すぎますよ。もっと、こっちで勉強したいですし」

聖太郎は軽く頭を左右に振り、そう言ったのだった。


その後、いつか自分が持つかもしれない店のことを夢想してみることはあっても、実際に柴村に連絡を取ることはないまま、毎日は慌ただしく過ぎていった。

そんなある日、聖太郎のもとへチョコレートコンクールへの招待状が届いた。

大手クーベルチュールメーカーが主催しているもので、その会社の製菓用チョコレートを使うことが条件となっていた。コンクールといっても参加者が会場に集まって行われるものではなく、ボンボンショコラを四種類、出品するようにということだった。

聖太郎はこれまでに試作したものから四種類を選ぶと、完成度を高めて、事務局まで持参した。郵送でも構わないようだが、ショコラの繊細な味わいが配送中の温度の変化や衝撃などの影響を受けることを懸念して、自分で手渡したほうがいいだろうと判断したのだった。

その場で審査員が試食をして結果が出るようなコンクールではないので、緊張や興奮のようなものは特に感じなかった。ボンボンショコラを届けたあと、聖太郎はまた忙しい日々に戻り、出品したことすら忘れていたほどだった。

受賞の連絡を受けたのは、四カ月後のことだった。

聖太郎が受賞したのは、外国人部門の特別賞というもので、上には金賞や銀賞や最優秀賞や優秀賞などがあり、それほど立派な成果にも思えなかったのだが、受賞パーティーに招かれることになった。

そのパーティー会場で、柴村と再会した。

「やはり、私の目は正しかったね」

そう言って、柴村は満足げにうなずいた。

「きみなら、きっと、結果を出してくれるだろうと思ったから、事務局に推薦しておいたんだよ。店をやるなら、受賞歴で箔をつけておいて損はないから」

柴村にまだそのつもりがあったということを知り、聖太郎は驚いた。

ここまで言うてくれはるんやから……。

聖太郎も、その気持ちに応えたいと思った。

出店のための計画はどんどん進んだ。ちょうど川合に恋人ができたことにより、部屋を出たほうがよさそうな雰囲気を感じてもいた。べつの場所に部屋を借りて、パリで仕事をつづけるという選択肢もあったのだが、聖太郎は柴村と店を開くため、帰国することに決めたのだった。

最初は三週間のつもりで来たのに、気づくと、パリで三年が過ぎていた。


成田空港に降り立ち、まずは柴村と共に東京で出店候補地を見てまわってから、実家に帰ることになった。

柴村が第一候補としていたのは神楽坂《かぐらざか》で、パリに似ていると言われれば、確かに石畳の路地や入り組んだ坂道にはモンマルトルのような風情があった。

柴村と将来の展望を語り合い、未来に胸を膨らませてホテルで眠り、翌日、新幹線に乗って、新神戸へと向かう。

母親とは国際電話でまめに連絡を取り合っており、教会というコミュニティに支えられているから自分がそばにいなくてもだいじょうぶだったとはいえ、地震で大変だったときに戻らなかったことについて、負い目を感じていないわけではなかった。

テレビのニュース映像で見た地震直後の悪夢のような光景……。もしかしたら、三年も日本に戻らなかったのは、あの映像が現実のものだと直視するのが怖かったからかもしれない。なんの助けにもなれなかった。それどころか、ショコラに夢中になるあまり、故郷のことを思い出さない日さえ多かった。母親はそれを責めたりはしなかったが、聖太郎は罪悪感を消し去れず、久しぶりの帰郷だというのに心は晴れなかった。

三年という月日を経て、聖太郎は神戸の街を歩く。

復興は進んでいるものの、それでも、失われてしまった建物やたくさんのひとの名前の刻まれた慰霊碑に気づき、心が揺さぶられる。

顔をあげれば、山の連なりが見えた。神戸の地理はわかりやすい。北が山で、南が海だ。自分がどの方角を向いているのか、すぐにわかる安心感に、聖太郎はふっと笑みを浮かべる。

川合は一時帰国しても日本で居心地の悪さを感じると話していたが、聖太郎にしてみればまったく逆であった。

生まれ育った街に戻り、そこが変わらずに自分を受け入れてくれることを感じたのだ。

そして、強く思った。

ここが自分の居場所だ、と。

店をやるなら、この街がいい……。

家に帰ると、母親が聖太郎の好物をたくさん用意して、待っていた。

ふたり分にしては明らかに多すぎる量であり、食卓に並んだ料理は食べても食べてもなくならなかった。

「久々に聖太郎が帰ってくると思うと、あれもこれも食べさせたいと思うて、ついつい作りすぎたんよ」

聖太郎のフランスでの話を聞きながら、母親は楽しそうに笑い、目尻に涙をにじませることもあった。

嬉しそうにしている母親に、またすぐに東京へ行き、向こうで仕事をすると告げることは気が進まなかった。

東京ではなく、こっちで店を開けば、母親のそばにいることもできる。

聖太郎は自分の迷いを柴村に打ち明けることにした。

しかし、神戸で店を開きたいという意見は、すげなく却下された。

東京には柴村の所有するビルがあり、そこで開業するなら、初期費用やテナント料なども抑えることができる。柴村にしてみれば、地の利があり、これまでの経験や人脈も活かすことができるのだから、わざわざ馴染みのない土地に出店する理由はなかった。

柴村の考えはもっともだと思うのだが、聖太郎は自分の心に芽生えた気持ちに逆らうことはできなかった。

結局、折り合いがつかず、出店の計画は白紙撤回されることになった。

聖太郎は残念に思いつつも、どこかほっとしていた。

気持ちを切り替え、仕事先を探していたところ、榛名からの紹介で、大阪のカフェで働くことになった。新規開店のためにスタッフを募集しており、聖太郎は即戦力ということで重宝がられた。しかし、デザートのメニューはほぼ固定されており、創意工夫の余地は少なく、毎日の仕事はルーティンで過ぎていった。そしてなにより、その店はチョコレートを用いたメニューがなく、せっかく身につけたテンパリングの技術も活かせなかった。

日々の仕事をこなしながら、聖太郎は満たされない気持ちを抱えていた。

チョコレート作りのなかでも、テンパリングは特に心躍る作業だ。

うっとりするようなカカオの香りを感じながら、大理石の台の上に溶けたチョコレートを流して、広げ、集め、ご機嫌をうかがい、結晶を安定させて、つややかで美しい最高の状態へと仕上げていく……。

スポンジ生地を混ぜ合わせていても、生クリームでデコレーションを行っていても、聖太郎の渇望は癒されなかった。

休みの日には自宅でひたすらボンボンショコラを試作した。

母親が教会の集まりに持っていくと、大好評であったということだった。

「今度のバザーにぜひ出してほしいって言われたんよ」

母親の頼みを断りきれず、聖太郎は教会のバザーで販売するためのボンボンショコラを作り、数年ぶりに教会を訪れた。

かつては、自分のうちから信仰が失われたことを悩み、教会にいると居心地の悪さを感じたものだった。しかし、いまとなっては、自分が部外者であることを当然だとして受け入れ、違和感はなかった。

母親は教会の関係者たちと熱心に話をしており、聖太郎は離れた場所からそれをぼんやりと見ている。

母親の信じているものを、自分も信じたい……。

自分の見ている世界を、母親にも見てほしい……。

そんな子供のころの苦しいほどの希求が、跡形もなく消えていた。

この場所で、自分は神様の存在を感じることはできない。

だが、自分にはほかに信じるものがある。

テオブロマ。神様の食べ物。

ショコラにすべてを捧げたい。自分が作ることのできる最高のものだけを並べた店をやりたい。心の奥底から湧きあがる気持ちが、聖太郎の指針となる。

今度はだれかに頼ることなく、自分の力で出店に向けて、動いてみよう。

陽光に包まれた教会の庭で、聖太郎はそう決意した。

ダイニングカフェでの仕事をつづけながら、開業のために必要なことを調べたり、金融機関を訪れたりして、実現への一歩を踏み出した。

自己資金の乏しい聖太郎にとって、物件を借りるための初期費用は悩ましい問題であったが、願ってもない話が転がりこんできた。

北野坂《きたのざか》から一本入ったところにある雑居ビルに、こぢんまりとしたサンドイッチ店があったのだが、移転することになり、そこを格安で貸してくれるというのだ。

そのビルのオーナーは、母親とおなじ教会に所属しており、聖太郎のショコラを食べたこともあって、応援したいと言ってくれたのだった。

物件を訪れ、実際にこの目で確認して、聖太郎はすっかり気に入った。

いわゆる鰻《うなぎ》の寝床といったかたちの細長い店舗で、間口は狭く、陳列ケースの向こう側に、これまた狭い厨房がある。スペースは限られているが、ひとりで作業する分には問題なさそうだ。厨房には業務用の大きな冷蔵庫が設置されており、内装も古びておらず、そのまま使えそうである。

聖太郎はスタッフを雇うつもりはなく、ひとりですべて行おうと思っていた。

普段は奥の厨房で作業をして、お客さんが来たときには、陳列ケースの内側から接客をすればいいだろう。

思い描いていた店にぴったりの居抜き物件と出会ったことにより、聖太郎はついに自分の店を持つことになった。


オープンは十月だった。

その後、クリスマス、バレンタインデーとイベントがつづき、雑誌で紹介されたこともあり、出だしは好調であった。

お客さんが多い時期には母親に接客を手伝ってもらった。聖太郎は奥の厨房にこもり、ひたすらボンボンショコラを作りつづけた。極限まで睡眠時間を削っても、ひとりで作ることのできる量は限られており、午後の早いうちに完売となることも多かった。

それがホワイトデーを過ぎると、ぱたりと客足が途絶えるようになった。

母親の手を借りる必要もなくなり、聖太郎は当初の予定どおり、ひとりで店に立った。

日本におけるチョコレートの消費はバレンタインデーの時期に集中しており、それ以外の季節は売り上げが減少することは覚悟していたが、それでも売れ残りを廃棄するのは精神的にきついものがあった。

梅雨の時期になると、ますます客足は落ちこんだ。

陳列ケースの内側に立ち、聖太郎はだれも訪れることのないドアを見つめる。

店のドアには透明なガラスがはめこまれており、晴れた日には光が差しこむが、雨の日はしととと降る雨には似合うものの、心は落ちこむ一方であった。

聖太郎はふと、うつむき、そして、また顔をあげる。すると、ドアが開き、ベルが軽やかな音を響かせた。

現れた人物を目にして、聖太郎は短く息を呑む。

「村井さん……」

以前とほとんど変わらないすがたで、凜々花は立っていた。

「久しぶりやね、聖太郎くん」

お互いに見つめ合ったまま、しばらく沈黙が流れる。

「なんで、ここに……」

ようやく口が動かせるようになると、聖太郎はそうつぶやいた。

「雑誌で見てん。自分のお店を持つなんてすごいよね。おめでとう」

「ああ、うん、ありがとう」

凜々花はふっと微笑むと、陳列ケースに並ぶショコラへと目を向けた。

「どれにしようかな」

わくわくした顔つきで、凜々花はショコラを眺める。

ふたりのあいだは、ショコラの並んだ陳列ケースによって隔てられていた。

店員と客の関係。

そうだ、凛々花はもう自分の恋人ではない。ショコラを買いに来てくれただけなのだから、おかしな期待なんてするな……。そう自分に言い聞かせて、聖太郎は浮き立ちそうになる心を抑える。

「どれもおいしそうやから、迷っちゃう」

「はじめてのお客様には、こちらの四種類のセットをおすすめしています」

店員としての口調でそう言うと、思いがけない言葉が返ってきた。

「実は、それ、食べたことあるねん。前にも一回、来たから」

「え？」

「年明けてすぐのころ。そんときは、聖太郎くん、奥におって、こっちには気づかへんかったみたいやけど」

「そうやったんや」

声をかけてくれたらよかったのに……と思いつつも、別れた恋人とはどのような距離感で接したらいいものなのか計りかねて、聖太郎は口には出せなかった。

「聖太郎くんのショコラ、おいしいね」

「ありがとう」

「また買いに来てもいい？」

「もちろん」

凜々花は今月の新作ショコラをふたつ買うと、大切そうに持って、店をあとにした。

それからもたびたび、凜々花は店を訪れた。

ロシア留学から帰ったあとはコンサートに呼ばれることも増え、全国各地を飛びまわっていること。相変わらず練習の鬼で、ピアノ一筋の人生であること。ソリストとしてだけでなく、室内楽や伴奏も行うようになり、人間が丸くなったこと……。ショコラを選びながら、凜々花はそんなことを話した。

夏場のもっとも売り上げが落ちこむ時期に、凜々花が定期的に客として買いに来てくれることは、とても励みになった。凜々花は友人を伴って来店することもあった。女友達と楽しそうに笑っているすがたからは、かつての他人を寄せつけない孤高の雰囲気は感じられず、本人が言っていたように、ずいぶんと物腰がやわらかくなったような印象を受けた。

自分と別れたあと、凜々花は知らない場所で、知らないひとたちと出会い、成長をしたのだろう。凜々花の人生において、自分は重要な存在にはなれなかった。そう考えると少し淋しくはあったが、自分の作ったショコラを凜々花が喜んでくれているのだから、それで十分だという気もした。

凜々花のほかにもリピーター客は徐々に増えているとはいえ、売り上げは低迷したままだった。

夏をどうにか乗りきって、クリスマスの時期になれば、持ち直せると思うが……。聖太郎にとって、クリスマスはもはやキリストの降誕祭ではなく、繁忙期として認識されていた。信仰心を失ったのに、クリスマスやバレンタインデーといったキリスト教に由来する記念日に深く関わる職業に就いているのは、なんとも皮肉な巡り合わせであった。

ショコラを作っているときには、余計なことは考えずに済む。

だが、箱詰めをして、ふと気が緩んだ瞬間などに、不安が襲いかかってきた。

俗に、結婚はゴールではなくスタートだと言われるが、店を持つこともまさにそうだと聖太郎は痛感していた。自分の夢見ていた店を実現して、そこで終わりではないのだ。つづけることこそ、難しい。資金が尽きれば、店を閉めるしかない。自分で店をやる以上、商品を作るだけでなく、経営についても頭を悩ませなければならなかった。プレッシャーのあまり、聖太郎の体重はこの半年で激減して、母親にも心配をかけていた。

奥の厨房で作業をしていたら、来客があった。

凛々花かもしれないと淡い期待を抱いたものの、店に入ってきたのは五十代くらいの男性であった。

「なんや、ここ、パン屋とちゃうんか」

店内をぐるりと見まわして、男性は当てが外れたというようにつぶやいた。

「サンドイッチ屋さんは移転されたんです。いまはショコラを専門に扱っています」

「へー、ショコラねえ」

男性は陳列ケースをのぞきこむ。そして、ぎょっとしたような表情を浮かべた。

「うわ、高っ！　なんや、この値段」

顔をしかめて、非難めいた声で言う。

「こんなちっこいチョコレートが三百円やなんて高すぎるやろ。これ一個で、ピースチョコが十個も買えるやないか」

なにも買わず、男性はすぐさま店を出ていった。

ピースチョコ。

懐かしいお菓子の名前に、聖太郎の意識は子供のころに引き戻される。

友人の家で、ピースチョコを食べながら、笑い転げていた幸福な時間……。

ひとり店内に残された聖太郎の胸には、先ほどの男性の言葉が深く突き刺さっていた。

――これ一個で、ピースチョコが十個も買えるやないか。

聖太郎自身は決して、一粒三百円という値つけを高すぎるとは思わなかった。

希少性の高いクリオロ種のカカオに、最高品質の生クリームやナッツ類を使っているので、どうしても原価は高くなってしまう。

だが、本当に、自分のショコラには、ピースチョコの十倍の価値があるのだろうか。

これまで信じてきたことが揺らぎそうになって、聖太郎はわなわなと震えた。

20

営業の仕事が面白くなってきたところで、光博は異動を命じられた。

異動先は商品開発部で、片岡《かたおか》という上司のもとで働くことになった。片岡は腹心の部下らしく、父親からは「商品開発部は、会社を支える要や。片岡はうちの屋台骨と言うてもええ人材やからな。しっかり学んでくるように」と言われた。

幼いころ、光博はよく祖父の「市場調査」に連れていってもらったものだった。

高級フレンチに、場末の居酒屋、南京町の中華料理屋……。祖父はあらゆるところにアンテナを張り巡らせ、いつも新製品について考えていた。そんな祖父に憧れていたので、父親に言われるまでもなく、光博にとって商品開発という仕事は特別なものであった。

しかし、そこで光博に向けられたのは、決して友好的とは言えない視線だった。

「社長の息子やからといって甘やかすつもりは一切ない。普通の社員以上に厳しく指導するつもりなので、覚悟しておくように」

最初にそう宣言したとおり、片岡は要求レベルが高く、ミスをきつく叱責した。特別扱いをされないことは、自分にとって成長の機会だと光博は考え、むしろ望むところだった。

ほかの社員たちは、光博を遠巻きにして、積極的に関わろうとはしなかった。まだ若手社員とはいえ、将来的には父親の跡を継ぎ、人事権を持つ可能性が高い。そんな立場の光博が、腫《は》れ物に触るような扱いを受けるのは無理もなかった。

光博は孤立しながらも、ひたすら目の前の仕事をこなした。片岡に命じられるままに資料をまとめ、会議に参加して、打ち合わせに同行する。商品開発で大切なのは企画力だと光博は思っていた。しかし、片岡の仕事ぶりを見ていると、アイディアを出すというより、社内外での交渉に多くの時間を割いていた。企画立案、原価計算、モニター調査、年間のスケジュール立案、パッケージデザインの発注、包装材料メーカーとの折衝、量産に向けての工場との調整、営業部との打ち合わせ、プロモーションのための情報提供……。

片岡がやり手とされているのは、人気アニメ作品とのタイアップによって、ピースチョコの売り上げを倍増させたからであった。アニメキャラクターのイラストをピースチョコのパッケージに使い、おまけとして何種類ものシールをランダムに同封することで、コンプリートしたくなる心理を刺激して、ファンを確実に摑んだ。

そのほかも、定番のものよりも大きな『ピースチョコ・ジャンボ』や、パッケージが派手でどんな味なのかと好奇心をそそる『ピースチョコ・カレー味』といったヒット商品を生み出していた。

て行っていた。企画を立てるときにも、まずはデータを読み解き、消費者が求めているのは何なのか、ということを探った。

最初のころは片岡のアシスタントのような仕事ばかりだったが、一年を過ぎると全体の流れも把握できて、光博は自分でも企画を出すようになった。

しかし、ことごとく片岡に却下された。

光博が特に自信を持っていたのは、大人のピースチョコというコンセプトで、これまでの商品よりカカオ分が多いビターチョコを使った本格的な味のものを作り、購買層を広げようという企画であった。

光博にとってピースチョコは特別な思い入れがあり、食べると懐かしさで胸がいっぱいになるものの、冷静に味わってみると、チョコレートの甘さがくどくて、積極的に手を伸ばしたいと思うようなお菓子ではなかった。その事実を素直に受け止めて、大人になった自分がおいしいと思えるようなピースチョコを作りたいと考えたのだ。

「ピースチョコの主な購買層は小学生や。まずはそこに受けるもんを作らんと。大人向けのビターチョコやなんて、苦くてまずいと思われるだけやろ」

企画書にざっと目を通すと、片岡は首を横に振った。

「最近はコンビニでお菓子を買うサラリーマンも増えているので、そこをターゲットに考えています」

「コンビニとか簡単に言うが、販売実績のない新商品を置いてもらうのがどれだけ難しいのか、わかってるんか。コンビニ展開ありきで企画を立てるなんて無理筋や」

「それはわかっています。ただ、駄菓子屋も減少の一方ですし、これまでとおなじところをターゲットにしていては先細りではないでしょうか。もちろん、量販店においても、大人にアピールする商品があることは効果的だと思います。駄菓子を卒業した大人たちが、再び、ピースチョコに手を伸ばすきっかけとなる……。そんな商品を作りたいんです」

光博は力説したが、片岡は企画書を突き返した。

「チョコレート業界における味ごとの販売金額データは調べたか？　ミルク味が六割を占めて、ビター味は全体の二割にも満たない。大人向けにビター味を作ったところで、売り上げにはつながれへんやろうな」

光博に反証できるだけのデータはなく、すごすごと引き下がるしかなかった。

その後も光博は新しい企画をいくつも考えたが、すべて片岡に否定された。

「あかんあかん。類似商品がないのは、それが売れへんってわかりきってるからやろ」

「フェアトレード？　だれが好き好んでわざわざ高い商品を買うねん。アホらしい」

「そんなアイディア、斬新でもなんでもない。もう企画は出すな。無駄やから」

企画が通らないのは自分が未熟なせいだろう、と光博は最初のうちは考えていた。

裏づけとなるデータを集め、説得力のある企画にすれば、きっと認めてもらえるはずだ。そう思い、何度もやり直した。しかし、片岡は駄目だと却下するばかりで、改善案を示してはくれなかった。どうすればよいのかとアドバイスを求めても、「それくらい自分で考えろ」という言葉が返ってくる。

頭ごなしに否定されるばかりの日々が本当に自分の成長につながっているのか、次第に光博は疑問に感じるようになった。

片岡への不信感が決定的になったのは、パッケージデザインについて、光博が意見を述べたときだった。

大宮製菓の商品パッケージには、どれにも片隅にひっそりと「幸せのお菓子、平和への願い」という文字が並んでいる。それは源二が会社を興したときの創業理念であった。

ピースチョコの新しいパッケージ案では、その文字が削られていたのだ。

タイアップ作品のイメージに合わないからということで、大宮製菓のロゴもなかった。

光博はそのパッケージ案に反対した。

「たしかに創業理念なんて書いてあっても、直接的に売り上げには影響しないかもしれません。でも、この言葉は絶対にあったほうがいいと思います」

グループインタビューの結果では、そのパッケージ案がもっとも支持を集めており、片岡は採用するつもりのようだった。しかし、光博はどうしても納得できなかったのだ。

「幼いころ、祖父が語ってくれたんです。戦後の食糧難の時代、進駐軍が配っていたチョコレートのおいしさに感動して、自分たちでもこれに負けないようなものを作って、お菓子を食べる幸せを広めたいという思いから、大宮製菓はスタートしたんだ、って……。その思いをどんなときも忘れず、パッケージに明記して、お客様に宣言するのは大切なことではないでしょうか」

光博の熱弁に対して、片岡の反応は冷ややかなものだった。

「ああ、そのエピソード、いまはタブーになってるやつやな」

「え、タブーとは……」

「社長にしてみれば、自分の父親が戦争に負けたあとにギブ・ミー・チョコレートとか言うてたなんて、屈辱的でみっともないっていう思いがあるんやろ。だから、広報の人間もそのエピソードは使うなって言われてるんや」

父親がそんなふうに思っていたなんて、知らなかった……。

光博がショックを受けて黙りこんだのを見て、片岡は意地の悪い笑みを浮かべた。

その表情を目にしたことで、光博は確信したのだった。

やはり、自分はこの上司に嫌われているのだろう、と……。

片岡には光博を育てようという意思はないのだ。それどころか、光博を痛めつけて喜んでいるのではないかと思われる節があった。

片岡は光博を連れて、社長のもとへ行き、創業理念を削ったパッケージ案の許可を得た。

祖父の信じていたものが、大宮製菓から少しずつ失われつつあるようだった。

違和感は日増しに大きくなったが、光博は自分に任された仕事をするしかなかった。


凜々花から電話があり、久々に会うことになったのは、そろそろ梅雨も明けようかというころだった。

待ち合わせ場所のカフェに行くと、凜々花はまだ来ていなかった。

窓際の席につき、見るともなく壁にかけられたパウル・クレーの複製画を眺める。

ロシアに留学しているあいだ、凜々花とは一度も連絡を取らなかった。

向こうでどんな師につき、どんなことを学んだのか、光博はまったく知らない。付かず離れず、一定の距離を保った関係。凜々花から連絡があれば会うが、光博のほうから会いたいと連絡をすることはない。

ロシアから帰国したあと、デビューリサイタルの知らせをもらった。そのチラシに記載されている経歴を見て、留学中にもコンクールに挑戦して、それなりの成績を残していたことを知った。

凜々花のデビューリサイタルは東京公演と大阪公演があり、どちらもそれほど大きくないコンサートホールで行われた。光博は大阪のホールに聴きに行ったのだが、難曲とされる

『ラ・カンパネラ』を弾きこなす技巧に圧倒されただけでなく、ずいぶんと自然体で演奏するようになったことに驚いたのだった。以前の凜々花の演奏には、奔放でありながらも、弓をきりきりと引き絞っているかのような力みがあった。その気負いが消え、何気ないタッチで透明感のある音を遠くまで飛ばせるようになっていたのだ。

凜々花の演奏を聴いた帰り道、光博は自分の空っぽの手を見つめた。

自分には、なにもない……。

特別なことは、なにひとつできない……。

求めなかったのだから、手に入れることができなかったのも当然だ。そうわかっていても、落ちこまずにはいられなかった。

カフェの店員に案内され、凜々花がやって来る。

「ごめん、みっちゃん。雨のせいで、ちょっと遅れちゃった」

「ああ、ええけど。降ってきたん？」

「うん。朝は晴れてたのに。今年はなかなか梅雨が明けないね」

四人掛けのテーブルだったので、空いている椅子に凜々花は荷物を置いた。

「みっちゃん、また痩せたんじゃない？」

光博の顔をまじまじと見て、凜々花が気遣うように言う。

「自分ではそんな痩せたつもりはないけど」

光博はそう答えながら、顎のあたりを手で撫でた。ここしばらくは体重を量っていないが、頬の肉が落ちたように思わなくもなかった。

「あたしのなかで、みっちゃんって小学生のころの体型のイメージが強いから、あんまり痩せると心配になるんよね」

「いや、それだいぶ昔の話やし」

店員が注文を取りに来て、光博はアイスコーヒー、凜々花はあたたかい紅茶を頼んだ。

「演奏会、来てくれてありがとう」

「ああ、うん。盛況でよかったな」

「おかげさまで。みっちゃんは最近どう？　仕事、忙しい？」

「それなりに」

近況を報告しているうち、話題は光博の職場のことになった。愚痴をこぼすつもりはなかったが、片岡の言動を黙っておくことはできず、淡々と話す。

「えー、それはひどい上司やね」

光博の話を聞きながら、凜々花は眉をひそめて相槌を打った。

「いろいろ屈折してるんやろうな、そのひと。大学の教授にも理不尽に権力を振りかざしてくるおかしなひとおったから、なんとなくわかるわ」

うんうんとうなずいて、凜々花は言う。

「話を聞いた感じやと、その上司のひとって、社長の息子に対しても強い態度を取ることができるくらい自分は重要な人物なんだ、っていうことをまわりにアピールしたいんじゃないかな」

「ああ、なるほど。言われてみると、そんな気する」

片岡は光博に注意をするとき、わざわざほかの人間がいるところで声を荒らげることが多かった。

ミスはひっそりと指摘してくれたらいいのにと不満に思っていたが、周囲へのアピールなのだと考えると、腑に落ちる。

「それと、たぶん、その上司のひと、仕事の実績もあるみたいやし、自分はゆくゆくは社長になることもできる器だとか思ってるのかも。なのに、みっちゃんみたいな若造が世襲で跡を継ぐっていうのは面白くないんだよ」

その凜々花の言葉にも、思い当たる節があった。

祖父の話をすると、片岡はあからさまに嫌そうな表情を浮かべていた。光博が創業者一族であるということに対して、嫉妬や敵愾《てきがい》心のようなものを抱いているのだと言われれば、その態度にも納得がいった。

「すごいな、凜々花。鋭い」

「そういう相手って、あんまり気にしないで、やり過ごすしかないと思うよ。こっちがどんな態度を取ろうと、相手が気に食わないって思っている以上はどうしようもないし」

「そうやな。確かに」

光博はうなずいて、改めて凜々花のほうを見る。幼いころから知っているはずなのに、なんだか急に見知らぬ女性がそこにいるような気分になった。

「どうしたん?」

「凜々花から、人間関係のトラブルとか、心の機微みたいなことについて、アドバイスもらうなんて、意外というか……。他人の考えとか、気にせえへんタイプやと思ってたのに」

「あたしだって、それなりに場数を踏んできたからね。みっちゃんこそ、どんなに困ってるときでも、あたしに相談したりせえへんかったのに、弱音を吐けるようになったなんて意外やわ」

凜々花にそう言われ、光博は肩をすくめる。

「いまも弱音を吐いたつもりはなかったんやけど。客観的な意見を聞きたかっただけで」

「みっちゃんは、だれかに助けを求めたりするのは、格好悪いことやと思ってるんだよね。でも、あたしはいま、相談してもらえて嬉しかったよ」

凜々花は親しげな笑みを向けてくる。

光博は目をそらして、コーヒーのグラスに手を伸ばした。

「いつも、あたしが自分の都合のいいときにだけ呼び出して、みっちゃんから連絡してくることってないやん？　みっちゃんが悩んでるときには、あたしだって力になりたいんだよ。友達なんやから」

友達……。

そう凛々花がはっきりと言ったことで、光博はいっそ清々したような気持ちになった。

この年になると、友達という存在こそ、かえって得がたいようにも思えた。

「凛々花は順調そうやな」

顔をあげて、光博は言った。

光博にしてみれば、凛々花の人生は順風満帆そのものであった。

だから、胸を張ってうなずくものだと思っていたのに、返ってきたのは曖昧な笑みだった。

「うん、まあね」

「なんや、歯切れ悪いな」

「こういう言い方すると、嫌味かもしれへんけど」

凛々花はうつむき、紅茶のカップに視線を落とす。

「神庭柊人が世界的なピアニストだとすれば、村井凛々花は無名のピアニストだよ」

かつて一度だけコンクールで競い合ったピアニストの名前を口にするとき、凛々花の顔には複雑な表情が浮かんでいた。

そうか、凛々花だって決して負け知らずというわけではないのだ。

ずっと、凜々花は天賦の才に恵まれており、自分とはちがう種類の人間なのだと光博は考えていた。自分には容易にできないことを、凜々花は楽々と行うことができる。音楽の神に愛された者と、愛されなかった者。凜々花は前者で、自分は後者だと思っていた。だが、凜々花も絶対的な才能の持ち主というわけではなかったのかもしれない。

少なくとも、凜々花の内面においては、天から贈り物を受けているという意識はなかったのだろう。凜々花は中学生のときに、コンクールで自分以上の才能の持ち主と出会い、打ちのめされ、挫折を知り、それでもなお、努力をつづけて……。

「でも、ピアニストであることには変わりないやろ」

光博が言うと、凜々花はふっと微笑んだ。

「そうやね。ありがと。みっちゃんの存在に、あたしはいつも救われてるよ」

「なんや、それ」

「みっちゃんは音楽をわかる耳を持ってる。そのみっちゃんが『こいつには敵《かな》わない』っていうふうな目で、あたしを見るじゃない？　それってすごく自信につながった」

「なんか、見下されてるような感じやけど」

光博が顔をしかめると、凜々花は慌てて両手を振った。

「ちがう、ちがう。みっちゃんの耳のよさを認めてるってこと。音楽をわかるひとがいるからこそ、ピアニストにも存在価値があるわけやし。正しく評価できるとか、真価を見抜くことができるっていうのも、素晴らしい才能だと思うよ」

光博にはそれが才能だという自覚はなかったが、そう言われると悪い気はしなかった。

「ああ、そうだ。いまの話とも、ちょっと関係するんやけど」

そう前置きして、凜々花は椅子の上に置いた荷物へと手を伸ばす。

「みっちゃんに渡したいものがあって」

凜々花が差し出したのは、茶色い紙袋であった。

無地のクラフト紙で、マチが広く、平べったい持ち手がついている。なんの変哲もない手提げ袋であり、ショップ名などは印刷されていない。

「聖太郎くんがショコラのお店をオープンさせたの、知ってる？」

その名を聞いて、光博はひどく心が揺さぶられた。

「いや、全然」

光博は首を横に振って、その紙袋を受け取る。

そうなんか、ついに、自分の店を……。

光博はなぜか裏切られたような気分になった。

子供のころ、聖太郎が見せたチョコレートへの情熱に、源二はいたく感動していた。そして、将来は大宮製菓に入って、光博を支えて欲しい、と望んで……。

すっかり忘れていたが、そんな未来図を描いたこともあったのだ。

「聖太郎くんの作るショコラ、すごくおいしいと思うんだけど、お店は苦戦してるみたい」

凜々花は心配そうな声で言って、光博の手に渡った紙袋に目を向けた。

「この四種類のショコラのセットもね、フランスでは賞を取ったくらい、すごいものなんだよ。それやのに、今日も雨のせいか、全然お客さん来てへんかったし……。いいものを作っているからといって、売れるとは限らへんのよね。難しいね」

その後も、凜々花と少し会話をしたのだが、光博の意識はショコラの入っている紙袋に向けられており、内容はほとんど頭に入らなかった。


光博はショコラの入った紙袋を手に、帰路につく。

すでに雨は上がり、空には晴れ間が見えていた。

音楽を聴くことで凜々花がロシアで過ごした日々が伝わってきたように、ショコラを口にすれば聖太郎のことがわかるだろう。

そう思うと、心穏やかではいられなかった。

家に帰り、光博は急《せ》くように紙袋から中身を取り出す。

正方形の紙箱には十字の仕切りがされており、一口サイズのショコラが四粒入っていた。

まずはひとつ、口に運んでみる。

舌に触れた瞬間、芳醇なカカオの香りを感じた。

果実のような爽やかさとワイルドな酸味。信じられないほど高品質のカカオを使っていることがわかり、光博は瞠目《どうもく》した。

チョコレートのコーティングが溶け出すと、舌触りが変化して、新たなる香りと味わいが加わる。やわらかなガナッシュからは、生クリームのまろやかさとコク、そして、しっかりと焙煎されたコーヒーの風味を感じた。

なんや、これ……。

薄れゆく余韻を感じながら、光博は快哉《かいさい》を叫びたくなった。

完璧やないか！

カカオ豆とコーヒー豆は、どちらも熱帯地域の植物の種子であり、焙煎され、飲み物として楽しまれているなど、共通項が多い。

そのふたつが見事なバランスで重なり合い、相乗効果が生まれ、眩暈《めまい》を感じるほど力強い香りと味わいとなって、全身を駆け巡っていった。

聖太郎の求めた味の完成形が、光博にも見えていた。理想の香り、狙いどおりの味わいを出すため、聖太郎がどれほど試行錯誤を繰り返したのか。この一粒のショコラにこめられたものが、自分にはわかる。

どうしようもなく、わかるのだ。

ふたつめに食べたのは、ミルクチョコレートでコーティングされたものだった。

優しい味わいに、上品な紅茶の香りが広がる。茶葉はアッサムだろう。適度な渋みが、カカオの香りを引き立てる。それから、さりげないミントの清涼感。ミントとチョコレートという定番の組み合わせを前面に出すのではなく、感覚を研ぎ澄ますことで、ようやく察知できるような、思慮深い味わい……。安心できる味でありながらも、新しい。着香されたアールグレイではなく、素朴な大地の味を感じさせるアッサムを使って、ミントを忍ばせるという小粋な技に、光博は痛快さを感じて、笑い出したくなった。

つづいて、もうひとつ。

今度のショコラは先ほどよりも色が濃く、ビターなチョコレートでコーティングされていた。焦茶色の表面に、くすんだ緑色の線が一本、描かれている。

口に含み、ゆっくりと噛むと、かぐわしい抹茶の香りが鼻を抜け、旨味が舌の根を刺激した。ガナッシュにはタンニンを強く感じるカカオが使われており、そこに抹茶の苦みがぶつかり、お互いを高め合う。そこに瑞々しい甘さがとろりと溶け出してきた。カカオの果肉が使われているのだ。抹茶味のチョコならいくつも食べたことがあったが、その風味と苦みが際立っているだけでなく、新機軸を打ち出してきたので、光博は驚くしかなかった。

最後のひとつには、黄色いレモンのピールが飾られていた。

シトラスの香りを想起しながら、口へと運ぶと、想像していた以上の甘酸っぱさが広がった。光博はうっとりと目を閉じて、幾層にも重なった酸味をひとつずつ確認していく。

レモンの果汁の弾けるような酸味、カカオの控えめな酸味、柑橘《かんきつ》系の花を思わせる蜂蜜の酸味……。どうやらガナッシュは砂糖ではなく、蜂蜜で甘みをつけているらしく、光博の脳裏にはひらめくものがあった。

ああ、レモネードか。

夏の日のまぶしい太陽が、一瞬、頭をよぎり、舌の上のショコラはすべて溶けて、わずかな香りだけが残る。

四種類のショコラは、どれも飲み物をモチーフにして、多彩でありながら統一感のある味わいを構築していたのだ。

その企みに気づいて、光博は鳥肌が立った。

なんで、こんなん、思いつくねん……。

凜々花はこのショコラがフランスで賞を取ったと言っていたが、リーフレットなどは入っておらず、説明は一切なかった。

これほどのものを作っておきながら、営業の面において苦戦している。

その理由が光博には即座にわかった。

聖太郎には本質が見えている。そして、本質しか見えていない……。

このショコラと釣り合いを取るためには、どう考えても、もっと高級感のあるパッケージにするべきだろう。

おいしいものは分かち合いたくなるものだ。パッケージに力を入れることで、プレゼントとしての需要も高まる。

商品についても、明らかに説明不足だ。音楽にライナーノーツがあるように、言葉による情報から得られるものは多い。

もったいない。

自分なら、うまくできるのに……。

一度、そう思ってしまうと、その考えが頭から離れなかった。

そして、心を決めた。

翌日、光博は会社に行き、退職届けを提出した。

求めるものがあるなら、自分から手を伸ばさなければならないのだ。

聖太郎の店の近くまでやって来ると、光博は深呼吸をひとつした。

よくよく考えてみれば、聖太郎とはもう十年以上も会っていないのだ。

喧嘩別れをしたわけではない。

だが、子供のころの友情は、果たしていまでも有効なのであろうか。

不安に思いながら、ドアを開けて、店へと足を踏み入れる。

「いらっしゃいませ」

店の奥から、白いコックコートに身を包んだ聖太郎が顔を出した。

「久しぶりやな」

光博はそう言うと、聖太郎のほうへと歩いた。

「大宮光博や。覚えてるか？」

光博のすがたを見ると、聖太郎は懐かしそうに顔をほころばせた。

「ああ、もちろん」

店内にほかの客のすがたはなかった。

「店、オープンしたんやな」

「うん、まだ一年も経ってないけど」

光博は陳列ケースに並んだショコラにちらりと目を向けたが、そちらではなく、聖太郎のいるところへと進む。

カウンターの内側にまで入ってきそうな勢いの光博に、聖太郎はあきらかに戸惑っている様子であった。

聖太郎のすぐそばまで来ると、光博は言った。

「俺を雇え」

聖太郎はきょとんとした顔で、気の抜けたような声を出す。

「は？」

「店をやるんやったら、ブランディング戦略は絶対に必要やろ。そこを俺が担当する」

「いや、なんの話なんや。そんなこと、いきなり言われても……」

「大宮製菓でそれなりに営業と商品開発の経験を積んできたから、役に立てるはずや。おまえは商品を作ることだけに集中してたらええ。売ることは、俺が考えるから」

一方的に語る光博に、聖太郎はたじろぐように言う。

「雇うとか、無理やって。給料、出されへんし」

「ああ、そうか。わかった。それやったら、共同経営者でどうや？　俺も借り入れをして、一蓮托生や」

呆気に取られていた聖太郎であったが、ようやく光博が真剣に話しているのだとわかったらしく、表情を引き締めた。

「本気で言うてんのか？」

「もちろん、本気や」

「いや、でも、なんで……」

「そんなん、おまえのショコラがすごいからに決まってるやろ」

光博はきっぱりと言いきる。

「俺はこれに人生をかけてもいいって思ったから、会社も辞めてきたんや」

聖太郎は驚きに目を見開いたあと、ふっと目を細めて笑った。

「ほんま、びっくりするっていうか、呆れるっていうか」

その口調には親しみがこめられていた。

「昔っから、そうやったな。強引な性格で……。小学生のときも、いきなり誕生日会の招待状を押しつけてきて……」

当時のことを思い返すように、聖太郎は遠い目をする。

「でも、そのおかげで、いまの自分があるんかもしれへん。お菓子を作って、真っ先に評価してくれたんは、いつも、光博やったもんな」

聖太郎は少し黙ったあと、光博のほうを見て、うなずいた。

「わかった」

そう言って、聖太郎は右手を差し出す。

「いっしょにやろう」

光博もうなずき、その手をしっかりと握った。


〈了〉

あとがき

こんにちは。藤野恵美です。

今回、解説ではなく、作者があとがきを書くことになりましたので、本作の執筆動機などについて、自分で語りたいと思います。

まず、依頼にやってきた編集者が「神戸出身」だったのです。そこで、つぎの作品の舞台は神戸にしようと思ったのでした。私はかつて『初恋料理教室』という京都を舞台にしたおばんざいの出てくる本を書いたことがあり、神戸なら、異国情緒でハイカラなイメージだし、チョコレートとかいいかも……と考えました。

ちなみに、その『初恋料理教室』を担当してくれた編集者に、チョコレートを題材にした小説を考え中だという話をしたら、「私、以前にいた会社で、某有名ショコラティエさんとフランスを巡って、ショコラを紹介するムック本を作ったことありますよ」と言われ、資料を送ってもらったり、取材の裏話を聞いたりして、とても刺激を受けたのでした。

そして、作品のためにショコラについて調べていくと、あ、これ食べたことある、これも食べたことある……と記憶がよみがえってきたのですが、私が児童文学で書いている作品に「お嬢様探偵ありす」というシリーズがあり、毎年、バレンタインデーが近づくと、担当編集者から素敵なショコラが贈られてくるのです。そのお心遣いのおかげで、私は知らぬ間に高いレベルのショコラの経験を得ており、本作の執筆にすごく活かされました。

さて、本作で私が試みた創作上のギミックというか、書きたかったことのひとつに「子供のときと大人になってからの時間の感覚のちがい」を小説で追体験するという、いまいち、わかりにくいものがあります。これ、果たしてエンタメ的な面白さに寄与しているのだろうかと疑問に思わなくもなかったのですが、今回の作品では意味のある仕掛けでした。

子供のときは時間がゆったりと流れていたのに、大人になると毎日が慌ただしく過ぎていくというのは、だれしもが通る道ではないでしょうか。文中で、凜々花の「これから、人生がどんどん加速していくと思うと、こわいよ」というセリフがありますが、それを体感する感じで、ページをめくってもらいたかったわけです。子供時代を描いているときは本の残りページがたっぷりあるのに、物語が進み、大人になると、展開の速さのわりに残りページが少なくて、時間の進み方を意識せざるを得ない……という物語構成にしてみたのです。

通っていた大学に、プルーストの『失われた時を求めて』の研究が専門の教授がいて、私は熱心に授業を聞いていたわけじゃないけれど、影響を受けたのかもしれません。

時間の流れといえば、震災についても、神戸を舞台にするなら、避けて通れないテーマでした。物語が「一九八五年で、主人公が九歳」というところから始まるので、十年後に兵庫県南部地震が起きることは予想できるわけです。しかし、本の世界に没頭して、登場人物に感情移入することで、天災が「忘れたころにやってくる」ような展開としました。

大学時代の友人に、神戸や西宮から通っていたひとがいて、当時の話を聞いたことも作品に反映されています。実体験から意見はどれも興味深く、なかでも「お金持ちが住む地区」と「そうではない地区」との被害のちがいが、心に残っていたのです。貧富の差については、今回の物語のメインテーマではないので、さらりとしか扱っていませんが、ふたりの主人公の立ち位置にあらわれています。

単行本のときの装丁は「ショコラのパッケージ」のような仕様で、本を手で触れる喜び、本棚に飾る楽しさを味わえるよう、デザイナーさんに趣向を凝らしてもらいました。

そして、今回、文庫化にあたっては、カバーの写真として、『エスコヤマ』の小山進氏に、本作に登場するショコラを実際に作っていただくことになったのでした！

作っていただいた四種類のショコラを食べて、感動に打ち震えました。

才能、情熱、神に愛されし者……。本作のテーマとして描きたかったことがすべて味わいとして伝わってきたのです。小山氏の作るショコラはまごうことなき「本物」であり、他のさまざまな芸術作品を鑑賞するときとおなじように「そこに価値を見出すことで、魂がふれあい、表現技法の巧みさに敬意を覚え、生きる力が湧きあがってくるような感覚」を得て、自分も道を究めて、もっともっともっと、いい仕事がしたい、とつくづく思いました。

ひとつの作品を書きあげると、つぎの作品のテーマが見えてきます。

この『ショコラティエ』を書いたあと、新たに「格差」や「天賦の才能」というテーマをもっと掘り下げたいという気持ちになり、いま、光文社の雑誌で『ギフテッド』という作品を連載中です。

優れた感性があり、文章のちがいがわかり、クオリティの高いものを求めて、あえて書店で「本を買う」ひとがいることにより、作家が職業として成り立つのでしょう。

そのような「卓越した能力を持つ読書人へのリスペクト」が、私にこの物語を書かせたのだと思います。

二〇二一年二月

藤野恵美

初出　「小説宝石」二〇一六年七月号～二〇一八年二月号
二〇一八年七月　光文社刊

光文社文庫

ショコラティエ

著者　藤《ふじ》野《の》恵《めぐ》美《み》

2021年4月20日　初版1刷発行

発行者　鈴木広和
印刷　堀内印刷
製本　ナショナル製本

発行所　株式会社 光文社
〒112-8011　東京都文京区音羽1-16-6
電話 (03)5395-8149　編集部
8116　書籍販売部
8125　業務部

ISBN978-4-334-79182-7　Printed in Japan

組版　萩原印刷